FOLIO POLICIER

Yûko Yuzuki

L'œil du chien enragé

Traduit du japonais par
Mai Beck et Stéphane de Torquat

Gallimard

Titre original :
凶犬の眼
KYOKEN NO ME

Yûko Yuzuki (en japonais 柚月裕子, soit Yuzuki Yûko) est une autrice japonaise de romans policiers née le 12 mai 1968 à Iwate. Ses livres ont été primés à de multiples reprises. *Le loup d'Hiroshima*, paru au Japon en 2015, a rencontré un immense succès dans son pays et a été adapté au cinéma en 2018, comme *L'œil du chien enragé* en 2021.

PROLOGUE

[Prison d'Asahikawa, 1992]

Pour braver l'hiver à Hokkaido, on pouvait rêver mieux qu'un costume léger et un simple pardessus. Derrière la vitre, il neigeait. Un silence épais semblait avoir gagné la salle d'attente. Ses jambes tremblaient à cause du froid. Depuis qu'il était entré dans la pièce, son regard s'était perdu dans la contemplation du plancher. Il se pelotonna dans son manteau. À la seconde même, la porte s'entrouvrit. Un jeune surveillant émergea et lui lança un regard machinal.

— Vous venez pour une visite, c'est ça ?

Question de pure forme. Le visiteur leva les yeux vers lui et acquiesça en silence.

— C'est par là, indiqua le fonctionnaire d'un mouvement de tête.

Le visiteur se leva et pénétra dans le parloir.

— Attendez ici, lui intima le gardien avant de ressortir. L'homme s'assit sur une chaise métallique face à la vitre de plexiglas. Elle coupait la pièce en son milieu. De l'autre côté, une porte ne tarda pas à pivoter. Le surveillant revenait, accompagné d'un individu de taille moyenne. Joues creuses mais bonne mine, sa silhouette surprenait par le volume de son torse, qui gonflait l'étoffe grise de l'uniforme de prisonnier. Le gardien le libéra de ses menottes, puis jeta un coup d'œil à sa montre.

— Vous avez quinze minutes, pas une de plus, dit-il avant de quitter la pièce.

Visage enjoué, le prisonnier prit place sur une chaise métallique. Le visiteur lui rendit son sourire.

— On a même droit à un tête-à-tête en privé. Ce que c'est que d'être un prisonnier modèle, tout de même !

Selon le règlement, en plus de la caméra vidéo qui filmait les échanges, un gardien devait rester en faction lors de toute visite. On faisait exception pour certains détenus, et notamment pour ceux qui avaient un comportement irréprochable.

Le prisonnier jeta un regard aux vêtements de son visiteur.

— Mais tu dois te les peler, ici ! lança-t-il, inquiet.

Dans la prison, on n'allumait pas souvent le chauffage. Il faisait presque aussi froid qu'à l'extérieur. Personne ne semblait se soucier de faire bon accueil aux civils. On n'allait quand même pas pousser la chaudière pour si peu.

— Ce qui me fait mal, c'est cette blessure, grimaça le visiteur.

Une balafre barrait sa joue gauche, depuis l'œil jusqu'au coin de la bouche. Le fruit d'une rencontre avec une lame bien aiguisée. Avec le temps ou grâce à la chirurgie, cette cicatrice avait pris la pigmentation d'une longue ride, qui aurait décidé de sortir des sentiers battus.

— Plains-toi, ça te fait une bonne tête de yakuza ! s'esclaffa le prisonnier entre ses lèvres fines.

Leurs rires retentirent dans le parloir. Le visiteur leva les mains devant lui, comme pour signifier que le temps de la plaisanterie était terminé. Le prisonnier redevint sérieux. Il inclina la tête.

— C'est gentil d'être venu, Frère, dit-il d'un ton cérémonieux.

— Je t'en prie. Je voulais le faire plus tôt, mais j'ai eu un tas de petites choses à régler.

Son regard s'assombrit quelques secondes, puis il reprit avec entrain :

— Je t'ai apporté un livre qui devrait te plaire. Je l'avais repéré dans une librairie. Je le laisserai à l'accueil.

— Merci. J'ai hâte de le lire. Il n'y a rien de tel qu'un bon livre.

— J'espère en tout cas que celui-ci te plaira.

— Je suis en prison : du moment qu'il y a des mots imprimés sur du papier, même un prospectus me conviendrait !

— Ben dis donc, mon Frère est devenu accro à la lecture…

— À qui le dis-tu, ici j'en suis même arrivé à préférer la lecture aux nanas !

Les rires redoublèrent. Mais ils n'avaient pas vraiment le cœur à ça. L'émotion filtra dans la voix du visiteur.

— Dans un mois, ça fera trois ans que le patron est mort. Que le temps passe…

— Pour moi, il ne passe pas si vite, soupira le prisonnier.

— Oh merde, pardonne-moi ! C'est vrai qu'ici les jours doivent paraître longs.

— Ne te fais pas de reproche. Relève la tête, Frère.

Un silence s'installa. Le visiteur reprit :

— Sinon, tu te souviens du problème avec la tombe ?

Le détenu donna l'impression d'être pris au dépourvu.

— Tu veux parler des chiures d'oiseau ? finit-il par demander.

Le visiteur eut un hochement de tête.

— On a eu beau la nettoyer, ça recommence. On l'a vraiment mauvaise de voir la tombe dans cet état. Mais on a quand même fini par savoir d'où ça venait.

— C'est un oiseau qui niche dans le bois, en face du cimetière, non ? réagit le prisonnier avec un froncement de sourcils.

— Non, l'oiseau ne vient pas du bois d'en face, reprit le visiteur en se penchant en avant.

Les traits du prisonnier changèrent. Il se pencha à son tour et braqua un regard interloqué sur son visiteur.

— Mais alors, il vient d'où cet oiseau ?

Le visiteur baissa la voix d'un quart de ton :

— Le nid de l'oiseau était bien plus proche qu'on croyait.

— Comment ça, plus proche ? sursauta le prisonnier.

Il avait les yeux comme des soucoupes.

— Proche, vraiment proche. À tel point qu'on n'y a pas pris garde. Tu te souviens du cèdre du Japon juste à côté de la tombe ? Cette espèce, ça s'appelle un *sugi*…

De seconde en seconde, le sang était monté au visage du prisonnier. Il dévisageait son interlocuteur. Gorge sèche, il demanda :

— Tu es sûr de ce que tu dis, le *sugi* ?

— Sûr et certain.

Un instant, le regard du prisonnier se perdit dans le vague. Il se laissa retomber contre le dossier de sa chaise, pris entre la colère et l'abattement.

— C'est donc ça. C'était bien ça…

L'atmosphère du parloir devint pesante. Le visiteur rompit le silence.

— Qu'est-ce qu'on fait ?

Le prisonnier releva la tête vers lui.

— Ce *sugi* était pourtant bien, martela-t-il. Il nous a abrités quand il pleuvait, nous a fait de l'ombre quand il y avait du soleil. Mais si l'oiseau qui chie vient de cet arbre, il faut l'abattre !

Un flux d'amertume parcourait ses traits. Le visiteur resta silencieux.

Derrière le prisonnier, la porte s'ouvrit. Le gardien lança :

— Terminé. C'est l'heure.

Le prisonnier se leva.

— Je dirai aux membres de se débarrasser du

sugi avant la commémoration de la mort du patron, dit-il.

Le gardien lui rattacha les poignets. Le prisonnier quitta le parloir sans se retourner.

1

Geinô Hebdo 19 mai 1990

Exclusif :

CONFLIT MEISHIN : LA PIRE GUERRE DES GANGS DANS L'HISTOIRE DU CRIME ORGANISÉ

Par **Akira Yamagishi**

Soudain, des détonations retentissent. Nous sommes le 8 février, il est 21 h 15. La scène se déroule dans le parking souterrain de la résidence Golden Heim Hanasaki de Fukita, dans la préfecture d'Osaka. Planqué dans la cage d'escalier, près de l'ascenseur, un homme de main de la fédération Shinwa a surgi, fusil à la main. Sa cible : le chef de l'Akashi, le gang de Kobe.

Trois hommes sont touchés. Chargé de la protection du chef de l'Akashi, Hiroshi Hatayama, 38 ans, meurt sur le coup. Il dirigeait le gang Hatayama d'Osaka. Le second du gang Akashi prend une balle dans la tête ; il mourra quatre heures plus tard. Il s'agissait de Katsumi Toyonaga, 50 ans. Quant au boss de l'Akashi, Rikiya Takeda, 48 ans, il se serait traîné seul jusqu'à sa voiture, avec trois balles dans le corps.

Prévenu par le chauffeur, le gang Hatayama dépêche une

ambulance. On transfère le boss Takeda à l'Osaka Police Hospital. Une centaine de membres de l'Akashi affluent pour l'accueillir devant les portes de l'établissement. On se bat presque pour être celui qui donnera son sang pour une transfusion. La confusion dans le quartier va atteindre des sommets. Les yakuzas sont bientôt rejoints par des forces anti-émeutes, des agents de la Quatrième division d'enquête de la police d'Osaka, des journalistes et de simples badauds. On se marche sur les pieds, on joue des coudes.

Malgré les soins qui lui sont prodigués, Rikiya Takeda meurt le lendemain matin, à 5 heures. Le même soir, une veillée funèbre est improvisée au siège de l'Akashi. Le lendemain, 10 février, les obsèques se déroulent dans la plus stricte intimité. Après la cérémonie, il se dit que les cadres dirigeants de l'Akashi ont tenu une réunion de crise. L'un d'entre eux m'a renseigné sur la stratégie qu'ils ont adoptée : « Fini, les paroles, place aux actes. Œil pour œil, dent pour dent. » La guerre promet d'être impitoyable, jusqu'à l'anéantissement de l'ennemi.

Depuis cette menace, la main de l'Akashi n'a pas tremblé. Le conflit a été baptisé « Meishin » : l'idéogramme « Mei » qui entre dans la composition du nom Akashi, et « Shin » pour la fédération Shinwa. En trois mois, depuis l'assassinat du boss Takeda, douze personnes ont été tuées, presque toutes du côté de la Shinwa. La guerre était larvée. Elle trouve sa source en juillet 1989. Au moment de se choisir un chef, le quatrième dans cette fonction, le gang Akashi a connu un schisme majeur. Seuls sept mille membres sont restés dans ses rangs, quand dix mille autres ont choisi de rejoindre la nouvelle fédération Shinwa. Mais, au fil des mois, bon nombre sont revenus au bercail. Le gang Akashi a mis le holà. En janvier 1990, il comptait de nouveau douze mille membres, contre un peu moins de trois mille à la Shinwa. La fédération a décidé de jouer son va-tout et de décapiter la partie adverse. Dans l'univers des gangs, c'est une stratégie qui se comprend.

Ce que la Shinwa n'avait pas prévu, c'était la présence sur les lieux de Katsumi Toyonaga, le second du gang Akashi. Pour que les compteurs soient remis à zéro, la liquidation du président de la Shinwa, Naomi Asao, 62 ans, n'y suffira pas. « La guerre est partie pour durer, témoigne un enquêteur de la police d'Osaka. Le boss et son second ont été liquidés d'un coup. L'Akashi va à son tour éliminer tous les cadres supérieurs de la Shinwa et la faire disparaître. »

Vers qui les regards se tournent-ils ? Un des leaders actuels de la Shinwa est Tôru Fujimi, 45 ans. C'est le second du gang Asao, branche aînée de la fédération. Après l'assassinat des chefs de l'Akashi, il a disparu des radars. Il se raconte qu'il a filé à l'étranger. Mais l'Akashi est sur les traces – de même que les policiers d'ailleurs – d'un autre dirigeant de la Shinwa, Hirô Kunimitsu, 35 ans. Il est le boss du gang Gisei et un administrateur permanent de la fédération. Un dirigeant de l'Akashi témoigne : « C'est Kunimitsu qui a tiré les ficelles de cette affaire. Il n'y a que lui pour mettre autant d'énergie, de minutie et d'audace dans une opération. »

Depuis maintenant un mois, un mandat d'arrêt a été lancé contre Kunimitsu et deux de ses subordonnés du gang Gisei. Un signalement est diffusé dans tout le pays. Ils sont soupçonnés de complicité de meurtre. La police a découvert qu'un membre de ce gang avait loué durant six mois un appartement dans la résidence de la préfecture d'Osaka où le triple meurtre a eu lieu. Leur participation aux opérations semble confirmée par les témoignages de seconds rôles dans l'affaire. Nous considérons que Hirô Kunimitsu est le personnage clé pour mettre un terme à la guerre.

(*À suivre…*)

Il émergea de la mer des enseignes en néon et fit bifurquer sa moto dans une allée latérale.

Même à la nuit tombée, il n'aurait pas pu s'égarer dans cet écheveau de ruelles. Chaque parcelle du trajet était intacte dans sa mémoire. Il retrouvait tout, comme s'il s'était projeté dans le passé. Il s'arrêta sous le panneau de bois qui annonçait « Les Petits Plats de Shino » en caractères tracés à l'encre de Chine.

Shûichi Hioka* coupa le contact et mit pied à terre. Il actionna la porte coulissante du restaurant. Une voix familière retentit :

— Bienvenue !

La formule avait été lancée de manière automatique. Mais quand elle se retourna pour voir qui venait d'entrer, Akiko, jusqu'alors occupée à cuisiner, ne put dissimuler sa surprise. Elle reposa son couteau sur la planche et contourna le comptoir pour aller prendre Hioka dans ses bras.

— Mon grand ! Ça fait un bail ! Comment vas-tu depuis tout ce temps ? Tu as un peu maigri, non ? Tu es ici en mission ?

Sous le feu roulant des questions, Hioka ne sut par où commencer. Il prit place sur un tabouret du comptoir.

— Oui, je vais bien.

Tout à sa joie, la mama-san repassa de l'autre côté de son comptoir et lui tendit une serviette chaude.

— Tu aurais dû me prévenir que tu venais à Hiroshima.

— C'était pour l'enterrement de mon oncle, expliqua-t-il avant de se passer la serviette sur le visage et les mains. Il est mort avant-hier.

— Oh, je comprends.

* Une liste des personnages est disponible en fin d'ouvrage. (*N.d.É.*)

Le sourire d'Akiko s'était assombri. Elle baissa les yeux.

— Une maladie des poumons. On lui avait diagnostiqué ça l'an dernier. Le médecin avait prévenu la famille qu'il n'en avait plus pour très longtemps. Mon oncle sentait la fin arriver. Il s'était préparé. Ses derniers instants ont été paisibles.

— Avec l'âge, la mort des gens m'est de plus en plus douloureuse, s'émut Akiko. Je n'ai pas connu ton oncle, mais je ressens de la peine.

Hioka fut touché. Il surjoua la frivolité :

— Je n'allais pas passer à Hiroshima sans aller saluer une jolie femme comme toi !

— On se lance dans la galanterie, à ce que je vois !

Elle entrait dans son jeu, avec ce ton de bouffonnerie qu'elle maîtrisait très bien :

— Voyez comme c'est flatteur, pour une vieille femme comme moi !

— Qu'est-ce que tu racontes ?

Hioka ne forçait pas le compliment. Quand ils avaient fait connaissance, deux ans auparavant, Akiko était au milieu de la quarantaine. Elle n'avait pas changé d'un iota. Mêmes cheveux noirs réunis dans un chignon pointu, même nuque pâle qu'on entrapercevait dans l'encolure de son kimono. Seul son regard se voilait parfois d'une touche mélancolique. Ce qui ne lui donnait que davantage de charme.

Elle le détaillait de la tête aux pieds. Jeans et blouson en cuir noir.

— On circule à moto, maintenant ?

— Tu vois ça à mon blouson ? Je ne le quitte

jamais pour circuler, été comme hiver. Je l'ai depuis l'an dernier. Là où je vis, tu as intérêt à avoir ton propre moyen de transport !

Hioka avait été muté en avril 1989. Il avait dû quitter la Seconde division d'enquête du commissariat de Kurehara Est, dans la préfecture d'Hiroshima, pour le district de Shiroyama. Ce qui avait tout l'air d'une rétrogradation, même s'il était resté lieutenant. Il était affecté au commissariat d'Hiba, à trois vallées d'Hiroshima, plus précisément à l'antenne de police de Nakatsugô. C'était le plus isolé des quatre villages du district. Un paysage de rizières et de champs, à mi-chemin de la mer intérieure du Seto et de la mer du Japon, surplombé par les monts Chûgoku. La zone était en pleine désertification rurale. Une ligne de chemin de fer traversait la ville, mais elle n'offrait qu'une liaison le matin et une autre le soir. Les dessertes de bus n'étaient qu'à peine plus satisfaisantes.

— Mais pourquoi une moto ? l'interrogea Akiko. Une voiture, c'est quand même plus pratique pour les bagages et tout le bazar.

— On voit que tu ne connais pas les routes de montagne par là-bas ! Elles sont si étroites que je préfère encore être à moto. Et puis je n'ai pas tant que ça à transporter.

Hioka ne disait pas tout. Sa moto était un cadeau de son oncle. Un grand amateur de deux-roues. Il en possédait trois. Quand il avait su qu'il était condamné, il s'en était séparé. Sauf une, celle qu'il chérissait par-dessus tout, qu'il avait mise au nom de Hioka. Une Yamaha SR500. Elle faisait la fierté de son oncle. Aucun amateur ne pouvait y rester insensible. Hioka n'était pas un passionné, mais il admirait le classicisme des lignes, le noir profond du carénage et l'éclat des pièces chromées. Même si ce cadeau ne pouvait mieux tomber, avec son affectation au milieu de nulle part, il s'était demandé s'il méritait une telle offrande. Son oncle et sa tante, demeurés sans enfant, avaient insisté.

— J'étais anxieux au début, expliqua Hioka. Ça faisait longtemps que je n'avais pas fait de moto. J'en utilisais au début de ma carrière, quand j'étais dans les forces d'intervention. Mais tout le temps que j'ai passé ici au commissariat de Kurehara, nous étions en voiture. C'est comme tout, quand tu ne pratiques pas, tu perds la main. Mais jusqu'à présent, je n'ai pas eu le moindre pépin.

— Je m'en souviens, répondit Akiko avec un regard nostalgique. Je vous revois dans la voiture, vous bougiez tout le temps. Toi au volant, Ôgami à côté…

Ôgami. Le commandant Shôgo Ôgami. Les yeux d'Akiko s'étaient voilés en prononçant ce nom. Hioka s'en voulut de réveiller ces souvenirs. Il fit diversion.

— Bon, qu'est-ce que tu nous proposes à manger ?

S'étant ressaisie, Akiko le regarda et inclina la tête.

— Comment, pas d'alcool ?

— Il faut que je reparte à Hiba ce soir. On ne m'a accordé que la journée pour les funérailles. Je dois être là pour la prise de poste demain matin à 8 heures.

Akiko jeta un coup d'œil à la pendule accrochée sur un pilier. Hioka suivit son regard. Il était presque 20 heures.

— Voyons, d'ici à Hiba ça te prend dans les cinq heures, c'est ça ?

Hioka calcula. *Le soir, peu de circulation. Quatre heures, ça doit suffire pour être à Nakatsugô. Si je rentre pour 2 heures du matin, j'aurai mes six heures de sommeil.*

— Un peu moins que ça. Si je repars de ton restau à 22 heures, c'est bon.

— Bonne nouvelle ! s'enthousiasma Akiko. Je vais te préparer un plat que tu aimes bien, du riz au poulpe. D'accord ? Ça tombe bien, j'ai eu un bel arrivage.

— Ne te donne pas tant de mal, voulut la réfréner Hioka. Vu l'heure, sers-moi quelque chose de prêt.

— On ne va pas se mettre à faire des simagrées ! Akiko secouait la tête, décidée. Elle avait déjà sorti les poulpes du réfrigérateur et les avait étalés sur la planche à découper.

— Ce ne sera pas long à préparer. Grignote en attendant que le riz soit prêt.

Elle déposa sur le comptoir du *sashimi* de sabre et du *nikujaga*, une spécialité de ragoût de bœuf aux pommes de terre. Le tout était accompagné de thé chaud. Les papilles de Hioka s'excitèrent. Il la remercia et s'empara des baguettes.

Après la cérémonie funéraire pour son oncle,

un banquet avait été organisé. Mais Hioka s'était défilé. Il voulait gagner au plus tôt le restaurant d'Akiko. Il souhaitait aussi éviter d'être une source d'embarras pour ses parents. Dans la famille, on devait cancaner sur sa mutation dans une minuscule antenne de police d'une contrée reculée. Pour la forme, on avait continué à le féliciter d'avoir fait ce choix d'une carrière dans les forces de l'ordre. Mais on devait soupçonner que sa nouvelle affectation cachait quelque chose. Plus on lui avait fait des politesses, plus il avait senti le dépit gagner ses parents.

Hioka n'avait plus poussé la porte des Petits Plats de Shino depuis l'hiver dernier. Par prudence, cette fois-là, il avait emprunté le train et le bus pour venir d'Hiba. La neige ne tombait pas encore dans la vallée, mais elle était imminente sur les sommets. Ce qui l'avait amené à Hiroshima était une convocation. Il devait répondre d'un abus d'autorité.

Les faits remontaient au printemps 1988. Un certain Jirô Uesawa, comptable de la société Kurehara Finance, avait disparu. C'était une boîte de prêts, contrôlée en sous-main par le gang Kakomura, une bande alliée du gang Irako[1]. L'enquête avait été confiée au commissariat de Kurehara Est. Les soupçons s'étaient portés sur le gang Kakomura, à raison. On avait retrouvé la dépouille du comptable sur l'île d'Akamatsu, à Hiroshima. Il avait été enlevé, torturé et assassiné par des membres du gang.

1. Voir *Le loup d'Hiroshima* (Folio Policier nº 923).

Ce fait-divers avait mis le feu aux poudres entre les gangs qui sévissaient à Kurehara. Les gangs Odani et Irako étaient en rivalité de longue date pour le contrôle du territoire. Le conflit avait alors éclaté au grand jour. Un complot avait été ourdi au sein de la Jinsei, la plus importante fédération d'Hiroshima. Proche de l'Odani, une organisation implantée de longue date à Kurehara, Ginji Takii était à la manœuvre. Il avait réussi à faire bannir Shôhei Irako, le vice-président de la Jinsei.

Les membres de l'Odani n'avaient pas fait de quartier. Ils avaient poignardé à mort Shôhei Irako, tandis qu'il était dans le parking de l'immeuble où il rejoignait sa maîtresse. Puis abattu le numéro deux de l'Irako, Shinji Asanuma, de plusieurs balles dans le ventre, en pleine rue Akaishi. Les juniors avaient ensuite poignardé Kôsuke Nozaki, le numéro deux du gang Kakomura, une bande affiliée à l'Irako. Le meurtre s'était déroulé dans la rue Miyade. Deux ans après le déclenchement des hostilités, le feu couvait toujours, dans un méli-mélo d'intérêts et d'oppositions.

La justice patinait. Bien des affaires n'aboutissaient pas. Dans celle du comptable, on avait arrêté quatre suspects, dont Hiroyuki Nashawiro, membre du gang Kakomura. Son avocat voulait prouver que des irrégularités avaient été commises par les forces de l'ordre, accusées de violences et de menaces à l'encontre de son client. Des policiers étaient cités à comparaître, dont Hioka. Sur les ordres du commandant Ôgami, son supérieur de l'époque, il avait au dire de l'avocat cherché des noises à Nashawiro.

Devant la perspective de voir Hioka appelé à la barre, la hiérarchie du commissariat d'Hiba avait fait le gros dos. Tomonori Kakuta, le directeur de sa section territoriale, avait conseillé à Hioka de ne pas se rendre à la convocation. Mais le lieutenant avait poliment décliné sa recommandation. Il n'était pas dupe. Dans le monde, le pur et l'impur vivent mêlés. Ses chefs avaient dû sentir que des informations peu reluisantes pour la police pouvaient ressurgir durant les interrogatoires. Hioka avait accepté de se présenter, comme simple témoin. Depuis, il n'avait pas reçu de nouvelle convocation. Cela ne l'avait pas rassuré outre mesure. Il échappait à la procédure judiciaire, mais pour combien de temps encore ?

Kakuta n'avait pas insisté pour convaincre son subordonné. Avait-il saisi la résolution de Hioka, ou craignait-il de la renforcer encore en cherchant à le faire changer d'avis ? Hioka avait déjà trop baigné dans la guerre des gangs Odani et Irako. En son temps, Ôgami avait donné un coup de pouce à l'Odani. La hiérarchie policière devait penser que Hioka aussi y avait ses entrées. C'était par crainte qu'ils l'avaient exilé loin de ses bases, en rase campagne. Quand il avait quitté le commissariat de Kurehara, le directeur de la Seconde division d'enquête, Masanari Itsuki, lui avait glissé : « D'ici trois ans, je te rappellerai dans mon équipe. » Hioka n'en croyait rien. Un plan avait été mis en place par son chef et Daisuke Saga, membre de l'Inspection des services. Il fallait tenir éloignée, aussi longtemps que possible, cette source de tracas nommée Shûichi Hioka.

— Et voilà, c'est prêt !

Akiko déposa un bol de riz au poulpe devant lui. Il l'engloutit en moins de temps qu'il n'en faut pour le dire. Le poulpe communiquait au riz une saveur exquise. Akiko ne cachait pas sa joie.

— Mange autant que tu veux, il y en a encore. Je te ressers ?

Hioka avait fait de la route pour venir. Akiko n'allait pas manquer de lui offrir son repas. Comme d'habitude, elle se défendrait d'une boutade. « Tu me paieras quand tu auras une promotion ! » Hioka était toujours gêné. Mais comment résister à un tel plat ? Il lui rendit un bol propre comme un sou neuf. Elle le remplit à nouveau. Ayant calmé sa faim, il prit cette fois le temps de déguster. Il but une rasade de thé et dénicha ses cigarettes Peace dans la poche intérieure de son blouson. Le paquet avait été comprimé durant la journée. Il prit une cigarette, la redressa et nicha le bout filtre entre ses lèvres. Il l'alluma avec son Zippo, gravé d'un loup. Un héritage du commandant Ôgami.

Du coin de son comptoir, Akiko avait le regard interrogateur.

— Mais depuis quand tu fumes, mon grand ?

Hioka baissa la tête et souffla la fumée vers ses genoux. Il se toucha les cheveux, embarrassé.

— Depuis six mois environ.

Akiko se renfrogna. Pas la peine de parler, ses yeux clignotaient : « Fumer, ce n'est pas bon pour la santé. » Hioka chercha ses mots, pour ne pas donner l'impression de se dédouaner.

— Tu sais, Nakatsugô est un coin plutôt paisible. L'essentiel de mon boulot, c'est de patrouiller dans la campagne et d'écouter les habitants se plaindre que des bêtes ont bouffé leurs légumes dans les champs. Tu veux que je fasse quoi ? Je ne vais pas me mettre à picoler ou faire la sieste durant les heures de service ! Il n'y a que la cigarette qui m'aide à tuer le temps.

Sans être tout à fait un mensonge, c'était une manière de se trouver des circonstances atténuantes. À sa décharge, les seuls centres d'attraction à Nakatsugô, c'étaient l'épicerie du village et la séance de chants folkloriques, qui se tenait une fois par mois au foyer rural. On était loin des néons et de la violence des nuits d'Hiroshima. Le temps s'écoulait désormais pour Hioka avec une lenteur infinie. La fumée de cigarette emplissait le vide de ses jours. Hioka aimait aussi manipuler le Zippo, qui était un souvenir d'Ôgami.

Que la vie trépidante de Kurehara était loin ! À l'époque, le sang bouillonnait à ses tempes, il courait dans tous les sens. Hioka ne regrettait rien. Deux ans plus tôt, il avait montré les crocs à sa hiérarchie et désobéi aux ordres. Une voix lui disait qu'il avait suivi son devoir. Mais au bout de ces longs mois d'exil à la campagne, le vide de son existence avait fait fondre courage et ardeur comme neige au soleil. Sa crânerie devenait questionnement. *Que faire ? Ça va un temps de contempler les champs et les rizières, de discuter des légumes que m'offrent mes chers concitoyens et de dormir sagement.*

Il écrabouilla sa cigarette dans le cendrier. Celui-ci était placé pile à l'endroit où Ôgami le posait, jadis. *Mais qu'est-ce que je fous, dans le trou du cul du monde?* Hioka resserra le poing autour du Zippo. Les mœurs de l'institution policière le révulsaient, mais sa propre inconsistance encore plus. Il se leva de son tabouret.

— Je reviendrai te voir, promis.

— Mais il n'est pas si tard, se plaignit Akiko.

Il se força à sourire. Il s'apprêtait à sortir son portefeuille, pour la forme.

— Tu sais ce qu'on dit, quand la peau du ventre se tend, celle des paupières se relâche. Je préfère partir avant que le sommeil ne me gagne en chemin.

Akiko baissa la tête d'un air désolé. Hioka se figea. Il venait d'entendre des éclats de voix et des rires, qui provenaient de l'étage.

À son arrivée, il avait senti qu'il devait y avoir des clients dans l'une des pièces tatamis. Il n'y avait plus prêté attention par la suite. Mais il venait de reconnaître certaines intonations. La voix caverneuse de quelqu'un qu'il connaissait.

— C'est qui, là-haut? interrogea-t-il avec un mouvement de tête vers l'étage.

— Il y a Moritaka et M. Takii.

Akiko semblait dans ses petits souliers. Simple gêne de ne pas l'avoir prévenu de leur présence? Hioka connaissait les deux hommes et avait de bonnes relations avec eux. Moritaka Ichinose était le chef du gang Odani. C'était à lui que le commandant Ôgami avait apporté son concours durant la guerre entre l'Odani et le gang Irako. L'autre convive était Ginji Takii, chef du gang Takii, autre intime d'Ôgami. *Pourquoi Akiko ne m'a-t-elle rien dit ?* Elle devança sa question.

— Ils ont un invité, je ne voulais pas les déranger, lança-t-elle sur un ton qu'elle aurait voulu enjoué. Sinon, tu aurais pu aller les saluer.

Hioka perçut l'artifice de sa réplique. *Qui est cet invité ? Quelqu'un avec qui Ichinose et Takii ne veulent pas être vus ?* Il se mordilla les lèvres, et entendit une porte coulisser à l'étage.

Quelqu'un descendait l'escalier. Le fameux invité mystère, flanqué d'un jeune homme qui avait toutes les apparences d'un junior de gang. Hioka regagna sa chaise haute au comptoir et jeta des regards à la dérobée. Longs cheveux décolorés noués sur l'arrière, lunettes de soleil à monture dorée – même en intérieur, alors que la nuit était tombée – et barbe, veste en coton sur polo blanc, pantalon à pinces : on l'aurait dit échappé d'une brochure pour un club de golf.

— Patronne, c'est bien par là, les toilettes ?

— Oui, au bout du couloir.

Akiko avait eu un sourire crispé.

— Merci.

Le restaurant était exigu, le couloir qui menait aux toilettes étroit. Une seule personne pouvait s'y glisser. En passant au coin du comptoir, l'homme fit un geste du menton en direction de Hioka, qui le lui rendit.

Ce gars, je l'ai déjà vu quelque part. Mais où ? Il

scanna sa mémoire. À l'époque où il travaillait au commissariat de Kurehara Est, il avait compulsé le fichier des condamnations et mémorisé les faciès de tous les membres des gangs du territoire. Cet invité n'en faisait pas partie. Il ne devait pas être d'Hiroshima, en tout cas pas de la fédération Jinsei. Pourtant, tout rappelait à Hioka un visage connu. Certes, les yeux de l'individu étaient dissimulés par des verres fumés, mais il y avait le dessin de la mâchoire, le long nez, les lèvres fines et surtout ces oreilles si caractéristiques…

Pour avoir été convié ici et à cette heure par Ichinose et Takii, l'individu en tenue de club-house avait de bonnes chances d'être un yakuza. Comme Ichinose, il semblait proche de la quarantaine. Vu son âge et son allure, il devait occuper un bon poste dans son organisation. Son junior dépassa à son tour le coin du comptoir. Il avait les cheveux courts et portait un costume sur une chemise à col ouvert. Malgré la chaleur de cette soirée de mai, il n'avait pas quitté sa veste. Quand il tourna le dos, Hioka aperçut sur sa hanche droite un renflement caractéristique. Pas de doute, les convives étaient tous des yakuzas.

— Qui c'est, l'invité ? demanda-t-il à Akiko.

Elle détourna les yeux et entreprit de faire la vaisselle pour se donner une contenance.

— C'est le directeur d'une société de BTP. Il connaissait le précédent chef du gang Odani et il fréquente depuis longtemps Moritaka.

Un chef d'entreprise, qui se promenait accompagné d'un garde du corps armé ? Akiko devait savoir que sa version ne prendrait pas avec Hioka. Si elle mentait, c'était pour une raison impérieuse. Hioka sentit monter un flux d'excitation. Un feu brûlant revenait à toute allure. Il se leva.

— Je ne vais tout de même pas partir sans saluer Takii et Ichinose. Ne t'en fais pas, je ne serai pas long.

La réponse d'Akiko ne passa pas ses lèvres. Elle savait qu'essayer d'arrêter Hioka était peine perdue. Le lieutenant avait déjà gagné l'étage. Il s'agenouilla devant la porte coulissante de la pièce où avaient pris place les convives.

— Pardonnez-moi de vous déranger. C'est Hioka.

À l'intérieur, la conversation cessa. Il entendit des pas s'approcher. La porte fut tirée avec vivacité. Il vit Ichinose. Assis sur ses talons, face à lui. Quand Hioka avait fait sa connaissance, il était encore le numéro deux du gang Odani. Depuis qu'il en avait pris la tête, son allure avait gagné en majesté.

— Hioka, vous étiez là !

Les deux hommes ne s'étaient pas vus depuis un an. Mais le visage d'Ichinose exprimait moins la joie des retrouvailles qu'une certaine forme d'embarras.

— Hioka ! C'est bien vrai ? claironna Takii dans le dos d'Ichinose.

Il cherchait lui aussi à donner le change, mais dissimulait mal son trouble.

Toujours agenouillé dans le couloir, Hioka plaqua ses mains sur le sol, passa sa tête au-delà de la porte et scruta l'intérieur de la pièce.

— Ça fait bien longtemps qu'on ne s'est vus ! s'exclama-t-il.

Il avait reconnu deux autres personnes, en plus d'Ichinose et de Takii. D'abord Yukio Amagi, devenu le second du gang Odani quand Ichinose en avait pris la tête. Il n'était sorti de prison, où il avait été jeté pour coups et blessures, qu'après le déclenchement de la guerre des gangs à Kurehara. L'autre était Yoshinori Sagawa, le bras droit de Takii. Hioka l'avait déjà aperçu autrefois, au siège du gang. Quatre pointures du crime organisé à Hiroshima, qui accueillaient l'homme parti à cet instant aux toilettes ? L'intérêt de Hioka ne faisait que redoubler. Il tenta d'aiguiller la conversation sur le cinquième larron :

— À ce que je vois, vous passiez une bonne soirée avec votre invité…

— J'ai un millier de choses à vous raconter, le coupa Ichinose. Malheureusement, on est vraiment occupés ce soir. Vous m'excuserez si nous remettons ça à plus tard.

Visiblement, le boss yakuza n'avait aucune intention de le laisser entrer.

— Je t'appellerai plus tard, lança Takii au lieutenant.

Hioka était vraiment indésirable. Cela renforça son envie de découvrir le lien entre les quatre hommes et le visiteur du soir. Il chercha à meubler, pour laisser le temps à ce dernier de revenir des toilettes. Il entendit alors une voix tonner dans son dos.

— Mais alors, vous vous connaissez ?

Hioka tourna la tête vers l'inconnu. L'homme s'approcha de la porte et questionna ses hôtes :

— Qui c'est ?

Ichinose se passait la main sur la nuque, penaud. Il ne semblait pas réussir à se décider sur la manière de répondre. *Pas la peine de faire ce cinéma, ça finira de toute façon par se savoir*, devait penser Takii, qui lâcha sur un ton résigné :

— Un policier.

— À la bonne heure ! sourit l'homme.

Que Hioka soit des forces de l'ordre semblait ne lui faire ni chaud ni froid. L'un et l'autre s'étaient déjà jaugés.

— Vous êtes policier dans quel coin ?

Hioka pivota le corps vers lui.

— Dans le nord de la préfecture d'Hiroshima. Avant, j'étais à la Seconde division d'enquête ici, au commissariat de Kurehara Est. Et vous ? À qui ai-je l'honneur ?

Une vague de silence submergea la pièce.

C'est Takii qui la trancha. Mais sa voix sonnait faux.

— M. Yoshioka est directeur d'une entreprise de BTP.

— Dans le BTP, mais à quel endroit ? relança Hioka.

— Dans la province d'Hiroshima, continua Takii.

— Mais où exactement, à Hiroshima ?

Le visage de Takii se crispa. L'invité éclata de rire, puis passa à côté de Hioka et alla se réinstaller au fond de la pièce, à la place d'honneur. Il parcourut le groupe du regard.

— Plus on est de fous, plus on rit ! Si nous buvions quelque chose tous ensemble ?

— Mais enfin, patron !?

À ses côtés, le junior avait changé de couleur. Il venait de pousser un cri du cœur. L'homme s'en amusa et braqua ses yeux sur Hioka.

— Dites-moi, monsieur le policier, vous les trouvez étranges, mes oreilles ?

Il s'était bien aperçu que Hioka les détaillait avec insistance. Le commandant Ôgami lui avait enseigné autrefois que la seule chose qu'on ne parvenait pas à camoufler, malgré les postiches, c'étaient les oreilles. Sur les fiches de police, Hioka avait pris l'habitude de mémoriser leur forme. On ne donnait pas dans la chirurgie au sein du crime organisé. Hioka avait encore les mots d'Ôgami en tête. « Tu veux que je te dise : une petite frappe peut se faire refaire le visage. Mais un yakuza, il ne le fera que pour une raison vraiment exceptionnelle. Son visage, c'est la marque du produit. Perdre la face, c'est un truc littéral chez eux. »

Pointues comme celles du diable, mais au lobe rond et généreux : les oreilles de cet individu sortaient de l'ordinaire. Hioka l'imagina sans barbe, avec des cheveux noirs et coupés court. Le portrait craché d'une figure du milieu : Hirô Kunimitsu. Le second du gang Kitashiba en personne, une bande affiliée à la plus grande organisation criminelle du Japon, le gang Akashi.

Quand un schisme s'était produit dans les rangs de l'Akashi, le gang Kitashiba avait choisi de rejoindre la fédération Shinwa, nouvellement créée. Hirô Kunimitsu avait d'emblée fait partie des cadres, en tant que chef du gang Gisei. En février, l'assassinat du chef de l'Akashi, Rikiya Takeda, avait secoué le monde du crime organisé. Hirô Kunimitsu, considéré comme un des meneurs, était recherché pour complicité de meurtre.

Tout laissait à penser qu'Ichinose pouvait couvrir la fuite de Kunimitsu. Avant de prendre la tête du gang Odani, Ichinose avait occupé le poste de second, auprès de Kenji Odani. Ce dernier avait une relation fraternelle avec le chef du gang Kitashiba, Kanetoshi Kitashiba. Dans les codes en usage dans le milieu, Ichinose et Kunimitsu étaient en quelque sorte des cousins.

Hirô Kunimitsu était originaire d'Hiroshima, dans l'arrondissement de Fukunaga. Depuis que le gang Odani s'était rangé aux côtés de la fédération Jinsei, ils avaient fait place nette. À Hiroshima, il n'y avait plus une seule organisation proche du gang Akashi.

Hioka sentit la sueur lui glacer l'échine. S'il se trouvait en présence de Hirô Kunimitsu, il lui fallait appeler des renforts au commissariat compétent. Autrement dit, son ancienne affectation, la Seconde division d'enquête de Kurehara Est. Mais c'était impliquer du même coup Ichinose et Takii. Et s'il se trompait sur l'identité du bonhomme ? Pour en avoir le cœur net, il fallait qu'il le suive. Encore heureux qu'il soit venu à moto aujourd'hui. Cela faciliterait la surveillance, même si le suspect partait du restaurant en voiture. Une fois son domicile localisé, il serait toujours temps d'appeler ses collègues. Son cœur battait la chamade. *Si je réussissais à faire coffrer Hirô Kunimitsu, je pourrais enfin sortir de mon trou perdu.*

Il ne répondit pas à l'homme à propos de ses oreilles. Il recula, ses genoux frottèrent le sol. Il baissa la tête.

— Je vous remercie de votre invitation. Mais je dois partir. Bonne soirée à tous.

Tandis qu'il s'apprêtait à refermer la porte, Ichinose s'interposa, sur un ton sévère :

— J'ai l'impression que vous faites erreur, Hioka. Vous savez, M. Yoshioka est un homme honorable.

Hioka releva la tête. Takii le fixait. Tous les regards étaient menaçants. Hormis celui de l'homme assis à la place d'honneur. Il ricanait. Hioka ne souffla mot. Il fit coulisser la porte, descendit l'escalier, sortit du restaurant et enfourcha sa moto. Akiko avait accouru à sa suite.

— Hioka, attends un peu !

Il enfilait son casque et la regarda.

— Merci de m'avoir invité. Sois sans crainte, la prochaine fois je paierai.

— Comme s'il était question de l'addition ! se raidit-elle. Tu me prends pour une imbécile, c'est ça ? Tu crois que je ne sais pas ce que tu as en tête ?

Il y avait de la colère et du dépit dans sa voix.

— Tu as pris la suite d'Ôgami, c'est ça ?

Le nom de son supérieur piqua Hioka droit au cœur. Il détourna la tête. Akiko insista :

— Dis-moi, mon grand, c'est ça ?

Hioka s'apprêtait à démarrer sa moto. Une voix retentit derrière Akiko.

— Monsieur Hioka, si j'ai bien retenu votre nom.

Akiko poussa un petit cri de surprise. Hioka lança un regard vers celui qui l'interpellait. Sur le seuil du restaurant se tenait l'homme aux oreilles pointues. Descendu seul, sans son junior. Il ôta ses lunettes de soleil. Le doute n'était plus permis. Sourcils dressés, yeux tombants : c'était bien Hirô Kunimitsu. Il s'approcha de Hioka. Akiko recula, effrayée.

— Vous l'avez deviné, je suis Kunimitsu. Celui que toute la police recherche.

Hioka en avait oublié de respirer. Il ne comprenait rien des intentions de Kunimitsu. Le yakuza venait de se démasquer auprès d'un policier en activité. Kunimitsu avait repris les intonations du dialecte d'Hiroshima.

— Monsieur Hioka, vous devez me laisser du temps.

— Du temps ?

Mains fourrées dans les poches de son pantalon, yeux levés vers la nuit de Kurehara, Kunimitsu insista :

— Oui, du temps. J'ai encore un certain nombre d'affaires à régler. Une fois que ce sera fait, je vous laisserai me passer les menottes, c'est promis.

Il lui offrit un regard, un sourire et une tape sur l'épaule.

— On se revoit plus tard, reprit-il avant de s'engouffrer dans le restaurant.

Hioka ne bougeait pas. Les mots de Kunimitsu résonnaient dans son esprit. Qu'avait-il voulu dire avec ces « affaires à régler » ? Il avait liquidé Takeda, quelles autres opérations avait-il en vue ? Que pouvait-on encore imaginer, après l'assassinat du chef du plus puissant gang du pays ?

— Hioka !

La voix d'Akiko le ramena sur terre. L'air soucieux, elle s'approchait.

— Hioka, je ne sais pas ce que tu as l'intention de faire avec M. Kunimitsu. En tout cas, n'oublie pas que j'ai toujours les choses que tu sais.

Les choses. Planquées au fond du couloir, près de la porte arrière du restaurant. Il fallait déplacer un réfrigérateur pour découvrir une niche dans le mur. Akiko y gardait des liasses de billets et un cahier, dans lequel étaient répertoriées toutes les exactions commises par les hiérarques de la police.

Hioka empoigna le guidon de sa moto et appuya avec énergie sur le kick. Il dut s'y reprendre à cinq reprises pour la faire démarrer.

— Au revoir.

Il se cala sur les repose-pieds et tourna à fond la poignée d'accélérateur.

2

Geinô Hebdo 24 mai 1990

Exclusif :

MEISHIN : LA PIRE GUERRE DES GANGS DANS L'HISTOIRE DU CRIME ORGANISÉ

Par **Akira Yamagishi**

Considéré comme l'instigateur de l'assassinat de Rikiya Takeda, 48 ans, chef du gang Akashi, Hirô Kunimitsu est en quelque sorte le prototype du yakuza moderne. Mélange de cellules grises et de brutalité physique, il a ses entrées dans le monde des affaires et un compte en banque bien garni. Sa fortune se compterait en milliards de yens.

Né en 1955 à Hiroshima, Hirô Kunimitsu y a vécu jusqu'à la fin de son adolescence, avec ses parents et sa sœur. Son père avait réussi ; après une carrière dans un grand groupe, il avait fondé sa propre société d'import-export. En dépit de l'aisance matérielle, Hirô Kunimitsu avait pris dès le collège un mauvais pli. Les voyous du lycée l'avaient choisi comme leader. Mais, dans le même temps, c'était un individu brillant.

Un ancien camarade de lycée témoigne : « Kunimitsu faisait souvent le coup de poing contre les bandes rivales des autres lycées. Mais dès qu'il s'agissait des résultats scolaires, il était dans les dix premiers ! Il avait l'esprit vif. C'était de naissance ! Notre établissement était celui de l'élite. Avec les notes qu'il avait, Kunimitsu aurait pu prétendre à l'université d'Hiroshima, d'Osaka ou de Kyôto.

Mais il voulait devenir marin, sans doute influencé par le métier de son père dans le commerce international. Il s'est présenté au concours d'entrée de l'École nationale de la marine marchande de Kobe. »

Kunimitsu a réussi son examen. En 1973, il a déménagé à Kobe pour suivre les cours de cette école. Il était parti pour devenir capitaine de bâtiment. Où le parcours s'est-il détraqué ? Sa rencontre avec un homme de 67 ans, Kanetoshi Kitashiba, aura été déterminante. Il était le chef du gang Kitashiba, allié à l'important gang Akashi.

Témoignage d'un membre de gang qui – comme on dit dans ces milieux – a eu « à en connaître » à cette époque : « Un jour, dans le quartier des plaisirs, Kunimitsu s'est bagarré avec un junior du gang Akashi. Personne n'a jamais su comment ça avait commencé, mais Kunimitsu lui avait mis une sérieuse dégelée. Le gang Akashi l'a fait enlever et conduire à son quartier général. C'est par hasard que le boss Kitashiba se trouvait là et lui a sauvé la vie. »

On ne saura jamais vraiment si Kunimitsu a été recruté ou s'il a postulé pour entrer dans le gang Kitashiba. Nous étions en 1975. Il a arrêté ses études à tout juste 20 ans. Il n'a pas tardé à se distinguer dans le commerce illicite de jeux vidéo, ainsi que dans l'importation frauduleuse de marbre, extrait dans toute l'Asie du Sud-Est. Kunimitsu a fini par fonder son propre gang, le Gisei. Il est entré dans l'exécutif du gang Kitashiba comme adjoint du second. C'est à cette époque qu'il s'est adonné au délit d'initiés en Bourse et qu'il a pratiqué, illégalement, l'activité de courtier en immobilier.

Sa notoriété a fait un bond chez les yakuzas en 1980. Il a tué d'un coup de sabre un dirigeant d'une organisation affiliée au gang Akashi. Le conflit s'était cristallisé autour d'un trafic clandestin de méthamphétamines. Kunimitsu s'était posté à une sortie d'autoroute. Il a prétexté la légitime défense, la victime ayant fait feu la première. Il aurait lui-même apporté les soins d'urgence et appelé une ambulance. La justice a requalifié le meurtre en coups et blessures ayant entraîné la mort. Le yakuza en a pris pour sept ans.

Kunimitsu aurait dû subir les foudres du gang Akashi. Mais il s'était coupé l'auriculaire et avait fait acte de contrition, comme s'il avait offensé son propre clan. Les dirigeants de l'Akashi semblent avoir fermé les yeux et accepté ses excuses. Il se dit que la somme de cent millions de yens a pu participer à la décision, mais rien n'est éclairci.

En 1985, Kunimitsu est sorti de la prison de Kumamoto, en liberté conditionnelle. Il n'est pas retourné tout de suite à Kobe, mais s'est installé quelque temps à Kyûshû. C'est à ce moment-là qu'il a fait la connaissance d'un certain « S ». Le président d'une entreprise de promotion immobilière, active dans tout l'ouest du Japon. Leur rencontre a fait prendre un tournant décisif à la carrière de Kunimitsu. Elle a marqué le début de sa réputation de « guerrier businessman ».

(*À suivre…*)

Les jeunes épis de riz se haussaient vers le ciel, comme des épées dressées en pleine nature. Pas un nuage. Le soleil se déversait à cœur joie. C'était officiel : depuis deux jours, la préfecture d'Hiroshima était sortie de la saison des pluies.

Juché sur sa moto, Hioka sillonnait une voie communale, qui coupait au travers des rizières. Il avait troqué sa Yamaha SR500 pour le modèle 900cc de fonction. Une monture défraîchie, transmise par son prédécesseur à l'antenne de police de Nakatsugô. Surnommée « Black-Bike », elle en était à son quatrième utilisateur. La peinture s'écaillait par endroits. Pas question d'imaginer la démarrer du premier coup. Mais dans une vaste contrée, c'était toujours mieux que de se déplacer… à bicyclette.

Hioka s'acheminait à petite cadence vers le pied de la montagne Ôtomi, à cette jonction exacte entre les terres arables et les flancs rocheux. À l'ouest s'élevait le Shiten, au sud la chaîne des monts Hiba. Les pentes étaient pour la plupart drapées de forêts de *sugi*, le cèdre du Japon. En cette saison, le vert clair des rizières et celui plus foncé des *sugi* offraient un saisissant contraste avec le bleu limpide du ciel.

D'une main, Hioka ajusta son casque jet. Heureux qu'il n'ait pas adopté un modèle intégral. La météo du jour avait annoncé pour la préfecture d'Hiroshima une température flirtant avec les 32 °C. Il n'était pas encore midi et le mercure avait déjà atteint les 30 °C. Hioka n'en souffrait pas trop, juché sur sa moto. Surtout, cette zone en pleine nature faisait descendre de quelques degrés ce qu'on appelle la « température ressentie ».

Niché entre des montagnes de basse altitude, Nakatsugô était un bassin alimenté en permanence par le ruissellement des eaux de pluie. De la montagne dévalaient des torrents et des rivières. Leurs flux froids tempéraient l'atmosphère, de même que l'air venu des sommets. Aucune construction ne dépassait un étage, pas même la mairie ou l'école de la commune, toutes les deux des annexes de la ville de Shiroyama. La plupart des paysans habitaient des maisons traditionnelles de plain-pied. Rien qui fasse obstacle au souffle de l'air. La chaleur étouffante des zones humides ne s'attardait jamais longtemps à Nakatsugô.

Au bout de la voie communale, Hioka tourna à droite sur une route qui portait le nom de départementale par abus de langage. C'était un chemin de montagne, sur lequel il s'engagea avec précaution. Il suffisait de rouler sur un caillou pour basculer dans le ravin et dégringoler jusqu'aux berges de la rivière, en contrebas. Des miroirs étaient disposés dans les virages, pour permettre d'apercevoir les véhicules qui arrivaient en face.

Cinq minutes plus tard, le chemin à flanc de montagne déboucha sur un plateau dégagé. Une vaste étendue, comme si on avait abattu tous les arbres qui se trouvaient là. Au fond de ce plateau, adossée à la montagne, se nichait une maison également de plain-pied. Une allée gravillonnée y menait. Dans le jardin potager on apercevait les légumes d'été, aubergines et haricots.

Tandis qu'il roulait sur l'allée, Hioka entendit un chien aboyer. Croisé avec un shiba, Tarô était une bête de trois ans, enchaînée à sa niche, non loin de la maison. Hioka avançait sur son territoire.

Les aboiements devenaient stridents. Tarô n'était pas un chien de garde. Il ne parvenait pas à distinguer les individus hostiles de ceux qui étaient bien intentionnés, voire habitués. Hioka était déjà venu à plusieurs reprises dans le cadre de son travail, mais Tarô n'avait toujours pas compris qu'il était en mission.

Hioka gara la Black-Bike et ôta son casque. Il prit un mouchoir dans sa poche et s'épongea le crâne. Un homme sortit de la maison. Takeo Kuroda, le maître des lieux.

— Monsieur le policier, quel plaisir ! dit-il avec un grand sourire. C'est gentil à toi de prendre la peine de venir nous voir, au fin fond de nos montagnes.

Hioka descendit de moto et le salua en inclinant le buste. Il ne put s'empêcher de remarquer ses bottes crasseuses.

— Vous étiez quand même pas à travailler aux champs ? Vous avez du mérite avec cette chaleur.

Depuis qu'il avait débarqué ici, Hioka s'appliquait à ponctuer son phrasé d'intonations locales. S'il avait conservé son accent citadin, on l'aurait accusé de vouloir se donner un genre, ou d'installer de la distance avec les administrés. C'étaient les joies de la vie à la campagne. Kuroda avait repéré son regard braqué sur ses bottes. Il tapa des talons contre le sol. De la boue séchée se décolla des semelles.

— Le soleil, c'est pas un ennemi. On a besoin de chaleur en été et de froid en hiver, voilà la vérité. Il y a quelques années, on a eu un été trop frais. Il n'y a eu que les gens de la ville pour en être contents. Nous autres paysans, on en a bien souffert. La récolte des légumes, ç'a été une vraie catastrophe. Les prix ont grimpé en flèche, les gens ne voulaient plus rien acheter. Crois-moi, il faut remercier le ciel quand ça cogne en été !

Calmé depuis un moment, Tarô venait de reprendre sa sérénade. Non plus un aboiement vindicatif, mais un gémissement quasi suppliant. Satoko, l'épouse de

Kuroda, avait fait son apparition sur le seuil, un récipient en aluminium à la main. À en croire la réaction du chien, une bonne gamelle.

— Je me demandais bien à qui qu'était cette voix, lança Satoko d'un air jovial. Depuis quand t'es arrivé ?

Elle tourna le regard vers son époux et décocha ses flèches.

— Qu'est-ce que tu fabriques ? Vous n'allez pas rester comme ça en plein soleil !

— Moi, mais ça me fait rien…

Le mari bomba le torse sous son tee-shirt. S'il avait fallu deviner son âge à l'aspect de ses pectoraux, on lui aurait donné vingt ans. À peine la moitié de son état civil. Mais ses fanfaronnades n'avaient pas de quoi émoustiller son épouse.

— Je parle pas de toi, cette bonne blague ! C'est le lieutenant qui m'inquiète. Regarde comme il transpire, le pauvre.

Hioka sentait que le dos de son uniforme était trempé. Quel barda il trimballait aussi ! Une radio et une lampe glissées dans son gilet pare-balles, une arme et une matraque accrochées à sa ceinture. Même sans bouger, le poids de l'équipement réglementaire rendait les journées d'été difficiles à supporter.

Avec tout ça, Satoko n'avait pas encore déposé la gamelle ; d'un jappement, Tarô lui rappela pourquoi elle était sortie. Satoko s'accroupit et la posa devant lui.

— Pardon, mon petit Tarô, je t'ai fait attendre.

Le chien enfouit le museau dans sa platée. Un

mélange de riz et de soupe miso, ce qu'on appelle curieusement un « repas de chat ». Satoko se redressa et s'essuya la main au bas de son tablier à carreaux. Elle regarda Hioka.

— T'as pas encore déjeuné, si ? Je pense faire des nouilles froides. Si tu restais manger avec nous ?

— C'est gentil de votre part. Mais je suis en service, je suis passé pour vous rendre ça…

Il ouvrit le top case fixé sur le porte-bagages de la Black-Bike et en sortit un sac de supermarché. Il leur rapportait une boîte en plastique.

Trois jours plus tôt, Satoko lui avait offert des harengs cuits dans de la sauce soja. C'était dans les coutumes qu'il reçoive des présents de la part des habitants de Nakatsugô, des légumes frais ou de la nourriture. En ville, il aurait été hors de question qu'un administré offre quoi que ce soit à un représentant des forces de l'ordre. Selon les cas, il pouvait même en aller d'une infraction au règlement. En revanche, l'habitude était bien ancrée dans les zones rurales.

Son prédécesseur à Nakatsugô l'avait prévenu : « À la campagne, il y a deux règles. Ne pas prendre les gens de haut et ne pas décliner une proposition. Fais gaffe à ça, sinon tu t'attireras des inimitiés. » Hioka accueillait les offrandes avec docilité. Mais il mettait un point d'honneur à commencer par refuser, histoire qu'on ne se mette pas à médire dans son dos…

— Je suis navré de vous le rendre vide.

Hioka s'inclina. Il tendit le sac qui contenait le

récipient et le couvercle nettoyés. Satoko répondit sur le même ton désolé :

— Ce n'était pas la peine de venir tout exprès. Ça pouvait attendre une autre occasion.

Elle prit le sac et se dirigea vers la maison. Arrivée à la porte, elle se retourna et invita Hioka d'un signe de la main, accompagné d'un sourire.

— Mais ne reste pas là. On a des légumes en saumure, que j'ai préparés hier. Du concombre et du gingembre *mioga*.

Satoko pencha le visage de droite à gauche pour l'amadouer, fit des minauderies. Elle n'attendit pas sa réponse avant de regagner la cuisine. Kuroda se moqua de bon cœur de son numéro de charme.

— La mère, tu ferais bien de te souvenir de ton âge, quand même !

Il tourna vers Hioka son sourire aux plis amers. Une bouche en forme de U renversé.

— Allez, entre donc. Pour tout te dire, elle et moi, on s'est disputés ce matin. Le déjeuner promettait d'être tristounet. Comme t'es là, elle va retrouver sa bonne humeur. Allez, fais au moins ça pour moi.

Médiateur dans les scènes de ménage, ça faisait partie de la fiche de poste de l'officier de police à Nakatsugô. Hioka déposa son casque sur la selle de la Black-Bike. Il retira la clé de contact et la fourra dans la poche de son pantalon.

— Bon, si vous insistez…

Il emboîta le pas à Kuroda, qui s'engouffra vite fait dans la maison.

Au déjeuner, il y eut des nouilles froides. Mais pas grand-chose à se mettre sous la dent côté conversation. Hioka buvait du thé à l'orge quand Satoko revint de la cuisine avec une pastèque.

— On l'avait mise au frais dans le torrent derrière la maison. Goûte, tu m'en diras des nouvelles !

— Oh, mais c'est qu'elle a l'air bien mûre ! s'exclama Kuroda.

Tandis qu'il agitait son éventail d'une main, le mari avait tendu l'autre vers le plateau que posait Satoko. Elle lui frappa les doigts, comme on essaie d'écraser une mouche.

— Les invités d'abord !

Kuroda poussa un cri. Visage contrit, il se frotta la main.

— Je suis rassasié, intervint Hioka. J'en prendrai plus tard. Que le chef de famille se serve, je vous en prie.

— Tant pis alors, se contenta de répliquer Satoko, avant de tourner un visage renfrogné vers son mari. Tiens, profites-en, pendant que la marchandise est fraîche !

Kuroda prit une tranche de pastèque et la croqua d'un air boudeur. Il protesta, la bouche pleine :

— Même si un invité te plaît bien, il ne faut pas autant le favoriser. Prendre soin du lieutenant, c'est une bonne chose. Mais il faut aussi chérir un peu ton mari !

Satoko leva un sourcil.

— Ben, tiens ! Qu'est-ce que je devrais dire, moi ? Si la petite Kyôko te plaît bien, tu n'oublieras pas pour autant de chérir ta femme, c'est ça que tu me dis ?

Sortie depuis peu du lycée, la dénommée Kyôko travaillait au Miyabi, un bar à hôtesses situé près de la mairie de Shiroyama. Aux alentours, elle était la plus jeune de sa profession. La ville comptait un certain nombre d'établissements de ce genre.

Plusieurs fois par mois, les hommes s'y rendaient pour « se lâcher ». Kuroda haussa les épaules, excédé. Comme dit le proverbe, il ne faut pas réveiller un chat qui dort.

— Tu ne vas pas recommencer ! Je te dis que toute cette histoire, c'est à cause de Kenji. Il était bourré, impossible de le réveiller. C'est à cause de lui que je suis rentré si tard hier. Je n'ai rien fait de mal !

— Rien fait de mal ? Encore heureux ! Monsieur s'imagine peut-être qu'il pourrait avoir du succès auprès des jeunes filles. On rêve !

— Ben alors, qu'est-ce que tu me reproches ? répliqua Kuroda d'un air soupçonneux.

Satoko se détourna de lui, dépitée.

— Je trouve cette situation pitoyable. Quand je t'imagine, à faire le beau avec cette jeune fille…

On en arrivait au cœur de la scène de ménage. Une pitance qui n'intéressait même pas un chien. Ces choses devraient rester en famille. Mais Hioka était policier, il allait devoir intervenir.

— Chérie, tu ne serais pas un peu jalouse ? asticota Kuroda.

— Sûrement pas ! rugit-elle, avant de durcir le

ton. Ce qui me fait du tracas, c'est que ça fait mauvais genre auprès des voisins. C'est tout.

— Mauvais genre ? Qu'est-ce que tu racontes ? Tout le monde y va dans ces bars. Fuchigami, Shimo, Mukae…

Hioka parvenait à suivre à qui Kuroda faisait référence. En arrivant à Nakatsugô, il avait dû se familiariser avec les noms des maisons de commerce de la commune. Il y avait tout un double système de patronymes à connaître : les gens portaient un nom d'état civil et un autre lié à la « maison de commerce » de leur famille. Kuroda venait d'en aligner trois, qui étaient parmi les principaux producteurs locaux.

— Madame Kuroda, monsieur Kuroda, calmez-vous tous les deux, s'il vous plaît ! intervint Hioka. Vous devez essayer de vivre en paix, dans votre couple. Votre fille s'est mariée l'an dernier, elle a quitté la maison. Vous pouvez être fiers de votre fils, qui a rejoint les Forces japonaises d'autodéfense au printemps. Vous êtes entre vous désormais. À ce propos, j'ai appris une chose…

Hioka s'apprêtait à abattre une carte maîtresse. Il tourna son regard vers Satoko.

— Madame Kuroda, on m'a dit que dans votre jeunesse on vous surnommait « Miss Nakatsugô ». Votre réputation de beauté n'était plus à faire…

Elle mit la main devant sa bouche et secoua la tête en signe de dénégation. Mais on devinait son sourire. Hioka avait réussi à faire son effet. Elle retrouva dans la seconde sa bonne humeur.

— C'est gênant, qui a pu te raconter une chose pareille ?

— C'est Shinji Yokota, de la maison Fuchigami.

— Tiens donc ! interrompit Kuroda, pas mécontent d'entendre ce nom. Autrefois, il t'avait fait passer une lettre d'amour, n'est-ce pas ? demanda-t-il en se tournant vers son épouse.

— Chéri, je t'en prie, laissons là ces vieilles histoires. Mais nous n'avons plus de thé à l'orge, je vais en chercher.

Elle se dirigea vers le réfrigérateur, rouge aux joues et théière vide à la main. Elle y fit tomber quelques glaçons et sembla se souvenir de quelque chose.

— Ah, mais j'allais oublier ! dit-elle à Hioka. Murakami m'a demandé de te passer un message. Il faut que tu ailles chez lui, dès que possible.

« Murakami » était le nom de commerce de la famille Hatanaka. Il provenait de leur ancienne fonction de chef (kami) de village (mura). La famille était installée près de l'antenne de police de Nakatsugô. « Près » était un mot relatif dans cette contrée, puisqu'il y avait une bonne centaine de mètres entre les deux. Le poste se trouvait en réalité à l'écart des habitations. C'était l'évocation de Fuchigami qui avait dû rappeler à Satoko qu'elle avait une commission de Murakami, car les deux familles étaient alliées.

— C'est M. Hatanaka qui a demandé ça ?

— Oui, Shûzô lui-même.

Shûzô Hatanaka était réputé pour son mauvais caractère et ses avis peu nuancés. Comme son aïeul à la tête de la maison Murakami, il présidait aussi aux destinées du conseil municipal. Les rumeurs allaient bon train. Après trois mandats successifs, Hatanaka se voyait bien poser sa candidature au poste de conseiller départemental. Hioka réfléchit, mais ne vit rien qui pût justifier une convocation par Hatanaka. Encore moins pourquoi il était passé par Satoko pour transmettre le message. Kuroda avait dû remarquer la perplexité du lieutenant. Il pointa son éventail vers lui.

— Te creuse pas les méninges. Il va te remercier, rapport à l'accident de l'autre jour.

Hioka eut un soupir de soulagement. Voilà quatre jours, sur ce même chemin montagneux qu'il venait d'emprunter pour venir chez les Kuroda, il y avait eu un accident de la circulation entre un vélo et une camionnette. Le téléphone avait sonné au poste de police, tandis que Hioka remplissait le registre de main courante à la fin de son service.

Dans la vie trépidante de Nakatsugô, c'était un exercice de pure forme. Au bout du fil, c'était Satoko, prise de panique.

— Un accident ! Y a eu un accident sur la route qui monte ici !

Hioka avait essayé de la ramener au calme. Que s'était-il passé ? Y avait-il des blessés ? Des dommages matériels ? Mais Satoko était hors d'elle-même, incapable d'être précise. Le plus simple était de se rendre sur les lieux. Hioka avait enfourché la Black-Bike.

Il avait trouvé sans difficulté l'endroit de l'accident. Le véhicule était arrêté sur le chemin, la portière conducteur collée à la paroi rocheuse. Au sol gisait une bicyclette. C'était en apparence le résultat d'une collision. Hioka avait garé la Black-Bike à distance de la scène et essayé de reconstituer les faits. Hormis quelques rayures sur la carrosserie, le véhicule n'avait subi aucun dommage. Rien qui laissât présager que ses occupants pussent être blessés. Quant au vélo, seul le guidon était tordu.

Beaucoup de bruit pour rien? L'affolement de Satoko avait semblé disproportionné. Hioka s'était interrogé. Qu'était-il advenu de la personne qui circulait à bicyclette? Une simple chute pouvait à elle seule causer de graves blessures. Mais avant tout, où étaient passés les protagonistes de cet accident? Le lieutenant avait exploré les alentours, en vain. Que savait Satoko? Il s'était décidé à reprendre sa Black-Bike pour monter chez les Kuroda. Il l'avait enfourchée, quand une petite voiture blanche s'était approchée. Elle s'était arrêtée à sa hauteur. Satoko était au volant. Elle avait sauté hors de l'habitacle et s'était précipitée vers Hioka.

— Lieutenant, c'est gentil d'être venu tout de suite! J'étais complètement affolée, je ne savais pas quoi faire. J'ai même pensé à aller te chercher au poste de police.

— Il y a des blessés? avait coupé Hioka.

Satoko avait agité la tête, penaude. Sa réponse avait été alambiquée.

— Non. Oui. Enfin, pas vraiment. Pas de quoi aller à l'hôpital, en tout cas. C'est le fils Tanaue, il est sous le choc. Rapport à l'identité de la fille sur le vélo…

L'écheveau avait commencé à se démêler. La première personne impliquée était Yoshimasa Tao. C'était le fils de la maison de commerce Tanaue. Ils habitaient à la pointe ouest de Nakatsugô. Comme la plupart des gens ici, ils vivaient de l'agriculture. Tao avait tout juste la quarantaine. Il était célibataire et vivait chez ses parents. C'était le seul de la famille à conduire. Son père souffrait d'un problème aux jambes et sa mère n'avait que le permis pour conduire des mobylettes. Pour que Tao et Satoko aient été plongés dans une telle panique, la cycliste ne devait pas être n'importe qui.

— Qui était-ce sur le vélo ?

— La petite Shôko Murakami.

Hioka avait fait la grimace. On pouvait comprendre l'état de choc de Tao. L'affaire touchait les Hatanaka, la famille la plus importante de Nakatsugô. Les parents avaient attendu longtemps avant d'avoir une fille. Elle était la cadette de trois enfants. Le père la chérissait comme la prunelle de ses yeux. Elle avait deux frères aînés, aujourd'hui étudiants dans des universités privées, à Hiroshima pour le premier et à Osaka pour l'autre. L'aîné était destiné à prendre la succession de son père comme chef de famille.

Quant à Shôko, elle allait au lycée public de Shiroyama. Depuis le village de Nakatsugô, il y en avait pour une bonne heure d'autocar. Une parente qui logeait sur place avait proposé de l'héberger, mais le patriarche avait décliné. Officiellement, pour ne pas déranger. En réalité, il voulait éviter que sa fille ne se mette à fréquenter les garçons. « Mon mari est vraiment collé à sa fille », avait confié Mitsuko Hatanaka à Satoko. Les deux femmes étaient amies depuis le lycée.

Satoko avait sué en racontant ce qu'elle savait de l'accident. Elle s'était épongé le front avec le carré de coton qu'elle portait enroulé à son cou. L'après-midi en question, Shôko était venue lui apporter des légumes marinés que sa mère avait préparés. « Très réussis », avait précisé Satoko.

— Pour remercier Shôko, je lui ai offert du gâteau. Elle n'a pas voulu en manger tout de suite. J'ai proposé de la ramener chez elle en voiture, mais elle ne voulait pas. Moi, j'étais pas rassurée. C'est un beau brin de fille, Shôko, tu le sais. Bref, il ne faisait pas encore nuit, mais ces chemins de montagne sont déserts. J'ai prétexté que j'avais des bricoles à faire et je l'ai suivie, tandis qu'elle descendait de la maison à vélo. Et c'est là qu'elle s'est accrochée avec la voiture de Tao.

D'après la version de Satoko, la responsabilité de l'accident incombait à Shôko. À l'endroit de la collision, la pente était raide et la route marquait une courbe accentuée. Il était difficile de voir ce qui arrivait en face. Sur son vélo, Shôko avait pris de la vitesse dans la descente et s'était laissée déporter vers le milieu de la chaussée.

— Et là, le véhicule de Tao est arrivé en face. Shôko a surgi devant lui. Il a réussi à l'éviter de justesse ! Encore heureux qu'il était dans la montée. Il roulait pas vite. Sinon, je préfère pas imaginer ce qui se serait passé.

— Donc, il accroché le vélo de Shôko au passage ?

avait enchaîné Hioka en regardant le véhicule, collé sur la paroi rocheuse.

Satoko allait faire signe que non, puis s'était ravisée.

— D'après ce que j'ai vu, Tao est passé à côté sans la toucher. Je ne pense pas qu'ils se soient accrochés. Mais tout ça s'est passé si vite, j'en mettrais pas ma main au feu.

Pour les grandes lignes, Hioka avait ce qu'il lui fallait. Manquait un élément majeur : les deux protagonistes de l'accident.

— Ils sont où en ce moment, Shôko et Tao ?

— Chez moi, avait répondu Satoko en levant la tête vers la montagne. Shôko a le genou amoché. Je l'ai prise avec moi, pour aller désinfecter tout ça. On voyait que Tao était affolé. Je l'ai fait monter aussi. Une fois là-bas, j'ai appelé le poste de police. J'ai soigné Shôko, puis je me suis rendu compte que mes explications étaient confuses. Du coup, je suis venue jusqu'ici à ta rencontre.

— J'aimerais leur poser quelques questions, avoir des détails. Je peux passer chez vous maintenant ?

— On y va, avait acquiescé Satoko.

Elle était montée dans sa voiture et avait fait demi-tour avec une grande dextérité. Hioka l'avait suivie à moto.

Kuroda avait dû entendre les moteurs au loin. Sa tête émergeait déjà de la véranda. Il avait incliné son buste au-dessus de l'étroite terrasse en bois qui donnait sur le jardin. Les mains en porte-voix, il avait crié en direction de Hioka.

— Lieutenant, par ici !

Tant pis pour la porte d'entrée. Hioka s'était dirigé vers la véranda, qui prolongeait la salle de séjour. Comme la plupart des habitations paysannes au nord d'Hiroshima, la maison de Kuroda était de forme rectangulaire. D'une surface d'environ dix-huit mètres carrés, la salle de séjour était flanquée de deux pièces tatamis, placées en enfilade. L'une accueillait l'autel, l'autre servait de salon pour célébrer, dans un cercle familial, cérémonies traditionnelles et événements locaux. Sorte de couloir extérieur en bois, la terrasse ouvrait sur ces trois pièces.

— Monte par ici, avait indiqué Kuroda à Hioka, en désignant des yeux une marche en pierre de taille, au pied de la véranda.

— Pardon pour le dérangement, s'était excusé Hioka, qui avait abandonné ses chaussures sur la grande pierre plate et avait pénétré dans le salon.

Shôko et Tao s'y trouvaient. Tao avait bredouillé en apercevant l'uniforme.

— Oh, c'est terrible… Quel malheur ! Qu'est-ce que je vais faire ?

Petit et mince, Tao avait presque paru famélique au lieutenant, dans l'état de trouble où il était. S'il voulait y voir clair, Hioka devrait d'abord calmer ses tremblements. Il avait réfléchi à des paroles apaisantes, mais Kuroda les avait rejoints dans la pièce, avec sa langue bien pendue.

— T'en fais pas, Tao. C'est qu'une écorchure. Shôko peut plier le genou et marcher sans problème. Dans deux ou trois jours, ce sera guéri. Pas la peine de te mettre dans tous tes états. Lieutenant, dis-lui qu'il a pas à s'en faire.

Kuroda s'était assis sur le tatami et avait jeté un coup d'œil à Hioka.

— Ne vous en faites pas, avait confirmé ce dernier à Tao. Tout cela va se régler sans problème.

Hagard, les yeux fixés sur le sol, Tao n'avait eu aucune réaction, pas une parole. Satoko était alors entrée dans le salon, plateau en main. Quelques minutes plus tôt, à peine descendue de voiture, elle avait filé dans la cuisine pour préparer du thé. Sur la table, elle avait déposé une tasse devant chacun, et avait pris place à côté de Shôko.

— Assieds-toi avec nous, lieutenant. Avant toute chose, un bon thé !

Elle avait dévisagé Shôko, inquiète. Dans son uniforme de lycéenne, la jeune fille avait gardé la nuque courbée.

— Ça va, ma petite ?

Shôko s'était contentée de répondre à Satoko d'un hochement de tête. L'adolescente avait une sale mine. Sous l'encadrement de cheveux noirs, coupés à hauteur des épaules, son teint de porcelaine semblait encore plus pâle qu'à l'ordinaire. Ce qui dominait dans sa posture, c'était le sentiment de gêne. Elle avait semblé atterrée de provoquer un tel ramdam, jusqu'à faire déplacer l'officier de police. Shôko avait été en fait contaminée par un mouvement de panique générale, qui avait saisi les personnes adultes autour d'elle.

— Shôko, tu as dû avoir la frousse, avait lancé le lieutenant.

Le coup d'œil qu'elle lui avait décoché avait tout d'une supplique. « Pas la peine d'en rajouter », avaient dit ses yeux.

— Tu n'es blessée qu'à cet endroit ?

Le regard de Hioka était descendu vers le bandage qui entourait le genou gauche de Shôko. Ce pansement mettait sa blessure en exergue. Elle s'était installée à son aise sur le tatami. Le lieutenant n'avait pu s'empêcher de remarquer ses jolies jambes. Elles émergeaient de la jupe marine de son uniforme de lycéenne. Le glissement de son regard n'avait pas échappé à Shôko. Troublée, elle avait tiré sur son vêtement pour dissimuler ses genoux.

— Je me suis égratignée quand je suis tombée. Tante Kuroda m'a fait un bandage, mais je n'en ai pas vraiment besoin. Un bout de sparadrap suffirait.

— C'est vrai que ce n'est pas grave, intervint Kuroda. Mais il faudrait pas que la plaie s'infecte, ou que ça te laisse une cicatrice. Jusqu'à ce que ce soit complètement guéri, il vaut mieux laisser ça bien couvert.

Ce dialogue avait été suffisant pour réveiller l'inquiétude de Tao. Il avait relevé le visage d'un coup. Satoko était venue à sa rescousse. Elle avait voulu faire contre mauvaise fortune bon cœur.

— J'ai hésité avant d'appeler la police. Shôko disait qu'elle allait bien. Mais dans le doute, on ne sait jamais. Il faut relativiser. Ce n'est pas le visage. Dans ce cas-là, les blessures ont plus de conséquences, même les égratignures.

Tao savait à quoi il avait échappé. Il avait commenté d'une voix fluette :

— Shûzô va me tomber dessus ! J'ai blessé sa fille chérie. D'accord, ce n'est que la jambe. Oh, si ç'avait été le visage ! Pour sûr, il m'aurait massacré. J'étais pas près de remettre le nez dehors…

On aurait cru qu'il imaginait la fureur du père de Shôko capable de déplacer les montagnes. Les épaules de l'adolescente s'étaient mises à trembler. Elle devait se douter qu'elle aurait elle aussi à subir les foudres du paternel. À la seule pensée de la colère de Shûzô Hatanaka, l'atmosphère dans le salon des Kuroda avait pris une consistance de plomb. Hioka s'était levé.

— Une petite seconde, je vais chercher mon carnet, avait-il dit d'un ton dégagé.

Sorti par la véranda, il avait enfilé ses chaussures et s'était dirigé vers le jardin. Il avait plongé les mains dans le top case de la Black-Bike pour en extraire un calepin et un stylo. Il avait regagné la maison pour consigner les déclarations sur les circonstances de l'accident.

Dans les grandes lignes, les versions se recoupaient. Tout indiquait que la vitesse prise par Shôko dans la descente l'avait empêchée de serrer son virage. Comme l'avait expliqué Satoko, la jeune fille roulait alors au milieu de la route. La camionnette avait accroché son vélo à l'arrière quand Tao et elle s'étaient croisés. Cela s'était passé au niveau d'un phare du véhicule. Les deux avaient été d'accord pour dire qu'« effleurer » convenait mieux qu'« accrocher ». Quelles que soient les conséquences, minimes en l'occurrence, cela restait un accident de la circulation, et il fallait dresser entre eux un constat amiable. Hioka avait refermé son carnet et s'était tourné vers Tao.

— Vous m'accompagneriez ? Pour faire un saut rapide sur les lieux de l'accident ?

Ces derniers mots avaient réveillé l'angoisse de Tao.

— Oh ! C'est pas possible !

Shôko avait hésité, puis avait dit d'une voix faible mais résolue :

— J'expliquerai tout à mon père, ne vous inquiétez pas. Vous n'y êtes pour rien. C'est moi, j'allais trop vite. Ne vous en faites pas.

Elle n'ignorait rien de la réputation de son père ; elle avait la nuque courbée vers la table, comme si elle voulait s'excuser de sa rudesse à sa place.

— Pardon, je suis vraiment désolée.

— Mais enfin, non, Shôko ! Tu n'as pas à t'excuser, mon enfant. Allons, relève la tête !

Satoko avait fait son possible pour alléger l'ambiance. Depuis un moment, Tao gardait la tête rentrée dans les épaules et Kuroda les yeux au plafond, sa tasse de thé à la main. Hioka avait repris les choses en main. Ce n'était pas le lieu pour trancher les responsabilités de l'un ou de l'autre. Il s'était tourné vers Satoko.

— Vous avez prévenu les parents de Shôko ?

La maîtresse de maison avait hoché la tête à plusieurs reprises, comme si ce mouvement la faisait revenir à elle.

— Je leur ai téléphoné, mais personne n'a décroché.

— Ils sont allés à Shiroyama faire des courses, s'était empressée d'expliquer Shôko. En tout cas, c'est ce qu'ils avaient prévu de faire ce matin.

— Madame Kuroda, pouvez-vous me rendre un service ? J'aimerais que vous emmeniez Shôko à la clinique du docteur Satô.

Son époux avait répondu à sa place, dubitatif :

— Mais à quoi ça sert, puisqu'elle a rien ?

— Simple précaution, lui avait rétorqué Hioka avec un sourire. Moi non plus, je ne pense pas que ce soit grave. Mais il vaut mieux s'assurer que la blessure est bénigne. Et puis, il y a la question des assurances. S'il y a des frais médicaux, Tao devra fournir un constat d'accident, mais aussi un certificat médical, s'il veut faire jouer son assurance au tiers.

L'explication avait satisfait Satoko. Son époux avait plaisanté.

— Comme tout est devenu compliqué ! De notre temps, quand on était gamins, on cicatrisait les blessures avec de la salive… Quand ce n'était pas avec de la pisse !

Voyant la mine farceuse de Kuroda, Shôko n'avait pu s'empêcher de pouffer. Elle avait mis une main devant sa bouche pour dissimuler son sourire. Mais sa réaction avait suffi à alléger l'ambiance.

— Bon, tout le monde en route, avait lancé Hioka.

Le lieutenant s'était levé du tatami. Kuroda avait

proposé de raccompagner Tao à sa camionnette, sur les lieux de l'accrochage.

— Nous aussi, on y va, avait dit Satoko.

Elle avait tendu la main à Shôko pour l'aider à se lever. Gênée par le pansement autour de son genou, la jeune fille avait perdu l'équilibre. Hioka avait eu le réflexe de la rattraper sous le bras. Shôko s'était trouvée tout contre lui. Elle s'était remise d'aplomb et écartée. Elle n'avait croisé le regard du lieutenant qu'une seconde, avant de détourner les yeux.

Hioka se rechaussa, assis dans l'entrée. Il venait de remercier les Kuroda pour les nouilles froides.

— Tu vas chez Murakami maintenant ? lui demanda Satoko, debout derrière lui.

Le lieutenant se releva et la regarda.

— Oui, il faut aussi que je voie avec lui pour la fête de cet été.

Le mois prochain, ce serait un moment fort dans la vie locale. Chaque année, les habitants se réunissaient à l'unique temple shintô des alentours. Il s'agissait de se souhaiter une récolte abondante. On en profitait pour faire ripaille. Des boutiques itinérantes s'installaient en ville.

Le grand ordonnateur de cet événement était le conseiller municipal Shûzô Hatanaka. Hioka devait s'enquérir auprès de lui du déroulement des opérations et lui expliquer les mesures de sécurité prévues.

— Je vais lui téléphoner pour le prévenir que tu arrives, répliqua Satoko.

— On peut dire que son épouse ne ménage pas

sa peine ! rigola Kuroda. Mitsuko en fait des choses pour attirer chez eux notre cher policier !

Satoko lui donna une bourrade dans les côtes, pour lui signifier de mieux tenir sa langue. Elle semblait stupéfaite de son incapacité à garder quoi que ce soit pour lui. Kuroda ne fit que s'enfoncer.

— Euh… je veux dire que chez Murakami on apprécie les forces de l'ordre, de génération en génération. Ils habitent près du poste de police, c'est normal entre voisins.

Hioka avait déjà la puce à l'oreille. La bienveillance de Hatanaka à son égard avait des raisons personnelles. Ce fut Kuroda qui dispersa ses pensées.

— Sinon, t'as entendu qu'ils vont reprendre les travaux du golf ?

— Comment ça, celui de Yokote ? s'étonna le lieutenant.

C'était un lieu-dit en bordure du lac Kinshû, à Nakatsugô. Ce panorama naturel était un haut lieu touristique. On s'y pressait à l'automne pour admirer les couleurs de la forêt.

— Oui, c'est ça, Yokote. Près du mont Shiten. Tu sais, il y avait un terrain de golf inachevé. Ils vont recommencer les travaux.

Hioka en avait entendu parler par l'un des habitants. Il avait demandé pourquoi une partie du versant du mont Shiten était déboisée. On lui avait appris que les arbres avaient été abattus pour faire place à un golf. Mais l'entreprise avait fait faillite, et le chantier était en plan depuis maintenant quatre ou cinq ans. Le lieutenant n'avait même pas été informé qu'il reprenait.

— Je l'ai su par une de mes connaissances à la mairie, se rengorgea Kuroda. On raconte que c'est une boîte de Kyûshû qui a racheté le terrain. Ils vont faire les choses en grand, avec un hôtel et tout le reste.

— Ça sera tout près de l'entrée de l'autoroute Chûgoku, compléta Satoko. Ils en construisent une autre entre Hiroshima et Shimane. Avec le golf, on va avoir pas mal de retombées par ici.

— Je vois, je n'étais pas au courant de tout ça, dit Hioka en s'inclinant une nouvelle fois pour prendre congé. S'il y a quelque chose, n'hésitez pas à m'appeler. À n'importe quelle heure.

En route vers le domicile de Shûzô Hatanaka, Hioka ruminait. L'identité de l'entrepreneur et la délivrance du permis de construire, ce n'étaient pas ses affaires. Mais que tout le monde dans le village soit au courant de la reprise des travaux et pas lui, voilà qui le mettait en rogne. Il était à Nakatsugô depuis un an, mais on lui montrait bien qu'il n'était qu'une pièce rapportée.

En revanche, il y en avait un qui faisait assaut d'amabilités, c'était Hatanaka. À tout bout de champ, il dépêchait Shôko au poste de police pour offrir au lieutenant force légumes de leur jardin, ou petits plats cuisinés par Mitsuko. Parfois, c'étaient des alcools de belle tenue, et même un whisky si haut de gamme que Hioka s'était vu contraint de refuser. Mais les volontés de Hatanaka devaient être accomplies ; Shôko était restée plantée là, les pieds en dedans, jusqu'à ce que le lieutenant cédât.

Cela dépassait la simple politesse de voisinage. À la campagne, les gens se tiennent à l'écart les uns des autres, mais tout se sait. Hioka avait entendu dire que Hatanaka le considérait comme un bon parti pour sa fille. Parmi les familles de paysans, les Murakami étaient des notables. Un fils de ferme n'aurait pu prétendre s'unir à cette maison riche et puissante. Il en allait tout autrement d'un officier du poste de police local, diplômé de l'Université nationale d'Hiroshima. En l'épousant, Shôko pourrait rester près de ses parents. Les multiples allées et venues de la jeune fille autour du lieutenant n'avaient d'autre but que d'entamer une relation.

Ces manœuvres, Hioka en avait pris conscience grâce à un ancien camarade d'école de Shûzô Hatanaka, qui travaillait au bureau de poste et avait vendu la mèche. Hioka ne comprenait pas bien le raisonnement du conseiller municipal. Il devait savoir qu'au cours de sa carrière un policier était souvent muté, qu'il ne pourrait rester à Nakatsugô pour toujours. Comme si Hatanaka se sentait capable de changer le cours des choses, par la seule grâce de son influence politique ! L'indiscrétion du postier n'avait pas tardé à se confirmer. C'était un jour où Hioka était allé voir Shûzô Hatanaka pour lui exprimer sa gêne et sa reconnaissance pour les présents dont il l'avait comblé. Le chef de famille lui avait alors fait une proposition.

— Ne me remerciez pas comme ça. Tenez, si vous donniez un coup de main à ma fille pour ses études ?

Hioka se voyait mal refuser. Dire non aurait été source de tracas, dans sa vie de tous les jours comme dans son travail. C'était à son corps défendant qu'il était donc devenu tuteur de Shôko. Depuis six mois, il venait chez les Murakami pour aider la jeune fille à ses devoirs. Que pensait-elle des plans que son père avait échafaudés pour elle ? Il était difficile de percer les sentiments de Shôko. Ses émotions ne s'exprimaient que par d'imperceptibles mouvements des lèvres. Elle obéissait à son père. De bon gré ou à contrecœur, difficile de le déterminer.

Dans les pensées de Hioka, il n'y avait à ce moment-là aucune place pour la romance. La personne qui accaparait son esprit, c'était Hirô Kunimitsu. Deux mois s'étaient écoulés depuis leur rencontre, devant le restaurant d'Akiko. Le lieutenant revoyait l'éclat de ses yeux, dans la nuit de Kurehara. Un criminel recherché par la police, qui avait dessoudé le chef du plus important gang du Japon ! Et Hioka qui avait choisi de ne pas le dénoncer. Il s'en était retourné dans son poste de police de Nakatsugô, la phrase de Kunimitsu en tête : « J'ai encore un certain nombre d'affaires à régler. Une fois que ce sera fait, je vous laisserai me passer les menottes, c'est promis. » Quelles pouvaient-elles être, ces « affaires à régler » ? Juché sur sa Black-Bike, Hioka ne pouvait s'empêcher d'y penser. *On se retrouvera, Kunimitsu et moi, un de ces jours.* Ce n'était pas un espoir ou une supposition, mais une intuition. Il serait toujours temps de prévenir les autorités le moment venu.

Pour aller à la maison Murakami en venant de

chez les Kuroda, il devait dépasser l'antenne de police. Sur le terrain jouxtant le poste était garé un véhicule qu'il n'avait encore jamais vu dans le coin. Un 4 × 4 Toyota, modèle Land Cruiser, couleur argent. Une grosse cylindrée. Quelqu'un venu demander un renseignement ? Il n'y avait pas d'urgence absolue à aller chez les Hatanaka. Il immobilisa sa moto. Autant prendre le temps d'éclaircir cette affaire.

Hioka ôta son casque et s'approcha du 4 × 4. Avec les vitres teintées, impossible de distinguer quoi que ce soit à l'intérieur. Il arrivait à hauteur de la portière du conduteur, quand celle de l'arrière s'ouvrit avec lenteur. Hioka en eut le souffle coupé. Dans l'entrebâillement venait d'apparaître le visage de Kunimitsu. Il portait les mêmes lunettes que le dernier soir à Kurehara. Il descendit du véhicule et se campa face à Hioka, jambes écartées.

— Bonsoir. Vous êtes sans doute le policier en service ici…

Au même moment, trois jeunes hommes s'extirpèrent de la voiture. À leur mise, des gardes du corps du gang Gisei. Ils prirent place derrière leur chef, avec déférence. Kunimitsu rajusta ses lunettes sur son nez, plaqua ses mains sur ses genoux et s'inclina. Les trois subordonnés l'imitèrent.

— Je m'appelle Yoshioka. Je suis responsable du chantier de construction du golf de Yokote. Je tenais à saluer l'officier en charge de cette commune, avant que les travaux ne débutent.

« Je m'appelle Yoshioka » ? Pourquoi cette mascarade ? Deux mois auparavant, Kunimitsu lui avait pourtant avoué qu'il était bien le suspect que la police recherchait.

— Enchanté de faire votre connaissance, ajouta-t-il avec un sourire effronté.

Hioka sortit de la salle de bains, serviette autour du cou. Il se dirigea vers le réfrigérateur et attrapa quelques glaçons dans le compartiment de congélation. Il les jeta dans un verre et se servit une large rasade de thé à l'orge. Il vida son verre d'un trait, puis le posa près de l'évier. Dans le séjour, il s'arrêta devant le calendrier. Un stylo-feutre traînait sur la télévision. Il s'en saisit et fit une croix sur la date du jour : 27 juillet 1990. Une habitude qu'il avait prise à son arrivée à Nakatsugô. Comme un prisonnier, qui fait le décompte des jours qui lui restent à tirer avant sa libération.

Il reposa le feutre et s'assit, torse nu, devant la table basse. Il allongea les jambes face au souffle du ventilateur. Dehors, la campagne était plongée dans le calme de la nuit. Quand il n'allumait ni la télévision ni la radio, Hioka n'avait pour bande sonore que le coassement des grenouilles et le tic-tac des aiguilles de l'horloge. Le lieutenant avait le regard dans le vague, mais le bruit de la trotteuse ne tarda pas à lui vriller les tympans. Il avait l'impression que le mécanisme faisait exploser chaque seconde à quelques millimètres de son oreille.

Du bout de sa serviette, il épongea avec vigueur la sueur qui coulait sur son front. Dans une pièce attenante au séjour, il ouvrit un penderie dans laquelle il suspendait son uniforme d'officier de police et son gilet pare-balles. Il décrocha une clé d'un crochet fixé à l'intérieur de la porte et retourna dans le séjour. Un coffre-fort ignifugé et pourvu d'un double système de protection, à cadran et à serrure, était logé dans un placard. C'était là qu'il entreposait son arme de service et son équipement de radiocommunication. Il l'ouvrit, empoigna son revolver et referma la porte du coffre.

Le lieutenant étala la serviette-éponge sur la table basse et y posa son arme. Le New Nambu M60 qui équipait la police japonaise. Du bas du meuble télé, Hioka sortit un tournevis, un sachet de coton-tige et un tube aérosol de lubrifiant silicone.

Il les posa un à un sur la table basse, s'assit et saisit son arme. Il ouvrit le barillet pour s'assurer qu'il ne voyait aucun culot de cartouche. Il desserra une vis du flanc de l'arme, afin de libérer le cylindre. Il actionna la tige d'éjection dans le sens des aiguilles d'une montre pour ôter le support-charnière. Il saisit le ressort et le posa à son tour sur la serviette.

Sous l'éclairage pâle d'une lampe fluorescente, Hioka accomplissait ces gestes en silence. Peu après être entré dans la police, il avait suivi une formation au montage et démontage d'armes à feu. C'était sans motivation particulière, avec la simple idée que ça pourrait peut-être servir un jour. En général, deux à trois séances de nettoyage de l'arme suffisent pour une année. Mais depuis qu'il avait pris ses fonctions à Nakatsugô, le lieutenant accomplissait ce rituel au moins une fois par semaine. Bien entendu, il n'avait jamais fait usage de cette arme, et quelque chose lui disait que ce serait le cas aussi longtemps qu'il serait dans cette affectation. Il n'y avait aucune nécessité de pratiquer ce démontage complet, mais il était poussé par une force inconsciente.

Il démonta la poignée et escamota la plaque de recouvrement. Aligner les pièces du mécanisme sur la serviette. Les essuyer une par une avec les coton-tige. Si besoin, les graisser d'un coup de spray. Puis remonter l'ensemble. Ce à quoi Hioka était le plus attentif, c'était le réglage de la détente. Chacun apprécie la dureté à sa manière. En ajustant les pièces, il cherchait l'équilibre qui lui convenait le mieux.

L'arme remontée, Hioka se mit en position de tir à deux mains. Il visa le verre posé sur la paillasse de l'évier, l'index sur la détente. Son champ de vision se brouilla. Entre sa cible et lui venait s'intercaler une image, celle de Kunimitsu. La sueur revenait perler à son front. Le martèlement de la trotteuse résonna de plus belle à son oreille. Fixer son regard sur l'image de Kunimitsu. Accentuer sa force sur la queue de détente. Cliquètement de l'horloge. Les gouttes de sueur ruisselèrent sur son visage. Il pressa la détente. Cling ! Dans le verre, les glaçons s'entrechoquèrent.

Hioka gara sa Black-Bike sur le parking en terre battue et mit pied à terre. Il se débarrassa de son casque. Le chant des cigales vint reprendre le dessus. Il dénoua le rectangle de coton enroulé autour de son cou et y enfouit son visage. Il s'épongea à deux mains. Le tissu s'alourdit d'humidité, comme une serviette qu'on empoigne à la sortie de la douche, après son shampooing.

Le lieutenant scruta le parking. Il dénombra quatre bennes de chantier, d'une capacité de dix tonnes, et huit fourgonnettes, qui pouvaient transporter chacune dix personnes. Plus loin, on apercevait les trois bungalows qui servaient de camp de base aux ouvriers et à la direction. On ne percevait pas le moindre mouvement au travers des portes en verre dépoli. Il était un peu plus de 14 heures. Toute l'équipe devait être à son poste de travail.

Le chantier était dissimulé par une palissade de tôles métalliques. La clôture ne courait pas encore sur le périmètre complet du futur terrain de golf, mais elle arrivait déjà jusqu'à la lisière de la forêt, à partir du portail d'entrée.

À vue de nez, le déboisement s'étendait pour le moment sur une longueur d'environ deux cents mètres. Hioka promenait son regard quand un bruit métallique résonna au loin.

Venu des montagnes, le son était bien plus puissant que celui d'une simple tronçonneuse. Il dirigea ses pas dans cette direction et franchit le portail coulissant. Grand ouvert, il dévoilait un panorama sur l'ensemble du chantier.

Le lieutenant découvrit les espaces du futur golf de Yokote. Ces fameux travaux suspendus dont avait parlé Kuroda. Quelques minutes plus tôt, en passant dans le secteur voisin de Minamata, il avait entendu un habitant raconter que l'activité semblait y avoir repris depuis quelques jours.

Le golf devait se tailler une place dans la plaine

en bordure du lac Kinshû, au pied du mont Shiten. Une montagne sauvage. Il allait falloir abattre des centaines, peut-être des milliers d'arbres. Pour le moment, le golf n'était dans sa configuration définitive que pour un tiers de sa superficie environ. Les premier et deuxième trous étaient achevés. Sur le futur parcours du troisième, les machines faisaient tomber les arbres comme une tondeuse coupe les brins de gazon. Mais la partie n'était pas gagnée. Dans cette forêt plus que centenaire, les racines étaient profondes. La pelle mécanique s'échinait à creuser et retourner la terre après l'abattage des arbres.

Le club-house, avec ses espaces de restauration et ses vestiaires, avait quant à lui pris sa forme sa définitive. Du moins pour le gros œuvre. Le raccordement au réseau d'eau et les aménagements intérieurs étaient en attente.

Hioka se retourna pour regarder vers le parking. Il plissa les yeux. Trois véhicules étaient stationnés au loin, par-delà les bennes et les fourgonnettes. Des voitures de luxe, incongrues dans un lieu comme celui-ci. Les chromes scintillaient au soleil. Que faisaient-elles là ? Au premier plan, une Mercedes noire. Derrière, une Toyota Crown suivie par le Land Cruiser couleur argent dans lequel il avait aperçu Kunimitsu une semaine plus tôt.

Hioka se remémora leur rencontre sur le parking, près du poste de police. Kunimitsu s'était présenté sous une fausse identité avec un calme olympien. Le lieutenant n'avait pas tardé à faire les rapprochements. Parmi ses trois subordonnés, il y avait le garde du corps qui accompagnait Kunimitsu lors de leur rencontre au restaurant d'Akiko. Quant aux autres, ils ressemblaient à deux portraits familiers.

Dans l'entrée du poste de Nakatsugô étaient placardés les avis de recherche pour crime. Sous chaque photo étaient mentionnés le motif, le nom, la date de naissance et la taille de l'intéressé. Selon la gravité du crime commis, la durée d'affichage pouvait varier. Une affaire courante chassait l'autre. En revanche, pour les cas les plus graves, passibles de la peine de mort, les avis spéciaux émis par l'Agence nationale de la police demeuraient jusqu'à la résolution ou la prescription.

En plein milieu du panneau d'affichage étaient mis en évidence les avis de recherche concernant l'assassinat du chef du gang Akashi.

Deux portraits avaient été imprimés dans un format une fois et demie plus important que les autres : celui de Tôru Fujimi, second du gang Asao, et celui de Kunimitsu. Suivaient, dans le format classique, deux de ses acolytes du gang Gisei. Les deux sbires que Hioka avait identifiés sur le parking.

Même s'ils n'étaient que soupçonnés de complicité de meurtre, l'Agence avait classé les trois membres du gang Gisei comme des criminels à part. En tant que meneur d'une association criminelle, Kunimitsu pouvait être condamné à la peine capitale. Que ses victimes soient elles-mêmes des yakuzas n'y changeait rien. Son portrait resterait placardé dans tous les postes de police du pays jusqu'à ce qu'il soit arrêté ou que sa mort soit avérée.

Les deux subordonnés de Kunimitsu étaient Yôichi Takachi, trente-quatre ans, 1,67 mètre, et Keiji Ido, vingt-sept ans, 1,82 mètre. D'après les éléments d'enquête collectés dans le dossier qui accompagnait les avis de recherche, Takachi était un cadre du Gisei, qui faisait office de secrétaire du chef du gang. Il avait à son actif trois condamnations, dont une infraction à la législation sur les armes blanches et une autre pour coups et blessures. Bien qu'il ne figurât pas parmi les cadres du gang, Ido tenait un rôle identique. Il avait été condamné à deux reprises, une fois pour possession d'armes blanches, une autre pour une fausse déclaration sur un acte notarié.

Les portraits et les visages avaient coïncidé dans la mémoire de Hioka. Quelles que soient leurs tentatives de travestissement, les changements de coiffure ou les accessoires dont ils s'affublaient. Dès leur rencontre sur le parking de l'antenne de police, il avait pensé aux avis de recherche. Takachi rendait quinze centimètres à Ido. La paire ne passait pas inaperçue.

Kunimitsu, Takachi et Ido étaient sans doute en cavale, flanqués de quelques autres gardes du corps. Cette région devait être tout indiquée pour disparaître aux yeux de la police.

Ici, aucun habitant ne prêtait attention aux avis de recherche affichés dans le poste de police. Il paraissait inimaginable que des yakuzas impliqués dans le crime qui défrayait la chronique pussent croiser dans les parages. Le sommet de l'actualité à Nakatsugô se résumait à une querelle entre ivrognes à la sortie du bar. Le reste se déroulait sur une autre planète.

Dans ces bourgades campagnardes, tous se connaissaient. L'arrivée d'une nouvelle tête ne pouvait passer tout à fait inaperçue. Mais la reprise du chantier du golf était une couverture en or. Il serait impossible d'identifier tous les ouvriers débarquant pour l'occasion. Kunimitsu nommerait qui bon lui semblerait au sein du projet. Un abri quasi idéal. Même si certains en venaient à soupçonner des bizarreries, Kunimitsu courrait peu de risques que son identité fût dévoilée.

Une semaine plus tôt, après son départ et celui de ses comparses, Hioka s'était précipité sur sa Black-Bike. Il avait la main sur la poignée d'accélérateur, quand les paroles de Kunimitsu s'étaient mises à résonner dans son esprit. Comme retentirait une corne de brume dans la tempête. « J'ai encore un certain nombre d'affaires à régler. » Il avait repensé au regard que le yakuza avait eu ce soir-là à Kurehara, devant le restaurant Les Petits Plats de Shino.

Si Kunimitsu avait choisi de s'enterrer dans un coin perdu comme Nakatsugô, ce n'était pas seulement pour échapper à la perspective de manger du riz avarié en prison. Il avait quelque chose à y faire. Dès le départ, il s'était présenté à Hioka à visage découvert, sachant pourtant qu'il était policier. Pourquoi fuir la police d'un côté et user d'un tel expédient de l'autre ? *Quel est son plan ?*

Soudain, le cri d'un corbeau se fit entendre. Hioka réalisa que la longue journée d'été touchait à sa fin.

Des rizières monta le coassement des grenouilles. Le chant des cigales se couchait avec le soleil. Il jeta un œil au loin vers le chantier de Yokote. Le pied du mont Shiten baignait déjà dans l'obscurité.

Il était inutile de se précipiter là-bas seul, et hors d'un jour officiel de patrouille. Un gardien ne tarderait pas à donner l'alerte. Kunimitsu et ses hommes disparaîtraient aussi vite qu'ils s'étaient présentés à lui. Ce serait idiot de laisser échapper un gibier venu de sa propre initiative sur son terrain de chasse. Il deviendrait alors impossible de savoir ce que tramait Kunimitsu. Pour le moment, Hioka savait où les trouver. En cas de force majeure, au moment où il faudrait organiser un coup de filet, il pourrait demander du renfort au commissariat du secteur et à la Quatrième division d'enquête de la police de la préfecture.

Je vais attendre de voir comment ça se passe, se dit-il.

Hioka se dirigea vers les bungalows. Celui de gauche était surmonté d'un panonceau : « Nakatsugô Golf Country Club – Accueil ». Il actionna la porte du bâtiment modulaire en aluminium. Elle coulissa sur un espace d'accueil agrémenté de deux postes de travail. Un seul bureau était occupé, par une femme au milieu de sa cinquantaine. Comme la couleur trop vive de son rouge à lèvres, sa tenue semblait dater d'une période de sa vie désormais bien éloignée. Ses chairs flasques étaient à l'étroit. Sur une poitrine prête à faire à tout moment éclater les boutons de son chemisier, elle portait un badge avec son nom : « Kimura ».

— Oh ! Monsieur l'officier ! Il est arrivé quelque chose ? Elle avait ouvert des yeux ronds en apercevant son uniforme. Son accent trahissait ses origines locales.

— Je suis en charge du secteur de Nakatsugô. Comme c'est le jour de patrouille dans cette zone, je me suis dit que j'allais en profiter pour voir la reprise des travaux sur ce chantier.

Hioka avait préparé sa version. Il savait comment les choses pouvaient tourner. Si la police de la préfecture découvrait que Kunimitsu et ses hommes avaient trouvé asile dans sa circonscription, Hioka serait accusé d'incompétence. On lui reprocherait d'avoir été incapable de s'apercevoir de leur présence. Mais si l'on apprenait qu'il était passé sur ce chantier en dehors du jour de patrouille dans la zone, on en viendrait à l'accuser de collusion avec les fugitifs.

Au vu de la résistance qu'il avait déjà opposée à sa hiérarchie et de la méfiance qu'il inspirait à ses supérieurs, tout comportement sortant du cadre pouvait entraîner une mesure disciplinaire ou sa démission. Hioka voulait se ménager une échappatoire et pouvoir affirmer jusqu'au bout qu'il ne savait rien de toute cette affaire. Raison pour laquelle il avait réfréné son envie de visiter Yokote la semaine passée, malgré son impatience.

Il jeta un coup d'œil discret à l'aménagement intérieur du bungalow. Il était un peu plus vaste qu'une salle de classe. L'accueil se faisait dans une première pièce, celle où il se trouvait, la plus proche de l'entrée. La seconde salle était dédiée aux clients. Elle comprenait des canapés, placés autour d'une table basse. On apercevait aussi dans le fond un espace cuisine. A priori, l'étage devait servir pour prendre les repas. Hormis Kimura, il n'y avait personne dans les parages.

— Merci pour le travail que vous faites, lui dit-elle en s'inclinant.

Elle ferma le cahier au-dessus duquel elle était penchée, et se leva en laissant son éventail sur son bureau.

— Vous avez dû avoir chaud dehors. Restez un peu à l'intérieur pour prendre le frais. Quoique, on n'a pas de climatiseur ici, sourit-elle en laissant apparaître une dent en or. Mettez-vous devant le ventilateur, je vais vous chercher un thé à l'orge bien frais.

— Si vous insistez, merci beaucoup !

Il se dirigea vers la salle des clients et s'assit dans un canapé. Le ventilateur accroché au mur oscillait lentement. Son regard se dirigea vers la vitre. Il ne perçut aucun signe de l'arrivée de qui que ce soit. *Et si jamais Kunimitsu débarquait ?* Son cœur tressauta à cette idée. Il suffirait de jouer une farce, comme le yakuza l'avait fait lors de leur rencontre près du poste de police. Nul doute que Kunimitsu persisterait dans le registre du mensonge.

— Vous êtes combien à travailler dans ce bâtiment ? demanda-t-il à Kimura, qui sortait une carafe de thé du réfrigérateur.

— Y a deux autres femmes avec moi, Nagashima

et Nozawa. Elles viennent de Shiroyama. On alterne le secrétariat, de 8h30 à 17 heures, et la cuisine pour les ouvriers du chantier. La cuisinière vient seulement en début de journée et le soir. Pour le déjeuner, on fait avec les restes du matin.

Elle posa un verre de thé à l'orge sur la table basse et s'assit face à son visiteur sur un canapé.

— Ce qui est dur, c'est la chaleur permanente. Et d'avoir à faire la plonge pour beaucoup de monde. Sinon, y a rien de compliqué. Bon, on comprend pas toujours ce que disent les ouvriers. C'est réciproque, d'ailleurs !

La femme pouffait. Hioka la relança sur cette difficulté de compréhension. Kimura évoqua le dialecte des travailleurs du chantier. Selon elle, la plupart d'entre eux venaient de l'île de Kyûshû.

— Je sais pas bien si c'est un dialecte de Kagoshima ou d'Hakata. Mais quand ils parlent dans leur langue, il m'arrive de rien comprendre du tout. Si c'était seulement des petites choses en fin de phrase, ça pourrait aller. Mais quand ils utilisent des mots bizarres pour dire quelque chose d'aussi simple que « merci », alors là, c'est pas possible, hein, qu'est-ce que vous voulez faire ?

Le dialecte de Kyûshû. Les connexions se faisaient dans l'esprit de Hioka. Bien que lisant peu de magazines, il s'était abonné depuis quelque temps à une revue, *Geinô Hebdo*. Un journaliste, qui officiait aussi à la télévision, tenait une chronique sur la lutte entre le gang Akashi et la fédération Shinwa, sous le titre « La pire guerre des gangs de l'histoire du crime organisé ». Son enquête devait courir sur cinq numéros. À l'occasion de l'assassinat de Takeda, le chef du gang Akashi, il avait dévoilé les dessous du crime organisé. La revue était toujours livrée avec un jour de retard à l'unique magasin de Nakatsugô à proposer de la presse. Hioka n'aurait raté un numéro pour rien au monde.

Dans sa dernière chronique, le journaliste avait révélé que Kunimitsu, le principal suspect du meurtre de Takeda, était redevable à un homme d'affaires. Ils s'étaient rencontrés quand Kunimitsu était sorti de prison. Kunimitsu devait sa carrière de « guerrier businessman » à cet entrepreneur, présent dans l'immobilier et la construction dans tout l'ouest du Japon. L'article ne le désignait que par l'initiale de son nom, « S ».

Sur le permis de construire affiché à l'entrée du chantier, Hioka avait repéré le nom de l'entrepreneur : « Sakamaki Construction, Société Anonyme ». C'était une entreprise connue dans cette partie du pays. Le patron était de ces self-made-men partis de rien et désormais à la tête d'une fortune colossale. Hioka se souvint d'un documentaire télévisé consacré à la vie de Sakamaki. « Celui qui n'avait rien cédé aux yakuzas. »

Mais sa réussite nourrissait tout de même des suspicions de compromission avec des réseaux d'influence obscurs. Aucun doute pour Hioka : le patron qui avait pris Kunimitsu sous sa protection était Sakamaki. La meilleure preuve en était ce chantier du golf de Yokote, confié au yakuza en cavale.

Kimura devait être à mille lieues des pensées de

Hioka. Le voyant silencieux, elle se hasarda à un peu de gaieté.

— N'ayez pas peur ! Au début, quand on a commencé à parler de la construction du golf, y avait beaucoup de gens contre. On disait que l'engrais pour la pelouse était pas bon pour la nature, qu'il ne fallait pas abattre les arbres à cause d'une espèce d'aigles protégée qui fait son nid dans cette forêt. Même après le permis de construire et le début des travaux, on a été harcelés. Imaginez : des gens ont répandu de la bouse sur le chantier, on a déposé un cadavre de chien viverrin devant notre bureau ! Ils ont réussi à faire arrêter le chantier. C'était couru d'avance, les investisseurs sont partis… Et là, tout le monde a perdu son gagne-pain…

Son expression balançait entre mépris et incrédulité.

— On a eu une bonne leçon, avec cette affaire. Maintenant, on a plus d'hurluberlu qui s'oppose au chantier. C'est fini, le harcèlement. Vous voyez que l'homme, ce qu'il aime bien malgré tout, c'est l'argent…

Que la construction d'un golf en pleine nature fît naître des oppositions, c'était inévitable. Mais Hioka n'avait pas été au courant de l'ampleur des protestations. Lors de la réouverture du chantier, on avait dû calmer les ardeurs d'une façon ou d'une autre. Nul doute que Sakamaki Construction avait fait ce qu'il fallait. Comme disait cette femme, tout le monde aime bien l'argent.

— À propos, comment s'appelle le responsable des travaux, déjà…

Hioka laissa son regard se perdre dans le vide, comme s'il fouillait sa mémoire.

— M. Yoshioka. Hiroyuki Yoshioka, compléta Kimura du tac au tac.

Elle confirmait le pseudonyme adopté par Kunimitsu.

Hioka poursuivit :

— Oui, bien sûr, Yoshioka ! Si je ne m'abuse, il a sous ses ordres trois hommes, qui sont les administrateurs du projet.

Kimura acquiesça de plusieurs hochements de tête.

— Le plus jeune, c'est Kawase, enchaîna-t-elle. Celui qui a les lunettes s'appelle Naitô. Et le plus âgé, Kakuta.

Hioka s'amusa au jeu la correspondances. Le dénommé « Kawase » était le garde du corps qu'il avait aperçu pour la première fois à Kurehara. Ceux qui se faisaient appeler « Naitô » et « Kakuta » n'étaient autres que les deux fugitifs recherchés en même temps que Kunimitsu, Ido et Takachi.

— Eux aussi sont originaires de l'île de Kyûshû ? s'aventura-t-il.

— Non, je pense pas. Vu leur dialecte, ils sont plutôt du Kansai.

— Ah bon ? répliqua-t-il en feignant la surprise.

— Vous savez, murmura Kimura avec un air impressionné, autant ils font peur avec leur apparence, autant ce sont de gentilles personnes.

Gentilles ? sursauta Hioka intérieurement. Kimura avait un air énamouré.

— Des personnes polies. Ils n'oublient jamais

de saluer les petites gens comme nous. Chaque fois qu'ils viennent au bureau, ils nous apportent à manger, et à boire. Tenez, hier encore, ils sont arrivés avec des pâtisseries. On mange pas ça tous les jours ! Ils nous ont dit qu'ils étaient tombés sur une boutique française ou anglaise, je sais plus. Des gâteaux de luxe ! On en trouve pas par ici. Les filles, vous imaginez, on était ravies ! Ce sont des patrons généreux et attentionnés. Des hommes gentils, oui…

Que ce soit par jeu ou pour la conquérir, Kunimitsu avait envoûté Kimura. Elle avait le feu aux joues, comme si elle parlait de son amoureux.

— Vous savez quoi, ils font même le nettoyage des toilettes extérieures. Tous les jours !

Les latrines pour les ouvriers ? Hioka n'en croyait pas ses oreilles.

— Tous les jours, vous dites ?

— Absolument, s'enthousiasma Kimura. Et pas du travail à la va-vite, s'il vous plaît ! Je ne connais personne, pas même une femme, qui travaille aussi soigneusement. J'ai une belle-fille qui sabote toujours les travaux domestiques. Elle ferait bien de prendre exemple sur eux !

— Je ne comprends pas pourquoi les administrateurs d'un chantier font eux-mêmes le nettoyage des toilettes, reprit Hioka sur un ton incrédule.

Kimura devait s'être posé souvent la question. Elle dodelina du menton.

— Je connais pas les détails, mais ils disent qu'ils ont pris l'habitude de s'en occuper. Allez savoir, c'était peut-être leur métier avant…

Elle osa un petit rire complice. Hioka savait que, quand il était hébergé dans la maison de son chef ou lorsqu'il veillait au siège de son organisation, un yakuza en apprentissage devait accomplir les tâches d'entretien avec méticulosité, qu'elles concernent les pièces principales ou les toilettes. Ce qui expliquerait le comportement des subordonnés de Kunimitsu.

— Mais à cette heure-ci, ils ne sont pas là, M. Yoshioka et les autres ? demanda-t-il en regardant l'entrée du bungalow.

— Ils viennent au bureau avant et après les heures de chantier, précisa Kimura. Durant la journée, ils sont ailleurs.

Ailleurs ? Hioka se demanda comment ils avaient réussi à se déplacer. Dans cette zone, les transports en commun étaient quasi inexistants. Il fallait avoir son propre véhicule, et leurs voitures étaient garées dehors. Où étaient-il passés ? Il interrogea Kimura.

— C'est tout ce que je sais. Je suis qu'une employée de bureau.

La sécheresse de sa réponse lui indiqua que sa bonne volonté était épuisée. Inutile d'insister ou de la braquer. Il n'obtiendrait rien de plus aujourd'hui. La récolte était déjà intéressante.

— Merci bien pour le thé, c'était délicieux.

Il se dirigea vers la sortie et entendit la voix chantante de Kimura.

— Je manquerai pas d'informer M. Yoshioka de votre visite !

Il s'inclina pour la saluer et referma la porte derrière lui, sans un mot.

Hioka quitta le chantier du golf et termina sa patrouille selon l'itinéraire prévu. Il se dirigea ensuite vers le poste de police. La nuit était tombée mais l'air était toujours aussi lourd. Il eut un sourire amer en se rappelant les paroles de Kimura : « Autant ils font peur avec leur apparence, autant ce sont de gentilles personnes. » Pas plus que ses deux autres collègues, elle ne pouvait soupçonner que Kunimitsu et les trois administrateurs du projet étaient des yakuzas, des criminels recherchés par toutes les forces de police du pays, qui avaient participé à l'assassinat du chef du gang Akashi. Elles tomberaient de haut en l'apprenant. Il ne put retenir un sourire en imaginant leur stupéfaction.

Que le bien et le mal étaient des choses frivoles ! Le plus souvent, on arrêtait son jugement sur des apparences. Untel était « gentil » parce qu'il se montrait affable, qu'il nous offrait quelque chose ou avait une caresse pour un animal. Mais qu'est-ce que cela prouvait ? On ne manquait pourtant pas d'exemples. Un dangereux criminel pouvait tout aussi bien nourrir des chats errants. Une personne bienveillante au travail se révéler violente une fois rentrée à la maison. Être sans méfiance, c'était peut-être le secret des gens heureux comme Kimura, qui pouvait faire confiance aux yakuzas tels que Kunimitsu, les trouver « gentils » au simple motif de leur politesse et de leur amabilité.

Hioka avait encore en mémoire l'expression de Kunimitsu sur le parking de l'antenne de police. Son regard arrogant, une confiance en lui, où ne transpirait aucune hésitation. Comment croire qu'il se laisserait menotter, une fois ses affaires réglées ? Quelle était donc sa logique ?

La plupart des yakuzas se la racontaient. Pour la galerie, on parlait de morale et de « Voie de l'honneur ». Le gang était en fait une meute de bâtards avides et égoïstes. Bonne bouffe, vins fins, voitures de luxe et jolies gonzesses. Ils auraient sauté à la gorge de leur propre famille. Certes, certains parvenaient à rester fidèles à la tradition. Il en allait ainsi de Kenji Odani, fondateur du gang Odani, et de son successeur, Moritaka Ichinose. Ces deux-là auraient considéré comme une honte absolue d'empiéter sur la vie des honnêtes gens. Ils étaient des yakuzas à l'ancienne, vivaient selon des principes.

Suceurs de sang sans foi ni loi d'un côté, malfrats respectueux de la vie des citoyens de l'autre ? À bien y regarder, un gang de yakuzas n'était qu'un tas d'excréments. Mais il y avait ceux qui resteraient toujours des déchets, et ceux dont on pourrait faire du compost. Kunimitsu, dans quelle catégorie le ranger ? Hioka avait du mal à en juger. On le tenait pour le meneur de l'assassinat du plus important chef de gang du pays. Son audace était difficile à nier.

Aux abords du poste de police, près de la rivière, Hioka distingua un pêcheur qui lançait sa ligne. D'un faible tirant sur la longueur de son cours, la rivière offrait dans ses méandres un courant plus doux et davantage de profondeur. Vêtu d'une combinaison en caoutchouc qui le couvrait des pieds à la poitrine, l'individu avait de l'eau jusqu'au bas du dos. Hioka gara sa Black-Bike sur le bas-côté pour regarder la scène. Les derniers rayons du soleil n'allaient pas tarder à se coucher à l'horizon. Ils miroitaient sur la surface de la rivière. À contre-jour, le pêcheur était comme une ombre chinoise dans un décor blanc immaculé.

Hioka haussa les sourcils. Tout était affaire de regard. Il était difficile de distinguer le « vrai » yakuza. La seule solution, c'était d'ouvrir grand les yeux. De river son regard dans le sien. Hioka se fit la promesse de coller à Kunimitsu comme une sangsue, jusqu'à en saisir les secrets. S'il avait affaire à une ordure, il appellerait des renforts pour arrêter toute la bande. La vie de malfrat de Kunimitsu prendrait fin. Et l'existence de Hioka entrerait dans la lumière.

Le lieutenant redémarra la Black-Bike et mit les gaz.

Le lendemain, Hioka acheva sa journée de travail en renseignant comme de coutume le registre de police. Il se retira à l'arrière du bâtiment, où se trouvait son logement de fonction. Il avait pris pour habitude à ce moment de la journée de s'allonger sur le tatami, d'allumer la télévision, à laquelle il jetait à peine un regard, et de griller une cigarette. Mais pas ce soir-là. Une fois enfilé le polo de sport qu'il portait en guise de vêtement d'intérieur, il se mit en cuisine pour préparer les truites qu'on lui avait offertes.

En fin de journée, Shigeru Miyamoto était venu un sac plastique à la main contenant cinq petites truites conservées dans de la glace. Miyamoto habitait tout près du poste. Il travaillait à la mairie de Shiroyama. Passionné de pêche, il avait passé sa journée du samedi à la rivière et rapportait plus de poissons que sa famille et lui ne pouvaient en manger. Il avait eu l'idée de passer voir le lieutenant.

Comme avec les légumes, la fraîcheur du poisson est essentielle. Elle décida Hioka à préparer les truites en grillade, avec du sel. Il les déposa sur la planche à découper, et entendit un véhicule se garer aux abords du poste de police. Le visage de Kunimitsu dans son Land Cruiser Toyota passa comme un éclair dans son esprit. Il se précipita au-dehors, en sandales. Il poussa un soupir, mélange de soulagement et de déception. Sur le terrain herbeux qui servait de parking s'était garée une Toyota Estima blanche. Une portière s'ouvrit à l'avant, côté passager.

— Salut Hioka, ça faisait longtemps, dis-moi.

C'était le capitaine Karatsu, un de ses anciens supérieurs au commissariat de Kurehara Est. Il descendit de voiture et s'approcha avec aux lèvres le même puissant sourire qu'autrefois et à la main une bouteille de saké.

— Fais pas cette tête ! Je ne suis pas un fantôme, je t'assure. Que se passe-t-il, tu as déjà oublié le visage d'un de tes chefs, après une aussi courte séparation ?

Ils ne s'étaient pas revus depuis que Hioka avait quitté Kurehara. Hioka plaqua ses bras le long de son corps et s'inclina avec vigueur.

— Cela fait longtemps, mais je n'ai pas oublié

votre visage. Pardonnez-moi, je suis étonné de votre visite impromptue.

— T'es toujours aussi guindé, à ce que je vois ! rétorqua Karatsu en lui tapotant l'épaule.

— Qu'est-ce qui vous amène dans un coin comme celui-ci ?

En guise de réponse, le capitaine fit un geste du menton en direction de la Toyoya Estima. Une femme, un peu moins de la quarantaine, était au volant. Son regard croisa celui de Hioka. Mains sur le volant, elle inclina son visage. Il lui rendit son salut.

— Ma femme. Ce sont les vacances scolaires. J'emmène les enfants faire du camping. Il faut bien sacrifier de temps en temps à la vie de famille, non ? On va à Yokote. Tu sais, le lac Kinshû. On monte notre tente pour la nuit.

Hioka connaissait le camping municipal. Le paysage était splendide. On s'y pressait en toute saison. Du tourisme familial, surtout en été.

— T'avais quelque chose de prévu pour ce soir ? s'anima Karatsu.

— Non, répondit Hioka en jetant un regard vers le bâtiment de police. On m'a offert des truites que je m'apprêtais à faire griller.

— Okay, mais après ? enchaîna Karatsu, sourire large et yeux inquisiteurs.

Hioka secoua la tête.

— Après ? Je prends un bain et au lit…

— Voilà qui est parfait !

Le capitaine se tourna vers la Toyoya Estima et cria en direction de son épouse :

— On va boire un coup, lui et moi. Tu viens me chercher plus tard ?

Elle acquiesça avec un sourire et adressa un nouveau salut à Hioka. Elle manœuvra en marche arrière et sortit du parking. Dès que la voiture eut disparu de leur champ de vision, Karatsu leva la bouteille qu'il avait à la main.

— Du saké Hakukô. Celui de Kurehara. Ça te rappelle des souvenirs, non ? Avec ce saké et tes petites truites *ayu*, on va vraiment manquer de rien ce soir !

Karatsu ne changeait pas. Il prenait les décisions d'autorité, les autres n'avaient qu'à suivre.

Hioka n'eut pas plus tôt posé sur la table une assiette de truites grillées au charbon de bois que Karatsu se précipita. Il enfourna un morceau et prit une expression pénétrée.

— Qu'est-ce que c'est bon. Le poisson sauvage, c'est quand même autre chose, hein ? Et ce sel, quel délice ! D'où vient-il ?

Avec ses baguettes, il allait jusqu'à récupérer les grains sur la queue des poissons.

— Le sel aussi, on me l'a offert. Il est de Suzu à ce qu'on m'a dit. De la préfecture d'Ishikawa. C'est une sorte de sel gris, réputé pour être moelleux. Tenez, goûtez ça aussi, je l'ai préparé avec ce sel.

Hioka proposait des concombres préparés en saumure.

— Un délice ! Je ne savais pas que tu étais bon cuisinier. Tu es prêt pour te transformer en parfaite petite femme au foyer !

Le saké rendait Karatsu blagueur. Hioka décida de ne pas s'en formaliser.

Habile aux fourneaux, Hioka l'était devenu par la force des choses, depuis qu'il avait atterri dans cette province reculée. Du temps de Kurehara, il se satisfaisait des plats achetés chez le traiteur ou des repas pris à l'extérieur. C'était mission impossible à Nakatsugô. À la carte du seul restaurant aux alentours, on ne trouvait que des *ramen*.

La supérette, qui faisait également office de quincaillerie, ne proposait ni bento ni boulettes de riz. Progresser en cuisine, c'était en quelque sorte se faire à la vie rurale. Quand on travaille dans un commissariat en ville, on n'a vraiment pas le temps de devenir un cordon-bleu.

Karatsu regarda vers le meuble de télévision, ses baguettes poursuivant leur ballet au-dessus des assiettes. Il devait avoir remarqué le tournevis et le spray de lubrifiant à la silicone dont se servait Hioka pour l'entretien de son revolver.

— C'est quoi, ça ? Tu fais du modélisme ?

— Oui, quelque chose dans le genre.

Hioka laissa planer une ambiguïté. Il ne se voyait pas raconter au capitaine cette manie de démonter son arme. L'autre ne manquerait pas de l'interroger, et il n'était pas certain de pouvoir fournir une explication rationnelle.

— Notre envoyé spécial a du temps libre, à ce que je vois. Tu sais que je t'envie !

Le rire de Karatsu était tonitruant. Mais il s'interrompit aussi sec. Hioka se tourna vers lui. Les yeux du capitaine étaient rivés sur le mur. Il fixait les croix sur le calendrier. Hioka se détourna. Un exil au pied des montagnes : son ancien supérieur devait avoir saisi la profondeur de son dépit. Un sentiment de honte et d'indigence mêlées lui embruma le cœur.

— Bois, lui intima Karatsu en empoignant la bouteille de saké.

Hioka leva son verre pour que Karatsu le remplît, reconnaissant qu'il ne s'appesantît pas sur la situation. La conversation roula sur le commissariat de Kurehara Est, les nouvelles des anciens collègues, puis bifurqua vers les préoccupations familiales de Karatsu, les jérémiades de son épouse et de ses enfants.

— Hioka, tu as entendu dire que Mizoguchi a été libéré sous caution ? Mizoguchi, celui de la Jinsei.

Hioka connaissait. La fédération Jinsei était la plus importante formation du crime organisé à Hiroshima. Elle regroupait vingt-six gangs et près de six cents membres. Le président défunt venait du gang Watafune. C'était le cas aussi de cet Akira Mizoguchi dont parlait Karatsu. Il avait été un temps le second du gang Watafune et était devenu administrateur général de la fédération Jinsei. Son numéro deux en fait.

Deux ans plus tôt, Mizoguchi et son collaborateur direct avaient été arrêtés pour une affaire de chantage. Elle concernait un projet d'exploitation d'un terrain de golf dans la ville qui donnait son nom à la préfecture de Yonezaki. La police avait fait preuve d'opiniâtreté dans son enquête. Une première audience avait eu lieu. Mais le parquet du district de Yonezaki avait accepté la demande de libération sous caution déposée par l'avocat de Mizoguchi, avant même la tenue de la deuxième audience. Ce n'était pas courant qu'un procureur acceptât ce type de procédure pour des cadres du crime organisé, surtout quand ils avaient des condamnations fermes à leur casier judiciaire.

— Y a deux ans, tu te rappelles, la Jinsei a été secouée par une guerre de succession. Le patron, Watafune, est mort subitement d'une crise cardiaque. Ç'a été la guerre entre les gangs Odani et Irako. Le vice-président de la Jinsei, Shôhei Irako, a été banni. Il a ensuite été tué par le gang Odani. Après, on a l'arrestation de Mizoguchi, l'administrateur général de la fédération, pour des histoires de chantage. Quel chaos, tu t'en souviens ? Ça pouvait partir en vrille à tout moment. Bon, Mizoguchi a été libéré sous caution et il a réussi à reprendre le contrôle de la fédération et à devenir président. La grande famille a renoué ses liens. C'était beau comme un mariage. On a partagé les *sakazuki*, les petites coupes de saké traditionnelles.

Grisé, Karatsu continuait son monologue, intarissable :

— Après sa libération sous caution, Mizoguchi, qui était condamné dans l'affaire du golf de Yonezaki, est reparti en prison. Entre-temps, il avait nommé deux gars à lui pour assurer la direction de la fédération Jinsei en son absence. Aujourd'hui, tu as d'un côté Ginji Takii, un de ses subordonnés, qui le supplée comme président. Et de l'autre Mamoru Takanashi, son bras droit, qui devient administrateur général. Les choses tiennent comme ça. On évite la guerre généralisée.

Karatsu tourna des yeux à moitié hagards vers Hioka.

— Tu trouves pas que le scénario est un peu trop parfait ? reprit-il.

Hioka se contenta de porter son verre de saké à la bouche. Karatsu n'avait de toute façon pas besoin d'une réponse pour continuer son récit.

— Question : pourquoi le procureur du district de Yonezaki a-t-il autorisé la libération de Mizoguchi ? D'après mes informations, la caution était de cent millions de yens. Comme il est retourné en prison et qu'on lui a rendu cette caution, j'ai entendu dire qu'il en a fait don à une association de charité, je sais plus laquelle. Tu y crois à ça, toi ? Cette vermine qui fait dans la bienfaisance ? Ça me fait doucement rigoler. Non, regarde les choses en face. Y a autre chose derrière tout ça…

Karatsu vida son verre d'un trait.

— Les avocats, la police, les magistrats, tous des pourris, lâcha-t-il. C'est quoi d'abord, ces notions : la justice, la bienfaisance ?

Hioka le resservit et s'autorisa un commentaire :

— Même si c'est un calcul de la part de Mizoguchi, du moment que la sécurité des citoyens est assurée, c'est le principal, non ?

Karatsu porta le verre à ses lèvres et regarda Hioka par en dessous. Il se tut un long moment, puis marmonna.

— Non, c'est pas comme ça que ça va se passer.

Hioka s'immobilisa, verre en main.

— C'est-à-dire ?

— Sasanuki, répondit Karatsu.

Kôtarô Sasanuki était l'ancien directeur général de la Jinsei. Après la crise cardiaque du président Watafune et l'assassinat du vice-président, Sasanuki avait cherché à prendre la tête de la fédération. La montée en grâce de Mizoguchi s'était accompagnée de sa rétrogradation. Sasanuki était désormais simple membre de la fédération Jinsei. Mais il comptait bon nombre de partisans, et son influence restait palpable.

— Paraît que Sasanuki cherche à se rapprocher de Takii, qui préside la Jinsei en l'absence de Mizoguchi.

— De Takii, impossible ! beugla Hioka presque malgré lui. Ces deux-là avaient été à couteaux tirés pendant toute cette guerre de succession. Pourquoi Sasanuki se rapprocherait de son ancien ennemi ?

— Pour préparer le terrain au prochain patron de la Jinsei.

Hioka avait le souffle court. La fédération venait à peine de se doter d'un nouveau président, avec Mizoguchi, qu'elle s'en cherchait déjà un autre ?

— Essaie de comprendre. Mizoguchi va prendre sa retraite. Son idée, c'est de mettre son bras droit, Takanashi, à la tête de la Jinsei. Dans un cas comme celui-là, la plupart de ses alliés actuels vont devoir faire de même. Le chef laisse sa place à son second. Imagine un peu la tête de Takii, dépassé par un blanc-bec comme Takanashi ! C'est de ça que veut profiter Sasanuki.

Hioka fit tourner son verre entre ses doigts. Si

Karatsu disait vrai, Takii n'avait que deux options. Respecter la fameuse « Voie de l'honneur » et les liens noués avec Mizoguchi. Ou trahir et associer ses intérêts à ceux de Sasanuki.

— Que veux-tu, on pensait la Jinsei au calme, soupira Karatsu en haussant les épaules. C'est reparti pour un tour. En haut lieu, on commence à s'agiter. Faut dire qu'on n'a toujours pas coincé les types qui ont descendu le boss du gang Akashi.

— Quoi, on n'a toujours aucune trace d'eux ? s'anima Hioka.

Son cœur avait fait un bond. Il se donna une contenance. Il voulait en savoir plus. Notamment où en était la police de la préfecture au sujet de Kunimitsu et de ses lieutenants.

— On les cherche. Aussi bien la police que le gang Akashi ! reprit Karatsu en agitant la main devant son visage. Mais rien à faire, aucun indice. Ces gars doivent être partis à l'étranger, ou alors ils ne sont plus de ce monde.

Hioka feignit l'ignorance :

— Vous pensez qu'ils sont morts ?

— Tu te souviens de Tôru Fujimi ? Il était patron du gang Fujimi et numéro deux du gang Asao. L'histoire veut que ce soit lui qui ait orchestré le meurtre de Takeda. Eh bien, ce Fujimi a été liquidé.

Karatsu expliqua la chronologie des événements. Après l'assassinat de son leader, le gang Akashi avait enlevé Kobayakawa, le bras droit de Fujimi. Pour sa libération, ils avaient exigé la dissolution pure et simple du gang Fujimi. Tôru Fujimi s'était tourné vers son supérieur, Naomi

Asao, chef du gang Asao et président de la fédération Shinwa. Fujimi avait compris que les uns et les autres jouaient la montre, et qu'il avait été lâché par sa hiérarchie.

— Sa vie ne tenait plus qu'à un fil, compléta Karatsu. Fujimi a envoyé une déclaration au commissariat pour signaler la dissolution de son association, ainsi qu'une lettre d'excuses aux chefs du gang Akashi.

Hioka se souvint avoir lu dans le *Geinô Hebdo* une version selon laquelle le gang Akashi avait reçu cette lettre, accompagnée d'un message de Fujimi qui indiquait qu'il allait se livrer à la police. Karatsu confirma.

— Et pourtant, Fujimi ne s'est toujours pas présenté. De deux choses l'une, soit il a été liquidé par le gang Akashi, soit…

Hioka compléta mentalement la phrase que Karatsu avait laissée en suspens. « Soit il a été tué par ses propres associés, parce qu'il était devenu un boulet. » Karatsu vida les dernières gouttes de saké de son verre et déglutit, comme on chasse au fond de sa gorge une parole trop inconvenante pour être prononcée. Il reprit son souffle et le cours de son récit. Son haleine était chargée.

— Ç'a dû être aussi le sort de Kunimitsu, un des meneurs…

À cette seconde précise, une voiture manœuvra sur le parking. Une portière claqua. Ils entendirent une voix à l'entrée du poste de police. Celle d'une femme.

— Bonsoir, je suis l'épouse de M. Karatsu. Je viens le chercher.

— Oui, oui, j'arrive, lui répondit de loin son mari.

Il se leva mais chancela, ivre. Il enfila ses chaussures à grand-peine. Hioka le soutint jusqu'à la porte d'entrée, où il le confia à son épouse. Karatsu avait pris appui sur elle. Il se tourna vers Hioka et murmura :

— Reviens vite de cette prison à ciel ouvert. Je t'attends.

Touché par ces mots, Hioka s'inclina avec respect. En quittant le parking, les Karatsu donnèrent un bref coup de klaxon. Hioka regarda la voiture s'éloigner. Pour se dégriser, il s'attarda dehors. Dans le coin, il n'y avait guère de lumières artificielles ; tout au plus une poignée de réverbères et les éclairages de quelques habitations disséminées. La nuit était synonyme de ténèbres profondes.

« Ç'a dû être aussi le sort de Kunimitsu, un des meneurs. » Les paroles de son ancien supérieur revenaient à l'esprit de Hioka. S'il pouvait seulement imaginer que Kunimitsu était vivant ! Bien vivant même, tout près d'ici. Comment réagirait-il à une telle nouvelle ? Pour sûr, il ne voudrait pas en croire un mot.

« Reviens vite de cette prison à ciel ouvert. Je t'attends. » Hioka avait encore sa dernière phrase dans l'oreille. Il fixait l'obscurité, quand des phares passèrent sur la route départementale. Une voiture s'approcha. Elle semblait surgie de la nuit. Comme si elle avait attendu le départ de Karatsu. Hioka ne l'avait pas vue venir. Il eut le souffle coupé : le Land Cruiser couleur argent venait de s'immobiliser devant le poste de police.

La portière côté conducteur s'ouvrit sur le garde du corps de Kunimitsu. Celui que Hioka avait croisé pour la première fois à Hiroshima, au restaurant d'Akiko. Il était vêtu d'une tenue de sport en jersey noir. Au cœur de cette nuit noire, la ligne dorée qui courait sur le pantalon accrochait l'attention. Il s'inclina, tout en regardant par en dessous la stupéfaction se peindre sur le visage du lieutenant.

— Je m'appelle Kawase. Je travaille pour M. Yoshioka. Mon patron serait ravi de vous avoir avec lui. Il a touché une viande de qualité exceptionnelle. Nous avons conscience que vous pouvez être fourbu, mais prendriez-vous la peine de venir avec moi jusqu'au chantier du golf de Yokote ? Je suis à votre service, je peux vous accompagner en voiture.

Le garde du corps s'inclina encore davantage. « Kawase » pouvait être un nom tout aussi faux que « Yoshioka ». Son ton se teintait d'obséquiosité. Mais, à n'en pas douter, il avait reçu ordre de ramener Hioka à tout prix.

— Je ferme les verrous et j'arrive, attendez-moi dans la voiture.

Hioka n'avait pas hésité une seconde. Le dénommé Kawase se redressa, un air de soulagement sur le visage. Il alla s'installer derrière le volant. Hioka ne tarda pas à le rejoindre dans le Land Cruiser.

3

Geinô Hebdo 31 mai 1990

Exclusif :

MEISHIN : LA PIRE GUERRE DES GANGS DANS L'HISTOIRE DU CRIME ORGANISÉ

Par **Akira Yamagishi**

À l'heure où nous écrivons ces lignes, le 19 mai, une incroyable nouvelle vient de secouer l'univers du crime organisé. Un chef yakuza rend les armes. Le commissariat de Takatsu, dans la préfecture de Shiga, a reçu une lettre comme il n'en tombe pas tous les jours. Elle est adressée par Tôru Fujimi, 45 ans, chef en second de l'Asao, un gang qui appartient à la fédération Shinwa. Fujimi n'est pas tout à fait inconnu de nos colonnes, puisqu'il est l'un des commanditaires de l'assassinat de Rikiya Takeda, chef du gang Akashi.

Dans sa lettre, Tôru Fujimi déclare la dissolution de son organisation, le gang Fujimi. En parallèle, il a transmis une lettre de contrition au siège du gang Akashi à Kobe. Dans ce courrier, Fujimi exprime ses plus profonds regrets et demande pardon pour les difficultés qu'il a causées. Il affirme vouloir dissoudre son gang et s'acheter une conduite en se rendant sans délai aux autorités. Une reddition en bonne et due forme.

Quelle mouche a donc piqué Fujimi ? Un chef de gang du Kansai, en position de neutralité dans ces rivalités entre fédérations d'Osaka et d'Hiroshima, nous a expliqué : « Il faut savoir que le second de Fujimi, Mitsuru Kobayakawa, 41 ans, a été enlevé par des juniors d'une branche du gang Akashi. On ne connaît pas le nom de ceux qui ont fait le coup. Mais en échange de la vie de Kobayakawa, ils ont exigé la dissolution de l'organisation de Fujimi. Dans sa lettre d'excuses, Fujimi supplie pour qu'ils libèrent son bras droit. »

Dans la fédération Shinwa, c'est « No comment ». Aucune indiscrétion n'a filtré dans les médias. La dissolution du gang Fujimi n'a pour le moment fait l'objet d'aucune déclaration officielle. Tous ceux qui connaissent les usages dans le monde des yakuzas savent qu'un chef de gang ne peut prendre la décision de dissoudre son organisation sans en référer à son supérieur hiérarchique. Qui plus est quand on s'appelle Tôru Fujimi, qu'on est l'un des principaux commanditaires de l'assassinat de Takeda et un des plus proches associés du président de la fédération Shinwa en personne, Naomi Asao, 62 ans. Qui peut penser que Fujimi ait pris une telle décision sans le consulter ?

Que s'est-il passé entre Fujimi et la fédération Shinwa ? Un coin du voile est levé par un membre de la Quatrième division de police de la préfecture d'Osaka, blanchi sous le harnais : « Asao se terre depuis que Takeda a été liquidé. Il ne se présente même plus aux réunions ordinaires de son organisation. Il n'y a plus qu'une poignée de cadres haut placés de la fédération qui connaissent encore son adresse. Un de ses subordonnés en faction au quartier général se plaignait même l'autre jour qu'on ne savait même pas où joindre le boss par téléphone. »

Au beau milieu de la bataille, un des principaux généraux a donc disparu ! Cela fait maintenant près de trois mois. Sous couvert d'anonymat, le représentant d'un des gangs concernés témoigne : « C'est une rumeur, mais il se dit chez nous qu'au début ceux qui ont kidnappé

Kobayakawa ont essayé de lui faire cracher l'adresse de Fujimi. Ils voulaient bien sûr venger le meurtre du boss Takeda. Par bonheur ou par malheur, allez savoir, Kobayakawa n'en savait rien. Ils auraient appelé son épouse, pour qu'elle s'adresse elle-même à Fujimi. Elle devait lui demander de dissoudre son gang, s'il voulait que son adjoint ait la vie sauve. »

Les pièces du puzzle se mettent en place. L'épouse de Kobayakawa appelle Fujimi. En son absence, c'est un cadre du gang Fujimi qui répond. Il transmet le message. Fujimi contacte aussitôt le siège de la fédération Shinwa pour demander quelle attitude adopter. Mais on lui répond que le président Asao est absent, qu'il n'y a pas d'urgence dans la situation. Fujimi n'y tient plus, il appelle directement au domicile d'Asao, laisse un message et attend qu'il le recontacte. Ce qui n'arrivera pas. Notre témoin du Kansai complète : « En résumé, Fujimi a été abandonné par la fédération. Il n'avait plus qu'à faire Glico. »

Dans l'argot des yakuzas du Kansai, « faire Glico » signifie qu'on hisse le drapeau blanc. C'est en référence au personnage qu'on voit sur les boîtes de bonbons de la marque Glico, qui lève le bras. Pour Fujimi, c'était la fin du parcours. Il n'avait plus qu'à accepter les conditions des ravisseurs, dissoudre son gang et écrire une lettre d'excuses à l'Akashi. Dans la cosmogonie yakuza, parvenir à faire disparaître l'organisation de son adversaire équivaut à dérober la vie de son chef. Dissoudre son gang et se ranger des voitures, c'est l'arrêt de mort pour un représentant du crime organisé.

Lors de ces récents événements, le gang Akashi a résolu la question Fujimi. Mais le problème Kunimitsu reste entier. Ce chef du gang Gisei est le meneur de l'assassinat de Takeda. Le cadre d'un gang affilié à l'Akashi n'y va pas par quatre chemins : « Il faut absolument buter Kunimitsu. Quoi qu'il en coûte. » La course est engagée : les yakuzas ont pour consigne de le retrouver avant que la police ne parvienne à mettre la main sur lui. « Avec Kunimitsu, on n'a pas le choix. Cette pourriture ne changera jamais. Si on ne le liquide pas, c'est lui qui viendra nous marcher sur les pieds. » Les patrons du gang Akashi semblent redouter que le fuyard décoche de nouvelles flèches. Fantasme ou réalité ? Nous venons de recevoir un témoignage pour le moins surprenant…

(*À suivre…*)

Sur la départementale en direction de Yokote, les phares du Land Cruiser Toyota étaient les seules lumières à s'animer dans l'obscurité. À 21 heures passées, la campagne sombrait dans un calme absolu. On pouvait entendre le grondement du ruisseau ou le chant des grenouilles montant des rizières.

Depuis qu'ils avaient quitté le poste de police de Nakatsugô, Kawase n'avait pas cherché à faire la conversation. Pas un instant il n'avait quitté la route des yeux. Sans doute préférait-il se concentrer sur la conduite. À moins qu'il n'ait reçu des consignes de Kunimitsu : attention aux parlotes inutiles. Hioka lui rendait son silence. S'il s'aventurait à questionner le garde du corps, il y avait de bonnes chances que celui-ci se montrât évasif, si tant est qu'il daignât lui répondre. De toute façon, Kunimitsu était le seul à avoir les clés de l'énigme. Dès qu'il le verrait, Hioka aurait sa réponse. Inutile de se presser. En attendant, il avait baissé sa vitre et laissait pendre son bras dans le vent de la nuit. Son regard se portait au loin, jusqu'à leur destination.

Sitôt garé près des bungalows du chantier, Kawase bondit avec prestance de son siège. Il contourna la voiture et vint ouvrir la portière à son passager. Sa belle posture et la méticulosité de ses gestes témoignaient de la rigueur des phases d'apprentissage chez les yakuzas.

— Veuillez me suivre, je vous prie.

Kawase accompagna Hioka vers le bungalow du fond, le seul qui soit éclairé à cette heure avancée. C'était l'extinction des feux sur les deux autres bâtiments modulaires, qui pourtant hébergeaient les ouvriers. Kawase frappa à la porte sur laquelle était placardée l'affichette : « Bureau du responsable ».

— C'est moi. Je suis avec l'officier de police.

Une voix énergique lui répondit :

— Merci d'avoir pris cette peine. Entre !

Kawase fit un pas de côté pour laisser passer Hioka. Le lieutenant ouvrit la porte. Dans la pièce, il y avait trois hommes assis sur une bâche bleue, posée à même le sol. Ils avaient pris place autour d'une table basse. Malgré la chaleur, ils portaient tous trois une chemise à manches longues. Hioka photographia les visages : Takachi, Ido et Kunimitsu.

Le bungalow avait une taille identique à celle du bâtiment que Hioka avait visité la veille. Mais la ressemblance s'arrêtait là. On ne trouvait ni accueil ni cuisine séparée. Sur une vaste surface dégagée, seule la bâche délimitait un espace domestique à part. Tout autour, on avait disposé de l'encens anti-moustiques. Les fenêtres, grandes ouvertes, étaient masquées par des moustiquaires. Au fond de la pièce, Hioka distingua un évier et un réfrigérateur de grand format. Posé sur une table basse, le réchaud accueillait un plat en fonte, peu profond. Il était vide pour le moment.

Hioka ôta ses chaussures et fit un pas sur la bâche. Kunimitsu trônait à la place d'honneur. Il se redressa à demi et fit venir Hioka près de lui d'une invite de la main. Kunimitsu retourna le coussin sur lequel il était lui-même assis, un symbole de purification et un signe de politesse pour son invité.

— Soyez le bienvenu. Installez-vous ici, s'il vous plaît. Hioka s'attabla avec un sourire.

— Pardonnez-moi de vous faire venir à une heure si tardive. Aviez-vous quelqu'un chez vous ce soir ?

— Oui, en effet.

Comment Kunimitsu avait-il été informé ? Dans les alentours, il y avait peu de chances que les réseaux de téléphonie mobile passent. Pas plus que la radiotéléphonie dont leurs voitures de luxe étaient équipées. Kawase avait dû se mettre en faction près du poste de police et utiliser la cabine publique pour appeler Kunimitsu et le prévenir que Hioka avait un invité. À moins qu'ils ne fussent d'accord pour que Kawase attendît, aussi longtemps que le lieutenant ne serait pas disponible.

À peine Hioka assis, Ido alla chercher une bouteille de bière XXL au réfrigérateur. Il fit sauter la capsule avec prestance et la tendit à Kunimitsu, qui en proposa aussitôt à Hioka.

— Je vous en prie.

Le lieutenant inclina la tête pour marquer sa gratitude. Kunimitsu versa la bière dans le verre de Hioka. Il passa ensuite la bouteille à Ido, qui la reçut avec des gestes d'humilité et remplit à son tour le verre de son patron.

— Alors…

Kunimitsu avait levé son verre en direction de Hioka. Le lieutenant lui rendit son geste, puis porta le sien à ses lèvres. Il fit attention que Kunimitsu ait bu avant de faire de même. Il tendit alors le bras pour saisir la bouteille et remplir à son tour le verre de Kunimitsu. Il la reposa. Kunimitsu s'en empara pour remplir le verre de Hioka en retour. Quand la bouteille fut terminée, Ido la remplaça avec agilité. Ses gestes témoignaient de la force d'une éducation de chaque instant au sein du gang Gisei.

— Prenez-en, vous aussi.

Kunimitsu tendit la bouteille de bière à ses subordonnés. Takachi et Ido secouèrent la tête d'un air soumis.

— Non merci, pour nous ça ira.

Dans leurs verres, ils avaient une boisson brune. Une bouteille de thé Oolong était posée sur la table. Kunimitsu en avait un verre lui aussi. Selon toute vraisemblance, tous les trois s'étaient abstenus d'alcool avant l'arrivée de Hioka. Takachi et Ido se resservirent du thé.

Même durant une cérémonie, un yakuza attaché à la protection d'un chef ne prenait jamais d'alcool. Il devait être en mesure de parer à toute éventualité. Hioka était impressionné par la discipline des subordonnés de Kunimitsu, qui appliquaient ces préceptes même dans un coin aussi reculé que Yokote, où aucune menace ne semblait devoir se profiler.

Le silence s'était installé au sein de leur petite assemblée. Au point que le chant des grenouilles parvenait à leurs oreilles. Le cerveau de Hioka tournait à plein régime. Si ces gars ne prenaient pas d'alcool, il devait y avoir d'autres raisons.

Les deux autres bâtiments modulaires étaient plongés dans l'obscurité. Même si c'était l'extinction des feux, on aurait dû percevoir quelques bruits, des signes de vie. Rien, pas un chuchotement, pas un toussotement, pas un son. N'y avait-il donc pas âme qui vive sur le chantier ? Il prit conscience qu'il n'avait vu aucune fourgonnette sur le parking en arrivant avec Kawase. « Demain, c'est dimanche. Et s'ils avaient volontairement éloigné les ouvriers, au prétexte d'une journée de repos ? »

Une goutte de sueur glissa le long de son échine. Personne ne savait où il se trouvait à cet instant. La première habitation était située à plus d'un kilomètre de là. À cette distance, il n'était même pas certain que quiconque pût entendre un coup de feu tiré à l'intérieur du bungalow. Quant à la possibilité d'enfouir un cadavre, difficile d'imaginer mieux que les travaux d'aménagement du golf…

Hioka fixa Kunimitsu, qui le regarda en retour. Les coudes sur la table, son verre à la main, le yakuza le dévisageait comme s'il pénétrait les replis les plus secrets de son cœur. Il finit par esquisser un sourire et tendit la bouteille de bière vers Takachi et Ido.

— Allons, nous devons accueillir M. Hioka comme il se doit. Pas de chichis ce soir, profitons-en.

Ido adressa un regard interrogatif à Takachi, son aîné. Celui-ci baissa les yeux dans un mouvement hésitant. Kunimitsu insista une nouvelle fois.

Takachi vida son thé Oolong d'un trait, saisit son verre à deux mains pour le tendre en direction de son boss, la mine résolue.

— Si vous insistez, merci beaucoup.

Kunimitsu servit ses deux subordonnés. Ido se mordilla les lèvres, recevant l'offrande de son chef avec une expression tendue. Kunimitsu s'apprêtait à servir aussi Kawase, assis à ses côtés, mais se ravisa. Il posa la bouteille.

— Non, pas pour Kôzô ! Toi, tu dois encore prendre le volant. M. Hioka ne pourrait pas tolérer une conduite en état d'ivresse, juste sous son nez !

Kunimitsu éclata de rire et empoigna la bouteille de thé Oolong, dont il remplit le verre de Kawase. Ce dernier inclina la tête jusqu'à ce que son front touchât presque la table et rendit la pareille à son patron, en remplissant son verre de bière. Puis ce fut au tour de Takachi de s'incliner, de s'emparer de la bouteille de bière et de remplir le verre de Hioka.

— Bon, *kanpai* ! lança avec vigueur Kunimitsu.

— *Kanpai* !

Le toast collectif résonna entre les quatre murs du bungalow. Hioka leva à nouveau son verre. Kunimitsu saisit un éventail. En se retroussant, sa manche laissa apparaître un début de tatouage. Deux dragons entrelacés au milieu des nuages ? Le petit doigt de sa main gauche était amputé. Le yakuza ne cherchait plus à se camoufler.

— Yôichi, c'est relax ce soir. Bois autant que tu veux. Keiji, apporte-nous les bouteilles.

— Je vous remercie, patron, dit Takachi en s'inclinant.

— C'est agréable de temps en temps, répliqua Kunimitsu avec un sourire et en lui servant de la bière.

Ido était revenu avec un plateau, sur lequel étaient disposés une bouteille de cognac et un magnum d'eau-de-vie. Selon toute vraisemblance, les deux alcools favoris de Kunimitsu. En un tournemain, Kawase avait rempli un seau à glace et sorti des gobelets. Il avait préparé une eau-de-vie « on the rocks » qu'il poussa devant Kunimitsu. Celui-ci termina son verre de bière. Il essuya la mousse de ses lèvres d'un revers de main.

— Dites-moi ce que vous voulez boire. On a aussi du saké.

— Ça va, je vais rester à la bière pour le moment.

Hioka avait repoussé la proposition avec douceur. La bouteille de saké qu'ils avaient descendue au dîner avec Karatsu lui restait sur l'estomac. Il avait sa dose pour la soirée. Au cas où, Ido posa le saké devant lui. Hioka inclina la tête.

— Je tenais à vous inviter ce soir, reprit Kunimitsu. Il y a quelque chose que je voulais partager avec vous. Keiji, tu veux bien t'occuper de la préparation ?

Kunimitsu accompagna sa consigne d'un mouvement de menton. Resté à l'arrière de la tablée, un genou à terre, Ido se leva et se dirigea vers le réfrigérateur. Il en sortit une boîte en polystyrène qu'il apporta sur la table, devant Hioka. Il ôta le couvercle. Un paquet était entouré d'écorce de bambou. Ido détacha une ficelle et dévoila une viande de bœuf persillée, dont la qualité supérieure se percevait en un battement de cils.

— Pas mal, non ? enchérit Kunimitsu tout en agitant son éventail près de son cou. C'est le patron d'une entreprise partenaire qui me l'a envoyée.

Le patron d'une entreprise partenaire ? Peut-être le fameux Sakamaki, de Sakamaki Construction.

Hioka ravala la question qui le démangeait. Il ne fallait pas brûler les étapes. Il feignit de s'intéresser à la pièce de bœuf.

— Cette viande est magnifique. Je n'en ai jamais vu d'aussi luxueuse !

— Bœuf de Matsusaka, catégorie A5, souffla Ido. Cette partie est très rare, on n'en tire que quelques centaines de grammes par bête.

Hioka se sentit saliver, et laissa échapper un soupir d'admiration. D'un signe de tête, Kunimitsu envoya Ido vers le coin cuisine. Il en revint avec un plateau sur lequel étaient posés des ramequins sortis du réfrigérateur.

— Je vais préparer le bœuf. Voici, pour patienter. Je vous en prie.

Mélange de légumes, sauce au tofu et au wasabi ? Hioka identifia du thon et des fèves dans son ramequin. Mais un des composants lui échappait. Sous la baguette, la texture s'apparentait à celle du kaki, mais la couleur vert tendre ne correspondait pas. Ido devina l'hésitation de Hioka.

— Cette salade est composée de thon, de fèves et d'avocat, avec une sauce au tofu et au wasabi. C'est japonais en apparence, mais arrangé à l'occidentale. Soyez sans crainte, goûtez.

Hioka avait du mal à se figurer ce que pourrait donner cette combinaison. Comme un carpaccio de thon à la japonaise ? Dès la première bouchée, il laissa échapper de petits cris.

— Que c'est bon !

Saveurs, couleurs et textures se mêlaient à merveille. Le goût corsé de l'avocat et la légèreté de la chair de thon rouge mariné. La fine amertume de la fève qui dialoguait avec l'arôme du wasabi. Dans la sauce, on notait une pointe aigre-douce de vinaigre balsamique. Hioka n'avait encore jamais expérimenté une telle association culinaire.

— Je suis honoré que cela vous plaise, confia un Ido rassuré. Je suis récompensé de mes efforts.

— Où avez-vous appris à faire un plat comme ça ? l'interrogea Hioka.

— C'est le patron qui m'a montré.

Ido se touchait les cheveux, d'un air gêné. Kunimitsu vint à la rescousse de son subordonné avec un sourire.

— Je ne te l'ai pas appris, je t'ai seulement suggéré une préparation.

Il se tourna vers Hioka.

— Je lui avais parlé d'un « California roll », un genre de sushi que j'ai goûté aux États-Unis. C'est fait à base de thon et d'avocat. Et à partir de ça Keiji a inventé une recette tout seul.

Sous le compliment, Ido redressa les épaules mais baissa les yeux. Le regard de Kunimitsu s'attendrit.

— C'est quelqu'un, Keiji. Il a un diplôme de cuisinier, tout de même !

La combinaison yakuza-cuistot ne laissa pas

d'étonner Hioka. Il se prit à scruter le visage d'Ido. Mais le subordonné se leva, la mine embarrassée. Il se dirigea vers la cuisine pour préparer le bœuf.

— Notre patron encourage ceux qui nous rejoignent à passer des diplômes, compléta Takachi. Peu importe le domaine dans lequel on étudie. L'important, c'est d'avoir une qualification, pour pouvoir redevenir à tout moment ce qui s'appelle un « honnête homme ». C'est pas mon intention, je vous rassure ! Mais j'ai moi-même le permis poids lourd. Le patron m'a poussé à le passer, il y a dix ans de ça. Chez nous, on trouve des gars qui ont une formation d'ingénieur en matériaux ou en manipulation de produits dangereux, ou bien des pompiers…

— Je vois, s'entendit répondre Hioka d'une voix molle. Que de qualifications professionnelles, pour des gangsters spécialistes du meurtre de sang-froid !

C'était étrange qu'un chef comme Kunimitsu fût soucieux que chacun dans le gang pût s'offrir une porte de sortie. Les pontes de la pègre se moquaient en général comme d'une guigne de revenir à une existence « normale ».

Ido réapparut avec le réchaud portable et un grand plat sur lequel il avait disposé avec élégance la pièce de Matsusaka, du poireau, du chou chinois, des vermicelles japonais et du tofu cuit. Il fit fondre de la graisse de bœuf pour y faire revenir la précieuse viande, sur laquelle il versa du sucre et de la sauce de soja. Cette variante s'appelait « sukiyaki du Kansai ». Le fumet d'une succulente association sucrée-salée se répandit dans le bungalow. Dans le plat en fonte, autour de la viande, Ido disposa des légumes et du tofu.

— Honneur à l'invité.

Ido tendit un bol à Hioka. Il avait battu un œuf et y avait plongé les tranches de bœuf, accompagnées de légumes et de vermicelles. La viande était mi-cuite. Hioka en prit un morceau en bouche. Elle fondit sur sa langue et illumina ses papilles. Il n'y avait nulle trace de gras. Le lieutenant n'avait encore jamais goûté pareil accommodement. Il poussait de petits cris de plaisir et se prit à tutoyer Ido.

— Quitte le monde des yakuzas tout de suite ! Avec un tel talent, tu pourrais travailler dans la minute dans n'importe quel restaurant !

Ne sachant sur quel pied danser, Ido haussa les épaules. Sur le même ton de plaisanterie, Kunimitsu renchérit en fronçant les sourcils.

— Ce n'est pas très gentil, Monsieur Hioka… Ido fait partie de notre groupe. Si vous voulez le recruter, il va falloir me proposer du boulot à moi aussi !

Les trois subordonnés éclatèrent de rire. Hioka se laissa prendre au jeu et sourit à son tour. Dans le bungalow, l'ambiance était devenue conviviale. Les baguettes s'agitaient avec vivacité au-dessus des bols. La conversation roula sur les mérites comparés des nanas, selon les préfectures. Quelles étaient les plus affectueuses ? Les yakuzas s'animaient, mais Kunimitsu semblait l'expert numéro un dans le domaine. Il était vif. Hioka se contentait de l'écouter, en silence, avec des mouvements réguliers d'approbation. Il semblait que Kunimitsu avait en ce moment trois maîtresses. Hioka se souvint que sa fiche de police indiquait qu'il était actuellement célibataire et ne s'était jamais marié.

Tandis qu'il discourait sur les femmes, Kunimitsu vidait de l'eau-de-vie « on the rocks », godet après godet. Takachi et Ido étaient restés à la bière. Hioka passa à l'eau-de-vie allongée d'eau plate et de glaçons.

Les cinq convives étaient attablés depuis près d'une heure quand le ballet des baguettes prit fin. Le contentement se lisait sur tous les visages. Hioka sentait son ventre prêt à éclater.

Sur ordre de Kunimitsu, Ido débarrassa le réchaud et le plat en fonte. Kawase essuya la table avec soin. Les paroles de Kunimitsu prirent alors un tour plus cérémonieux.

— Outre la dégustation du bœuf de Matsusaka, j'avais une autre raison pour vous inviter ce soir.

Hioka porta le verre d'eau-de-vie à ses lèvres. Les glaçons avaient fondu. On en arrivait à l'essentiel. Malgré l'alcool, il avait les idées claires. Il se doutait bien que Kunimitsu avait d'autres intentions que celle de partager une viande d'exception.

— Je voulais parler avec vous à cœur ouvert.

Coudes sur la table, Kunimitsu s'était penché en direction de Hioka. Le regard du lieutenant s'éclaira. *Enfin le moment tant espéré*. Depuis qu'il était tombé nez à nez avec Kunimitsu à Kurehara, il attendait cette occasion de sonder les véritables intentions du boss yakuza. Autour de la table, les subordonnés s'étirèrent. Ils pincèrent les lèvres, comme pour signifier qu'à partir de cette seconde ils se garderaient de prendre part à la conversation.

— Hioka, je dois vous demander pardon. Je me suis permis de glaner quelques renseignements sur vous.

Sur ses gardes, le lieutenant retint sa respiration. *Que peut-il bien avoir appris sur moi?*

— Vous étiez sous les ordres du commandant Ôgami à Kurehara, n'est-ce pas?

Hioka dut avoir un geste de surprise. Kunimitsu sembla lire ses pensées.

— Ne vous étonnez pas. Je suis originaire de l'arrondissement de Fukunaka. Mais à Hiroshima tous les mauvais garçons de ma génération savaient qui était Ôgami!

Hioka fit des calculs rapides. Quand Kunimitsu était encore collégien, Ôgami était déjà spécialiste des gangs au commissariat de Kurehara. Sa réputation pouvait avoir dépassé les limites de sa circonscription.

Kunimitsu agitait son verre dans sa main gauche, celle où manquait le petit doigt. Cling! Les glaçons s'entrechoquèrent. Il aspira la dernière gorgée d'eau-de-vie et poussa un grand soupir.

— J'ai appris ce qui s'est passé là-bas. Takii et Ichinose m'ont raconté. Et Akiko aussi, la patronne des Petits Plats de Shino. Sale truc, hein?

« Sale truc »? De quoi veut-il parler? De la guerre des gangs entre l'Odani et l'Irako? De la fin d'Ôgami? De ma mutation dans ce coin perdu de campagne? Kunimitsu avait saisi son éventail et s'aérait la poitrine. Il fixa sur Hioka des yeux intenses.

— J'ai compris en écoutant leurs histoires comment s'est forgée votre audace. Ce qui est normal, puisque c'est le commandant Ôgami qui vous avait pris sous son aile.

Ce souvenir perça le cœur du lieutenant. Il rebondit par une question.

— Qu'est-ce qu'ils ont dit de moi, Takii et Ichinose ?

— La même chose tous les deux : « Un mec fiable », répondit Kunimitsu sans un temps d'hésitation.

Hioka fit une moue dubitative. L'autre le taquina.

— Et je ne dis pas ça pour vous mettre l'air !

Du jargon de yakuzas. Une expression qu'il avait déjà entendue. Elle signifiait « flatter ». Le visage de Kunimitsu avait repris son sérieux. Il fit un mouvement de menton à destination de Takachi.

— Puisqu'on parle de ça. Apporte le truc.

Takachi hocha la tête, recula vers l'extrémité de la bâche et revint avec un paquet, enveloppé dans un carré de tissu. La forme et la taille pouvaient faire penser à une boîte de biscuits. Takachi le posa sur la table, devant Hioka, et se mit de nouveau en retrait.

— Je vous prie de bien vouloir l'accepter, enjoignit Kunimitsu.

— Qu'est-ce que c'est ? se rembrunit Hioka.

— Pour les frais de protection.

Hioka se tétanisa. Il sentit la sueur gagner ses aisselles. « Les frais de protection… » *En langage clair : un pot-de-vin*. Kunimitsu avait tendu le bras au-dessus de la table. Il saisit le paquet et le souleva de quelques centimètres.

— Là-dedans, vous trouverez un *ippon.* Si ce n'est pas assez, vous me le dites.

En langage de yakuzas, « ippon » signifiait une unité de compte variable. Autrement dit, soit un million, soit dix millions de yens. Étant donné le format, Kunimitsu avait plutôt misé sur la seconde option. Le lieutenant Hioka avait donc sous le nez une proposition à dix millions de yens. Kunimitsu agitait le paquet.

— La vie est courte, Hioka ! Le plus intelligent, c'est d'en profiter tant qu'on est en vie, non ?

— Kunimitsu, je crois que vous sous-estimez les forces de police ! lança Hioka avec un regard furieux.

— Quoi ? Face de képi, va !

Takachi avait balancé un véritable cri de rage. Du coin de l'œil, Hioka aperçut Kawase passer la main dans son dos, à la ceinture. Ido s'était dressé, prêt à bondir. Hioka n'avait pas bougé de sa position en tailleur. Il les dévisagea, l'un après l'autre.

— Parce que c'est votre genre, à vous, de monnayer votre appartenance à un gang pour de l'argent ?

Il vitupérait. Les malfrats en étaient interdits. Seul Kunimitsu ne s'était pas départi d'un énigmatique sourire.

— Je ne suis peut-être qu'un simple petit officier de police dans un poste reculé, mais pas un pourri ! Je ne vends pas mon âme contre un paquet de billets, moi…

Le silence se fit assourdissant dans le bungalow. Il fut tout à coup déchiré par le rire tonitruant de Kunimitsu. Un rire qui partit en cascade. Pas plus que les trois acolytes, Hioka ne sut à quoi s'en tenir. Ils étaient médusés. Joyeux, Kunimitsu finit par se tourner vers Hioka. Il le tutoya.

— On ne m'a pas menti. Tu es bien l'homme qu'on m'a décrit !

À l'appui de ces paroles, Kunimitsu lui lança le paquet enveloppé dans son carré de tissu. Il atterrit entre ses jambes.

— Vas-y, ouvre-le.

Hioka dénoua la ficelle et écarta les pans de tissu.

— Mais, c'est…

C'était un gâteau à la pâte de haricots rouges. Hioka était à court de mots. À voir leur bouche pendante, les subordonnés n'avaient pas été mis non plus au courant de la supercherie. Kunimitsu était comme un jeune garnement qui a réussi un sale tour.

— Crois-moi, si tu étais du genre à recevoir un pot-de-vin, je décamperais d'ici à la première heure demain.

Le test avait fonctionné au-delà de ses espérances. Kunimitsu saisit le gâteau et le fit rebondir sur sa paume. Le moins qu'on puisse dire était qu'il avait la situation en main. Il lut l'incompréhension dans les yeux de Hioka.

— Tu te demandes pourquoi je t'ai testé, hein ? Celui qui se laisse corrompre par l'argent une fois sera toujours prêt à recommencer. Le tout sera de mettre le prix. Moi, je ne confierai jamais ma vie à un type pareil.

Hioka tâcha de badiner pour dissimuler son désarroi.

— Dix millions de yens, c'est une goutte d'eau pour quelqu'un riche à milliards comme vous. C'est ce qui m'a mis la puce à l'oreille. Voilà pourquoi j'ai refusé. Si vous m'aviez proposé non pas dix mais cent millions, alors là ç'aurait été plus crédible !

Kunimitsu se tordit de rire à la repartie de Hioka. Les trois subordonnés regardaient la scène stupéfaits. Son fou rire calmé, Kunimitsu poussa le gâteau sur la table et haussa les épaules.

— Des milliards ? Qui dit que j'ai des milliards ?

— J'ai lu ça dans un magazine.

— J'ai jamais eu autant d'argent que ça, s'amusa Kunimitsu. Je n'en suis pas encore à être appelé « milliardaire ». Les médias racontent n'importe quoi.

« Pas encore » ? Hioka avait au moins une estimation de sa fortune. Kunimitsu ne devait pas être très loin du milliard. Le boss yakuza se lança dans une description de ses montages financiers. La moitié de ses biens était placée à l'étranger, dans une société-écran. Quant au restant, il l'avait mis dans des banques japonaises, sur les comptes de gens de sa connaissance. Autrement dit des membres de sa famille ou ses maîtresses. Mais pourquoi racontait-il tout ça ?

Kunimitsu avait les yeux dans le vague, abîmé dans ses souvenirs.

— Ma toute première affaire, ça concernait le jeu

vidéo… Hioka se souvint de la série d'articles qu'il avait lus dans le *Geinô Hebdo*. Le journaliste expliquait que Kunimitsu avait commencé sa carrière dans la vente illicite d'installation de jeux vidéo et l'importation illégale de marbre. Avec cet argent, il avait pu se lancer dans les affaires immobilières. Il avait bénéficié d'un certain nombre d'informations exclusives, ce qui s'apparentait à du délit d'initiés. C'était là que son « quasi » milliard de yens trouvait ses origines.

— Cette époque, c'était celle de *Space Invaders*, tu t'en souviens ?

Kunimitsu avait de nouveau pointé son regard sur Hioka.

— Oui. On pouvait y jouer au café, c'est ça ?

— Absolument, s'illumina Kunimitsu. On s'installait à une table à l'horizontale. L'écran était incrusté dedans. On avait des manettes. Il fallait abattre des envahisseurs, à coups de laser. C'était le début des jeux d'arcade.

Pour s'en souvenir, Hioka s'en souvenait ! Dans sa jeunesse, il était accro à ce jeu. La partie coûtait cent yens et, pour ce modeste prix, on pouvait jouer au moins dix minutes. Si on parvenait au dernier niveau, l'établissement vous offrait une récompense.

— C'est vous qui les vendiez, ces tables de jeu ?

Kunimitsu agita son éventail.

— Pas celles-là. Je ne faisais pas dans le jeu pour enfants ! *Space Invaders* marchait bien, mais on pouvait sentir que là aussi la mode allait passer. Quand ils ont vu ce que les jeux d'arcade pouvaient rapporter, les établissements se sont mis à chercher la nouveauté. J'avais vu à l'étranger des machines pour jouer au poker. C'est là-dedans que je me suis lancé.

Hioka avait connu aussi ces jeux-là. Ils avaient rencontré un beau succès dans les salles d'arcade. On utilisait des jetons. Kunimitsu fit une drôle de mimique. Il agitait les mains, comme s'il s'était lancé dans un tour de prestidigitation.

— En s'y prenant bien, on pouvait remplacer les jetons par de vraies pièces… En toute illégalité, bien sûr ! Les établissements faisaient le tri parmi les clients. Il ne fallait surtout pas se faire pincer par la police. Tu te souviens, Yôichi, comme ça nous a rapporté gros ?

Takachi mit la main devant sa bouche pour retenir son rire.

— Si je m'en souviens ! Les ennuis de l'époque, c'était le poids de tout ce qu'on récoltait ! On faisait la tournée pour récupérer l'argent dans les machines. Tout était en pièces de cent yens. C'était quelque chose ! La camionnette était presque à ras du sol tellement on était chargés !

Ido et Kawase n'étaient sans doute pas de la partie à l'époque. Ils devaient avoir entendu l'anecdote de nombreuses fois, mais l'image les fit sourire eux aussi. Le calme et une certaine forme d'insouciance régnaient dans le bungalow.

— Un yakuza a besoin d'argent pour se construire.

Prononcés d'un ton lourd, les mots de Kunimitsu chassèrent les sourires.

— Se construire ? Il n'y a pas que le yakuza dans

ce cas-là, chuchota Hioka. Croyez-vous que ce soit différent pour un honnête citoyen ?

— Entre le yakuza et le citoyen, ce n'est pas du tout la même échelle, rétorqua Kunimitsu avec le plus grand sérieux.

— Si vous êtes devenu yakuza, c'est pour autre chose que l'argent ? interrogea Hioka, une pointe de provocation involontaire dans la voix.

— Quelle question ! ricana Kunimitsu.

Hioka ne se laissa pas démonter. Il dodelina de la tête, regard baissé. S'il ne s'agissait que de vivre, la différence entre un yakuza et un citoyen n'était pas si grande.

— Manger de bons plats, coucher avec de jolies filles et rouler en voiture de luxe… énuméra le lieutenant. C'est bien pour ça qu'on devient yakuza, quoi d'autre ?

— On doit bien en trouver qui sont motivés par ça, c'est sûr !

— Vous allez me dire que vous n'êtes pas de ce genre, n'est-ce pas ? s'irrita Hioka en relevant la tête.

— C'est le point de vue des honnêtes gens, s'attrista Kunimitsu, sourcils froncés. Pour eux, tous les yakuzas sont à mettre dans le même panier. Selon moi, il y a en réalité deux catégories : celui qui devient yakuza pour gagner de l'argent et celui qui gagne de l'argent pour devenir yakuza.

Kunimitsu jeta un regard vers ses subordonnés. Ils étaient bouche close.

— Dans la société, on ne peut pas tous réussir à marcher au milieu de la route. On essaie bien de filer droit, mais parfois on reste coincé dans le ravin, sans le vouloir. En un certain sens, nous sommes comme des chiens tombés dans un fossé, nous les yakuzas. Mais les chiens aussi ont le sens de l'honneur. Pas vrai, Kôzô ?

Kawase sursauta, surpris par la demande d'assentiment de son chef. Il hocha la tête à plusieurs reprises. Kunimitsu darda son regard sur Hioka.

— Des chiens dans un fossé. Ça hurle quand on leur donne des coups de bâton, ça mord pour se défendre. C'est ça, la guerre actuelle entre yakuzas. Même pour se battre entre chiens, il en faut de l'argent.

— Le patron s'occupe de tout, renchérit Takachi en regardant Hioka à son tour. Il paie non seulement les frais de justice pour les jeunes qui sont arrêtés, mais il donne aussi de l'argent à leur famille s'ils sont emprisonnés.

— Pourquoi vous allez jusque-là ? réagit Hioka.

Pour ce qu'il avait eu à en connaître, les chefs yakuzas considéraient leurs subordonnés tout au plus comme des pions. Le comportement de Kunimitsu sortait du cadre.

— Tu n'en ferais pas autant, si ta famille était dans cette situation ?

Kunimitsu avait répondu à sa question par une autre. Une « famille », eux ? Les gangs revendiquaient cette organisation de type familial. De même que dans un mariage, le nouveau venu dans un gang partageait une coupe de saké lors de la cérémonie rituelle des *sakazuki*. Il jurait ainsi de se consacrer à son chef comme à son nouveau père.

Restait à se demander si la réciproque était vraie quant à la considération entre le père et son « fils ».

— Voilà pourquoi j'ai fait ce montage financier, poursuivit Kunimitsu. J'ai mis la moitié de mes biens à l'abri à l'étranger. Imagine qu'on me charge pour quelque chose ou que des membres du gang soient emprisonnés. On a de quoi voir venir et on ne pourra jamais rien tracer jusqu'à eux.

— Oui, je vois...

Hioka n'était pas convaincu, pas incrédule non plus.

— Vise un peu : on peut tenir dans les trois cents ans de détention !

Hioka calcula dans sa tête aussi vite que possible. Trois cents ans multipliés par douze mois dans une année, cela faisait au total trois mille six cents mois. La fortune de Kunimitsu était proche du milliard de yens. Il en avait mis cinquante pour cent sur un compte à l'étranger, donc cinq cents millions. Ce montant divisé par les trois mille six cents mois, cela équivalait à... un peu moins de cent quarante mille yens par mois pour les trois cents à venir...

— En tout cas, susurra Kunimitsu en s'approchant de Hioka et en posant la main sur son genou, je suis un homme qui tient ses promesses.

Ses promesses ? Les paroles de Kunimitsu revinrent à la mémoire de Hioka. « J'ai encore un certain nombre d'affaires à régler. Une fois que ce sera fait, je vous laisserai me passer les menottes, c'est promis. » Hioka fixa Kunimitsu.

— Puis-je vous poser une question ? Une seule.

Kunimitsu acquiesça.

— Qu'est-ce que vous êtes venu faire dans ce coin ?

— Je ne peux pas parler de ça en ta présence ! s'exclama Kunimitsu dans un éclat de rire. Tu me verbaliserais, c'est sûr. Je ne pense pas que tu sois du genre à aller déterrer des histoires anciennes. Mais si une voiture roule à toute berzingue juste sous ton nez, alors là tu mets une contredanse, non ?

Hioka avait compris à demi-mot. Comme il l'avait lu dans le dernier numéro de *Geinô Hebdo*, Kunimitsu devait penser à « décocher de nouvelles flèches ». Le yakuza lui tapota la cuisse.

— Fais-moi confiance, veux-tu ?

Il venait de reprendre les intonations du dialecte d'Hiroshima. Ses yeux scintillaient d'un éclat sans pareil.

Quand il monta dans le Land Cruiser, Hioka sentit que le trajet du retour ne ressemblerait pas à celui de l'aller. Derrière le volant, Kawase était guilleret.

— Il est comme ça, le patron. Je le suivrai toute ma vie, c'est sûr.

— Depuis que tu es dans l'organisation, quel est ton meilleur souvenir ? lança Hioka pour faire la conversation, les yeux fixés au loin.

— Sans hésiter, le jour où j'ai échangé la coupe de saké rituelle avec le patron ! proclama Kawase.

— Je veux bien le croire, rétorqua Hioka sans conviction. Mais si tu y réfléchis, tout bon yakuza doit penser la même chose.

Kawase eut un sourire amer. Il avait senti une forme d'indifférence chez son passager. Il reprit quelques instants plus tard :

— Non, tout bien réfléchi, c'est peut-être quand il m'a appelé pour la première fois par mon prénom.

— Comment ça, par ton prénom ? s'étonna Hioka. C'est plutôt normal, non ?

— C'est pas ça, reprit Kawase en secouant la tête. Le patron appelle les jeunes par leur nom, en ajoutant généralement « Mon petit ». Il est toujours très poli. Moi, c'était « Mon petit Kawase ». Il me disait par exemple : « Mon petit Kawase, tu veux bien aller chercher la voiture, s'il te plaît ? »

— Mais je ne l'ai pas entendu dire ça, ce soir.

— Non, justement ! s'émoustilla Kawase. On dit que le patron appelle par leur prénom uniquement les gens qui comptent pour lui.

— Les gens qui comptent ?

— Depuis qu'on a commencé notre périple par ici, il m'appelle par mon prénom, « Kôzô » !

Kawase s'était penché sur son volant, comme s'il voulait le prendre dans ses bras. Hioka ferma les yeux. Il revoyait Kunimitsu, un sourire affectueux aux lèvres. *Dans ce monde pourri des gangs, se pourrait-il que Kunimitsu sorte* du lot ?

Avec le changement de saison, les cigales *aburazemi* laissaient place à leurs consœurs *higurashi*. Hioka tourna le visage vers la fenêtre. Par-delà le châtaignier, il contempla le soleil qui déclinait à l'horizon. Dans cette province montagneuse, les saisons arrivaient plus tôt qu'en ville. Au 15 août, Nakatsugô basculait dans l'automne. Cela se percevait à la fraîcheur du vent la nuit venue. Annonçant la fin de l'été, les *akatombo*, les libellules rouges, quadrillaient le paysage. Dans les rizières, les épis verts gagnaient des reflets dorés.

Hioka pensa avec ravissement au lac Kinshû. Cette contrée forestière était célèbre pour la beauté de ses frondaisons rougeoyantes. Alentour, les montagnes devaient se parer de mille nuances automnales. Dans son esprit, la carte postale se superposa à la vision du chantier du golf de Yokote. Dans deux jours, le lundi 13 août, commencerait l'Obon, les festivités bouddhiques en l'honneur des esprits des ancêtres. Elles duraient trois jours. En ajoutant le week-end qui commençait, les ouvriers auraient donc devant eux cinq jours de congés.

Deux semaines s'étaient écoulées depuis la soirée que Hioka avait passée avec Kunimitsu et ses subordonnés dans le bungalow du chantier. Rien à signaler depuis. Les travaux avançaient bon train, Kunimitsu était d'une discrétion absolue. Les remous de l'assassinat du chef Takeda ressemblaient à du clapotis. Tout au plus quelques caillassages au siège d'un gang ou au domicile de l'un ou l'autre des yakuzas. Rien qui pût défrayer la chronique. D'ailleurs, la place accordée dans la presse à la lutte des gangs avait tendance à se réduire ces derniers temps.

Aucun policier digne de ce nom n'en tirait de conclusions hâtives. Beaucoup pensaient, et Hioka le premier, que le calme précédait la tempête. La conflagration ne manquerait pas. La seule question était le moment de son éclatement. Pour lui, c'était une certitude : l'élément déclencheur serait Kunimitsu.

Depuis l'entrevue au bungalow, Hioka était convaincu que Kunimitsu était homme de parole. Le temps venu, comme il s'y était engagé à Kurehara, le yakuza tendrait les poignets et Hioka lui passerait les menottes. Le lieutenant avait décidé d'être patient. La seule chose qui pouvait encore le faire dévier de sa stratégie vis-à-vis de Kunimitsu, c'était l'implication de civils dans la guerre des clans. À la moindre anicroche, il était résolu à prévenir la police de la préfecture d'Hiroshima et à arrêter le yakuza. Son esprit était au clair.

Il fit défiler mentalement le décor. De mémoire, il se déplaça de l'intérieur du bungalow de Kunimitsu vers une cabane métallique qui se trouvait à côté. La première fois qu'il avait visité les abords du chantier, il s'était assuré que l'outillage était conservé près du bâtiment où logeaient les ouvriers.

Dans cette autre cabane, on devait à n'en pas douter entreposer des armes. D'après les médias, on s'était équipé avec du lourd du côté du gang Akashi : grenades, mitrailleuses et lance-missiles ! La fédération Shinwa ne devait pas être en reste.

Au sein de cette fédération, jamais encore le gang Gisei dirigé par Kunimitsu n'avait organisé d'opération dans des lieux fréquentés par le public. Sa patte à lui, c'était un plan préparé dans les moindres détails, une frappe bien ciblée, précise. Mais quand une bande de malfrats était acculée, de quoi pouvait-ils être capables ? Rien ne garantissait que Kunimitsu ne se lancerait pas dans des méthodes plus… explosives.

Ce qu'il faudrait, c'est aller vérifier le contenu de cette cabane.

— Monsieur Hioka, je ne sais pas comment résoudre ce problème…

Coupé dans le cheminement de ses pensées, Hioka revint à lui. Assise de l'autre côté de la table, Shôko le regardait. Il baissa les yeux vers le manuel de mathématiques posé entre eux.

— C'est cet exercice-là, ajouta-t-elle.

Ayant tourné l'ouvrage dans sa direction, elle le lui tendit. Il allait se pencher, mais un arôme de parfum le troubla. Une odeur de fleurs, subtile et sucrée. Shôko avait sans doute pris une douche avant qu'il n'arrive pour son cours. Elle sentait encore le savon et le shampooing. Il hésita à approcher de cette jeune fille d'une dizaine d'années de moins que lui. Mêlés à la blancheur de sa chemise, ces effluves participaient de la bouffée d'innocence qui se dégageait d'elle. Il se redressa sur sa chaise et reprit de la distance. Il empoigna le manuel et scruta la page qu'elle avait indiquée.

— La cinquième question, précisa-t-elle.

En l'occurrence, il s'agissait de trouver une intégrale définie par une fonction. Hioka copia les données de l'exercice sur son propre cahier, posé près de lui. Crayon à la main, il se lança dans les explications.

— Ça semble difficile à première vue, mais ça ne l'est pas tant que ça, rassure-toi. Il faut que tu remplaces l'intégrale par la constante « a ». Voilà, ici, ça te fait une équation simple.

Shôko suivait l'écriture de Hioka avec tout le sérieux du monde.

— Si tu réussis à aller jusque-là, tu vas trouver la bonne réponse.

— Comme ça ? interrogea-t-elle avec une expression enjouée, en faisant courir son stylo sur le papier.

Shôko tourna son cahier vers Hioka. Il opina.

— C'est très bien. Si tu as compris le principe, les exercices vont être faciles à résoudre. Essaie, si tu veux bien.

Elle eut un sourire timide et se mit au travail. Ils se trouvaient dans la chambre de la jeune fille. Shôko était en terminale. Depuis le début de l'année scolaire, en avril, Hioka venait tous les samedis chez les Hatanaka pour des cours d'accompagnement scolaire. Ils duraient une heure et demie environ.

Hioka n'avait aucune expérience dans le domaine. Quand il était à la fac, le seul job qu'il avait exercé était dans un bar pour étudiants ! Il imaginait mal pouvoir être d'un grand secours pour Shôko. Le père de la jeune fille, Shûzô Hatanaka, s'était montré insistant. Hioka avait fini par accepter, en focalisant son aide sur les parties de cours que Shôko ne comprenait pas en classe. Dans la position sociale de Hioka, la capacité d'influence de Hatanaka n'était pas à prendre à la légère. Il était difficile de résister à sa notabilité.

Plus qu'un soutien scolaire, Hioka fournissait à Shôko de l'aide pour résoudre les exercices de son manuel. Il n'avait aucune idée de la manière dont il fallait s'y prendre pour enseigner. Shôko était une fille intelligente, qui n'avait en réalité nul besoin de tuteur. Dès qu'on lui donnait une clé d'entrée dans un problème, elle était capable de résoudre jusqu'aux questions les plus ardues.

Durant les premières séances, il l'avait accompagnée pas à pas. Désormais, ayant vu qu'elle pouvait être autonome, il la lançait sur des exercices et se consacrait de son côté à sa propre étude. Il avait décidé de passer le concours de capitaine. S'il réussissait, il bénéficierait d'une mutation et pourrait retourner en ville. Depuis que Kunimitsu était apparu dans le paysage, les espoirs de Hioka avaient pris une consistance supplémentaire. Si le yakuza tenait promesse, il aurait une jolie prise à son tableau de chasse. En décrochant par-dessus le marché son concours de capitaine, c'était le retour assuré à la police de la préfecture d'Hiroshima et, cerise sur le gâteau, à la division antigang !

Des bruits de pas se firent entendre dans l'escalier. On frappa au chambranle de la porte. Shôko répondit « Entrez », son stylo continuant à courir sur son cahier. Mitsuko, sa mère, apparut. Elle apportait le thé sur un plateau. Shôko débarrassa la table.

— Faites donc une petite pause tous les deux, vous devez être fatigués.

Hioka rectifia sa mise, s'inclina vers Mitsuko Hatanaka et la remercia. Celle-ci s'attabla avec eux et disposa le thé glacé à l'orge et des gâteaux à la pâte de haricots rouges. Son sourire était élégant, comme les verres artisanaux taillés dans un joli cristal.

— C'est nous qui vous remercions. Vous avez accepté la demande forcée de mon mari en sacrifiant votre précieux temps de congé.

Mme Hatanaka s'inclina, puis regarda sa fille, comme en quête de son soutien. Shôko lui répondit d'un sourire indéchiffrable, qu'elle accompagna d'un mouvement de menton.

« Temps de congé » ? Que ce soit dans un commissariat en ville, dans un poste de police à la campagne ou dans les forces d'intervention, tous les policiers avaient la même durée de travail : huit heures par jour, cinq jours par semaine. Mais en milieu rural, tout cela était pure théorie. Partout où il se déplaçait, le policier était en fonctions.

Hioka fit bon accueil à la pâtisserie, qu'il termina jusqu'à la dernière bouchée. Comme à son habitude, Shôko ne toucha pas à la sienne. Faisait-elle attention à sa ligne ? Elle se contenta de siroter son thé à l'orge. Mme Hatanaka reprit l'assiette vide de Hioka et bredouilla :

— Hum… je pense que vous êtes déjà au courant. Voilà… mon mari et moi devons sortir ce soir. Euh… nous allons devoir reporter notre dîner. J'en suis vraiment désolée.

— Ne vous en faites pas, Mme Hatanaka.

Hioka avait été prévenu par Shôko. D'habitude, il venait chez les Hatanaka à 17 heures. Il jouait au précepteur jusqu'à 18 h 30, puis était convié par la mère et la fille à rester dîner. Au tout début, il avait décliné leur proposition. Puis il s'était souvenu de ce que son prédécesseur au poste de police de Nakatsugô appelait la « sociabilité campagnarde ». Depuis plusieurs semaines, il se faisait un honneur d'accepter. Ce samedi 11 août, Shôko lui avait exceptionnellement demandé de venir pour 15 heures. Il ne lui en avait pas demandé la raison. Si les parents devaient sortir, cela se comprenait. Bien qu'ils aient des vues sur lui, ils devaient rechigner à le laisser en tête à tête avec leur fille.

— Travaille bien Shôko, glissa Mme Hatanaka à sa fille en prenant son assiette.

Hioka l'arrêta avant qu'elle ait quitté la chambre.

— Permettez-vous que j'utilise votre téléphone ?

— Mais bien entendu, je vous en prie. Allez-y.

Chaque fois qu'il sortait des limites de sa circonscription, un policier était censé en informer sa hiérarchie. Il devait aussi signifier le motif de son déplacement. Cela valait aussi bien pour un commissariat en ville qu'une antenne de police à la campagne. La discipline était encore plus rigoureuse dans son cas. Quand il s'absentait de Nakatsugô, il n'y avait plus aucune présence policière sur le territoire. S'il avait été marié, son épouse aurait pu assurer une sorte de permanence téléphonique. Quand il avait l'intention de découcher, Hioka devait donc s'astreindre à en informer le commissariat d'Hiba. On dépêchait un suppléant, le plus souvent un policier d'âge avancé qui travaillait à Shiroyama. Il y avait plus de souplesse quand Hioka passait ses congés à son domicile, installé à l'arrière du poste de police. Pas besoin non plus d'un remplaçant quand il s'éloignait quelques heures pour une balade à bicyclette ou une séance de pêche en rivière. Dans ces cas-là, il consultait à distance les messages laissés sur le répondeur, le plus souvent depuis un téléphone public.

Hioka descendit dans l'entrée. Le téléphone était au pied des escaliers. Il composa le numéro de son bureau et attendit le déclenchement du répondeur. Pour lancer la consultation, il lui suffisait d'appuyer sur la touche dièse, de faire les quatre chiffres de son code secret, puis à nouveau le dièse. Il était rare qu'il ait des messages. Dans les circonscriptions rurales, les urgences concernaient le 119. On appelait les pompiers en cas d'incendie ou de problème de santé.

Quand la voix mécanique lui annonça qu'il avait trois messages, il eut un sursaut d'incrédulité. Le premier était horodaté à 15 h 03. Il jeta un rapide regard à sa montre : 15 h 57. Trois messages en moins d'une heure. Ses traits se crispèrent. Son pager à la ceinture n'avait pas bipé durant la leçon dans la chambre de Shôko. Personne n'avait essayé de joindre la police locale, au 110. C'était donc une affaire privée.

Il colla le combiné à son oreille et déclencha la lecture des messages. Le premier et le deuxième étaient vides. Le troisième avait été laissé voilà une dizaine de minutes.

— Bonjour, c'est Akiko. Pardonne-moi de te déranger dans ton travail. Ce serait gentil de ta part de m'appeler.

Un message sec. Une voix distante. Hioka resta planté, combiné en main. C'était la première fois qu'elle le contactait depuis qu'il était à Nakatsugô. Quelque chose de grave avait dû arriver. Qui la concernait elle, ou bien le gang Odani et Takii. Il regarda sa montre. Seize heures passées. Akiko avait dû passer aux fourneaux. Hioka demanda à Mme Hatanaka, qui était en cuisine, la permission d'utiliser à nouveau son téléphone. Il composa le numéro du restaurant d'Hiroshima. On décrocha aussitôt. Ses doigts se resserrèrent sur le combiné.

— Restaurant Les Petits Plats de Shino, bonjour.

— C'est moi, Hioka.

— Ah, mon grand, c'est gentil de rappeler. Je suis contente de t'entendre.

La voix d'Akiko était enjouée. Sans comparaison avec la froideur de son message.

— Désolé de n'avoir pas répondu. J'avais une petite course à faire et…

— Tu seras à ton travail demain ? le coupa Akiko.

— Je serai dans les parages, je n'ai rien de prévu.

— Je pense venir à Nakatsugô, reprit Akiko d'une voix chantante. Si tu es là, j'aimerais bien te voir.

— Tu viens à Nakatsugô ? s'étonna Hioka.

— Mais oui, confirma Akiko avec douceur. J'ai envie de venir, ça fait longtemps que je veux voir l'endroit où tu vis. Si tu es là demain, c'est encore mieux !

« Encore mieux » ? Hioka reprit ses esprits. Akiko pensait venir, peut-être, mais qu'il fût là ou pas n'était pas le cœur du sujet. Elle avait une affaire à régler à Nakatsugô. Se pouvait-il que ce fût en rapport avec Kunimitsu ?

— Mais, qu'est-ce qui t'amène dans un coin pareil ? hasarda Hioka.

Akiko ne répondit pas tout de suite. Elle eut un petit rire nerveux.

— Tu es un petit malin, toi ! On voit que monsieur a fait des études ! C'est vrai, j'ai des choses à faire du côté de Nakatsugô. Mais c'est vrai aussi que je viens pour te voir.

Des paroles ambiguës. Elles confortèrent les soupçons de Hioka.

— Bon, tu arrives à quelle heure ? C'est pas facile de faire le chemin jusqu'ici. L'autocar peut te déposer à Jôsai. C'est pas loin, je viendrai te chercher.

— Moi, escortée par le policier local en personne ? Mais je serais rouge de confusion ! s'amusa Akiko. T'inquiète, mon grand, je me débrouille. Et puis tu ne dois pas quitter ton poste, non ? J'arriverai un peu après midi.

— Ça marche. Fais bonne route. À demain.

Il raccrocha, pensif. Akiko descendrait à Jôsai et changerait d'autocar, ou bien elle y prendrait un taxi. Le mieux était de l'attendre au poste. Mais quelque chose s'était éveillé au fond de son esprit. Il sentit une présence dans son dos. Shôko se tenait au milieu de la volée de marches. Elle avait une main appuyée sur le mur. Depuis combien de temps était-elle là ? Hioka s'excusa.

— Je suis navré de t'avoir fait attendre. On y retourne tout de suite, tu veux bien ?

Shôko tourna les talons, sans un mot. Elle gravit les marches dans un soupir. Avec Hioka, elle se montrait tantôt affectueuse, tantôt dédaigneuse.

Une réaction typique d'adolescente sans doute. Hioka regarda le combiné téléphonique. Akiko allait venir demain à Nakatsugô, et c'était avant tout pour régler une affaire liée à Kunimitsu. Il en avait la conviction. Il serra les lèvres et suivit Shôko dans les escaliers.

Le lendemain, Akiko débarqua à l'antenne de police de Nakatsugô aux alentours de 13 heures, en retard sur l'horaire qu'elle avait annoncé au téléphone. Elle fit coulisser la porte d'entrée et lança un « Hioka ? » à la cantonade. Il passa la tête dans le couloir et fut impressionné.

Jusqu'à présent, il ne l'avait vue qu'en kimono. Ce dimanche, elle avait passé une robe bleu clair et était coiffée d'un chapeau de paille à larges bords. Elle portait un sac blanc en bandoulière. Elle se découvrit et sourit.

— La température est douce par ici. À Kurehara, il fait encore une de ces chaleurs.

Hioka ne vit qu'à cet instant la glacière qu'elle transportait. Elle semblait avoir un bon poids. Il enfila des sandales et vint à sa rencontre.

— Ce voyage n'a pas dû être de tout repos. Laisse-moi te débarrasser de tout ça.

Il tendit la main. Akiko lui céda la glacière avec un mouvement de buste, pour le remercier. Il fléchit les genoux tant l'objet était lourd. Akiko se massait l'épaule.

— Ce sont de petits cadeaux pour toi. Des sardines, des crevettes grises et un poulpe. Pêchés aujourd'hui même. Je me suis dit que dans ces montagnes tu ne devais pas trouver facilement des produits de la mer. Si ça te dit, je vais te cuisiner le poisson en sashimi et de te faire du riz au poulpe. Celui que tu aimes tant.

— Que c'est gentil, merci de toutes ces attentions !

Hioka la conduisit vers ses appartements. Akiko retira ses chaussures à talons et promena son regard dans le living. La pièce faisait dans les quinze mètres carrés.

— Pour un célibataire, c'est plutôt bien rangé.

— C'est parce que je n'ai pas beaucoup de meubles.

Il ne jouait pas les faux modestes. L'aménagement était spartiate. Il n'avait apporté avec lui qu'une télévision et une étagère de qualité tout à fait ordinaire.

— Tu as pris l'autocar pour venir ?

Hioka était passé en cuisine, où il déballait le contenu de la glacière. De l'arrêt d'autocar de Jôsai jusqu'ici, il y en avait pour une bonne dizaine de minutes de marche. Avec un tel fardeau à bout de bras, ç'aurait été un vrai calvaire.

— Je suis en voiture, résonna la voix d'Akiko, qui s'approchait dans son dos.

— Comment ça, en voiture ? interrogea-t-il en se retournant.

— Tu ne me voyais pas trimballer tout ça en autocar, quand même ?

Hioka avait fait le guet depuis midi, heure à laquelle Akiko était censée arriver. Il n'avait vu aucune voiture s'arrêter dans les parages. Il jeta un regard par la fenêtre. Nul véhicule à l'horizon. Akiko leva les yeux vers lui.

— Moritaka m'a déposée pas loin.

Le sac de sardines fraîches faillit tomber des mains de Hioka.

— Tu veux dire que tu es venue ici avec Ichinose ?

— Oui, acquiesça Akiko. Pour être plus précise, avec Moritaka et cinq gardes du corps, dans deux voitures. C'étaient les juniors qui conduisaient.

— Et il est où à l'heure qu'il est, Ichinose ? demanda Hioka, penché par la fenêtre de la cuisine.

— Il est allé au lac Kinshû.

Hioka se retourna. Toute trace de sourire s'était effacée des lèvres d'Akiko.

— Il avait rendez-vous sur le parking près du lac avec Kunimitsu.

Un entretien secret entre Kunimitsu et le chef du gang Odani. Mais pour quoi faire ? Akiko avait les yeux au sol.

— Ils voulaient m'accompagner jusqu'à ta porte. Mais t'imagines la tête des habitants, s'ils avaient vu débarquer ces types patibulaires, tout en noir, au poste de police ? C'est un des juniors qui m'a déposée pas loin.

Elle regarda à nouveau Hioka.

— Demain a lieu la commémoration de la mort d'un ancien chef du gang Kyôda, du côté de Shimane. Moritaka va y assister. Nakatsugô est sur le chemin, j'en ai profité. Je me suis dit que je n'avais jamais vu le lac Kinshû et que je pourrais faire d'une pierre deux coups en te rendant une petite visite. C'est pour ça que j'ai demandé à Moritaka, voilà tout.

C'était plausible. Moritaka Ichinose avait succédé à Kenji Odani à la tête de l'Odani. Celui-ci avait des relations « fraternelles » avec le chef du gang Kyôda, installé à Matsue, dans la préfecture de Shimane. La bande était spécialisée dans les paris clandestins. Il était logique qu'Ichinose se rendît à cette cérémonie, qui honorait la mémoire d'un défunt quelques années après sa mort.

Dans la tradition bouddhique, ça s'appelle le *hôji*. Tous les participants se vêtent de noir. De quoi effrayer les bonnes gens.

— J'ai un message de Moritaka pour toi, confia Akiko en prenant ses aises sur le tatami. Il veut te voir. Il t'attend au lac Kinshû.

Un picotement glacial courut sur l'échine de Hioka. Akiko quêta son regard. Elle devait connaître le véritable motif de la rencontre entre Ichinose et Kunimitsu. Le chef de l'Odani avait confiance en elle. C'était dans son restaurant qu'il avait tenu son conciliabule avec Kunimitsu. Que voulait Ichinose ? Il ne conviait pas Hioka à une simple visite de courtoisie. Pour tout ce qui touchait de près ou de loin à Kunimitsu, Hioka avait pris, depuis leur entrevue au chantier, la résolution d'aller jusqu'au bout. Il rangea les présents au réfrigérateur et attrapa son blouson de cuir pendu sur un cintre.

— Je sors quelques instants.

Akiko sourit, le regard tourné vers la porte du réfrigérateur tout juste refermée.

— Pendant ce temps, je vais te mitonner un bon

repas ! Il s'inclina, enfila ses chaussures et se précipita vers la porte arrière du bâtiment.

Dans l'arrière-cour, Hioka enfourcha la Yamaha SR500 héritée de son oncle. Il ne se servait de sa moto personnelle que pour des trajets hors de la région. Durant ses loisirs, il n'accomplissait que de courtes excursions, qu'il pouvait faire à pied ou à bicyclette. Il contourna le poste de police et déboucha sur la route départementale. Il prit la direction du lac Kinshû, tellement à son affaire qu'il ne salua pas un habitant, alors qu'il ne manquait jamais d'avoir un geste de la main pour ses concitoyens.

Le lieutenant de police rejoignit le lac Kinshû en vingt minutes à peine, cinq de moins que s'il avait pris la Black-Bike. Il était 14 heures. Sur le parking, trois voitures de luxe, garées côte à côte. C'était une denrée rare à Nakatsugô. Le Land Cruiser Toyota de Kunimitsu tenait compagnie à une Mercedes noire et une Volvo, les véhicules qu'avaient dû emprunter Ichinose, ses cinq gardes du corps et Akiko pour venir de Kurehara.

Hioka mit pied à terre et s'engagea sur le chemin forestier qui menait au lac. Au loin, il distingua un attroupement. Des hommes habillés en noir. Assis sous un arbre, sur un banc depuis lequel se déployait la magnificence du paysage, Ichinose et Kunimitsu fumaient en toute quiétude. Takachi et Ido, les deux gardes du corps de Kunimitsu, étaient quant à eux sur le qui-vive. Les hommes d'Ichinose veillaient en deuxième rideau. Sous le pied de Hioka, un morceau de bois craqua. En une fraction de seconde, les regards le transpercèrent. L'air devint une matière solide. Hioka se figea.

Ichinose rompit le sortilège. Le chef de l'Odani bascula son corps vers l'arrière. Nichée au bout de ses doigts, sa cigarette avait suivi le mouvement, à quelques centimètres de ses lèvres. Il pivota vers le lieutenant.

— Hioka, c'est sympa d'être venu ! Avec mon Frère, on parlait justement de toi.

— C'était chouette l'autre jour, le remercia Kunimitsu avec un sourire affectueux.

Hioka s'était approché du banc. Ichinose se décala pour lui faire de la place à côté de lui. Dans sa poche de chemise, il saisit un paquet de Hi-lite, qu'il tendit sans un mot à l'officier de police. Hioka eut tout juste le temps de mettre une cigarette à sa bouche qu'un garde du corps surgissait derrière lui avec un briquet.

— Si je vous ai demandé de venir, c'est pour vous solliciter.

Ichinose n'avait pas fait de préambule. Hioka aspira une grande bouffée de sa cigarette, qu'il sentit envahir ses poumons. Puis il expulsa un nuage de fumée, au milieu duquel il lâcha :

— Vous avez besoin d'un service ?

Ichinose s'inclina tout en le détaillant du coin de l'œil.

— J'ai besoin que vous fassiez une recherche.

Deux libellules rouges virevoltèrent devant eux. D'une poche intérieure de sa veste, Ichinose sortit un papier plié en deux, qu'il tendit à Hioka.

« Hiroshima 300 25-XX. » Un numéro de plaque d'immatriculation.

— J'aimerais connaître le propriétaire de cette voiture.

Grâce au registre des immatriculations, c'était chose aisée pour un policier. Mais un chef de la fédération Jinsei ne devait pas manquer de relations au sein de la police de la préfecture ou d'indicateurs dans les commissariats. Pourquoi demander un renseignement de ce genre à l'officier en service dans une antenne de police aussi reculée que celle de Nakatsugô ?

— Ce ne doit pas être bien difficile pour vous.

Ichinose baragouina un « Heu… » sourd puis se tut. Kunimitsu s'abîmait dans la contemplation de la surface du lac. Ichinose finit par reprendre la parole :

— On doit s'organiser autrement cette fois-ci.

— Pourquoi, que se passe-t-il ?

Hioka l'avait interrogé de but en blanc. Ichinose ne répliquait pas. Kunimitsu l'encouragea :

— Vas-y, mon Frère. Tu vois bien que ce sera donnant-donnant.

Ichinose se rembrunit un instant. Il poussa un soupir et entreprit de raconter la lutte des clans au sein de la fédération Jinsei. Sa version était comparable à l'histoire que le capitaine Karatsu, son ancien supérieur au commissariat de Kurehara, était venu raconter à Hioka. Le président de la fédération, Akira Mizoguchi, était retourné en prison. L'administrateur général et bras droit de

Mizoguchi, Mamoru Takanashi, était le candidat naturel pour le remplacer dans cette fonction.

Mais Kôtarô Sasanuki, l'ancien directeur général de la Jinsei, révoqué durant la guerre de succession pour la présidence, était revenu sur le devant de la scène. Il s'était associé avec les survivants du gang Irako, supplanté par le gang Odani, que dirigeait Ichinose, et cherchait maintenant à semer la zizanie à Kurehara afin de devenir président à la place de Takanashi.

— Un de mes juniors a vu Sasanuki en compagnie de Kazuyuki Tachibana, du gang Retsushin. Ça se passait sur le parking d'un restaurant à Kurehara. Les deux sont entrés dans l'établissement.

Tachibana avait été membre de l'Irako. Durant la guerre contre l'Odani, Shôhei Irako avait été liquidé. Tachibana en avait profité pour récupérer les restes et fonder le gang Retsushin, dont il avait pris la tête.

— Mon junior s'est mis en planque. Une demi-heure après, il a vu arriver une voiture immatriculée à Hiroshima. Trois hommes en sont descendus. Il n'a pas pu distinguer leurs visages de l'endroit où il était. La voiture s'est arrêtée juste devant la porte du restaurant. Pareil en sortant. Tout ce qu'il a pu faire, c'est noter le numéro d'immatriculation.

— Ce sont ces gars que vous voulez identifier ?

— C'est ça, confirma Ichinose.

Si le chef du gang Odani venait lui demander ce service, c'est qu'il avait des soupçons. Les trois hommes pouvaient être membres de sa propre fédération, la Jinsei. S'il sollicitait le réseau d'indicateurs habituel, cela risquait de revenir à leurs oreilles.

— Je vois. Vous me payez combien pour ce service ?

— On m'a dit que vous n'étiez pas du genre à recevoir de l'argent, s'étonna Ichinose.

— Qui a parlé d'argent ? répliqua-t-il du tac au tac. (Il chuchota en regardant droit devant lui :) En contrepartie de ce service, je voudrais des informations.

— Quel genre d'informations ? demanda Ichinose, qui avait à son tour baissé le ton.

— En provenance de la fédération Jinsei.

— Vous voudriez que je devienne le chien de la police ?

Hioka transperça Ichinose du regard et répliqua avec vigueur :

— Ce n'est pas ce que vous me proposez, de devenir votre chien ?

Leurs regards firent des étincelles. Le rire de Kunimitsu siffla la fin du bras de fer.

— Tu as perdu, mon Frère.

Ichinose fit claquer sa langue et cracha par terre.

— C'est entendu. Marché conclu.

— Je vous appelle d'ici deux jours, confirma Hioka en se levant.

Il se dirigea vers sa moto. Identifier le propriétaire du véhicule immatriculé à Hiroshima n'était pas une difficulté. Il suffisait de prétexter qu'une voiture suspecte rôdait dans sa circonscription. Mais qui pouvaient bien être les traîtres au sein de la fédération Jinsei ? La voix de Karatsu lui revint en mémoire. « Paraît que Sasanuki cherche à se rapprocher de Takii. » La guerre couvait. Hioka pouvait-il être promu à Hiroshima avant qu'elle n'éclate ? *Je ferai tout pour y être. Avec le grade de capitaine. Et après avoir passé les menottes à Kunimitsu.*

Des senteurs inhabituelles caressèrent les narines de Hioka quand il pénétra dans le poste de police. Une délicieuse odeur de sauce au soja mitonnée ondulait depuis le fond de la bâtisse. Quand il fit coulisser la porte d'entrée, Akiko apparut en tablier sur le seuil de l'appartement. Elle était d'un tel naturel qu'elle donnait le sentiment d'avoir toujours habité là.

— Ah, te revoilà, mon grand.

Quelque peu troublé, Hioka ôta ses chaussures. Il fut surpris par la myriade de plats qui parsemaient la table basse. Akiko ouvrit l'autocuiseur et remua le riz avec une spatule.

— Le riz au poulpe est prêt. Pardonne-moi, je voulais apporter mon matériel, mais ça faisait vraiment trop pour le transport. J'ai utilisé ton cuiseur à riz sans te demander…

— Ne t'excuse pas ! répondit-il en secouant la tête. C'est plutôt à moi de te remercier.

Elle remplit un bol de riz au poulpe et l'apporta sur la table basse. Hioka s'assit sur le tatami, décontenancé. Elle avait ôté son tablier et pris place face à lui. Ils se souhaitèrent « Bon appétit ». Hioka joignit les mains et s'inclina, puis saisit les baguettes.

Sashimi, poisson mijoté et *tempura :* il ne savait par où commencer. Il engloutit d'abord son bol de riz au poulpe. En cuisant, le mollusque avait transmis sa saveur au riz. La chair était tendre, d'une texture parfaite. Ses baguettes s'agitaient avec frénésie.

Akiko le regarda manger avec un sourire réjoui. Elle n'eut pas un mot sur la discussion qu'il venait d'avoir avec Ichinose. Soit elle jugeait que, n'appartenant ni à la police ni au crime organisé, ces affaires n'étaient pas de son ressort, soit elle savait par avance qu'il ne répondrait pas à ses questions. Il y avait sans doute un peu des deux.

Sans prévenir, elle s'esclaffa.

— Qu'est-ce qui te fait rire ?

Elle planta ses coudes sur la table et posa son menton sur ses mains jointes.

— T'as plutôt la cote par ici, non ?

Intrigué par ses propos, il fronça les sourcils. Akiko détourna le regard. Son sourire ne l'avait pas quittée.

— Tu n'as pas croisé quelqu'un en arrivant ici ? Une jeune fille. Elle venait tout juste de repartir quand tu es revenu. Elle m'a demandé où tu étais. Je lui ai dit que tu avais une petite course à faire. Elle a été franchement surprise quand elle m'a vue chez toi.

Le visage de Shôko passa devant les yeux de Hioka. Ce ne pouvait être qu'elle. Son père avait dû une nouvelle fois lui demander de livrer quelque chose de sa part. Hioka eut peur qu'une méprise s'installât.

— Ce n'est pas ce que tu imagines. C'est la fille

de mes voisins. Il n'y a rien entre elle et moi, rien du tout. Elle m'apporte des présents de la part de son père.

— Oh si, il y a quelque chose ! répliqua Akiko. Je ne sais pas comment toi, tu la trouves, mais je peux te dire que cette jeune fille est amoureuse de toi !

— Mais elle est encore lycéenne ! protesta Hioka.

— Quand une femme s'amourache d'un homme, l'âge n'a pas grand-chose à y faire ! trancha-t-elle. Cette fille m'a fusillée du regard, comme si j'étais une rivale. Crois-moi, je sais ce que je dis.

— Je peux en avoir encore ?

Hioka tendit son bol vide à Akiko, comme dans un geste de bravade. En temps normal, il se serait servi lui-même. Elle marqua un temps de surprise, puis éclata d'un rire enjoué. Elle bondit du tatami, bol en main.

— Mais oui, je vais aller t'en chercher tout de suite !

Ils étaient en train de souffler après avoir débarrassé et rangé, quand un bruit de moteur se fit entendre au-dehors. Akiko lança un coup d'œil vers la pendule murale et s'apprêta.

— Pile à l'heure.

Hioka regarda le cadran à son tour. Il était 18 heures, à la seconde près. Akiko expliqua que les deux véhicules devaient se séparer. L'un emporterait Ichinose vers la préfecture de Shimane, l'autre la raccompagnerait à Kurehara. C'était donc pour elle qu'ils avaient fait le voyage jusqu'à Nakatsugô avec deux voitures. Elle sortit du poste de police, monta à l'arrière et ferma la portière. Elle ouvrit la vitre et fit signe à Hioka.

— Au revoir, mon grand. N'oublie pas de manger le riz au poulpe pendant que c'est frais. Sinon, tu en fais des boulettes que tu mets au congélateur.

— Entendu, merci beaucoup, lui dit Hioka en s'inclinant.

Elle le dévisagea un instant.

— Reviens-nous vite ! s'écria-t-elle.

Sitôt qu'elle remonta la vitre, la voiture démarra. Hioka regarda les feux arrière rapetisser dans le crépuscule. Il sentit une présence derrière lui. Il se retourna avec vivacité. Shôko ! Comme si elle avait attendu, tapie, l'instant précis où Akiko allait partir.

— Pourquoi es-tu ici à cette heure-là ? J'ai appris que tu étais venue en mon absence. Qu'est-ce que tu voulais ?

Elle ne répondit rien. Elle tint ses lèvres étroitement serrées et se contenta de tendre le bras droit. Elle lui présentait une bouteille, enveloppée dans ces tissus dont on couvre les cadeaux. Comme Hioka l'avait pressenti, elle était envoyée par son père, Shûzô. Hioka avait bien dit au notable qu'il ne pouvait accepter ses présents, mais c'était peine perdue. Il en allait de même qu'avec les invitations à dîner. On finissait par lui forcer la main.

Il tarda à s'emparer de la bouteille. Shôko la poussa vers lui et baissa la tête. Elle n'y était pour rien, après tout. Afin de lui remettre cette offrande, elle avait dû venir à deux reprises au poste de police.

Hioka n'avait plus qu'à dire oui. Il lui sourit et la remercia.

— Prends bien garde sur le chemin du retour. Et remercie ton père de ma part.

Pour toute réponse, elle se mordilla les lèvres, pivota sur les talons et se mit à courir. Hioka regarda sa silhouette s'éloigner et repensa à l'expression que venait de prendre le regard de la jeune fille à l'instant. Quand elle avait relevé le visage, une lueur inconnue brillait dans ses yeux. Un mélange de jalousie, d'affection et de haine. « Je peux te dire que cette jeune fille est amoureuse de toi. » Les paroles d'Akiko résonnaient encore. Hioka devait la rattraper. Il voulut crier son prénom mais rien ne sortit de sa gorge. Que lui raconter si elle revenait sur ses pas ? Quels étaient en réalité ses sentiments pour elle ? Il avait trop de sujets de préoccupation en ce moment pour y voir clair.

Il rentra dans ses appartements, fit une croix sur le calendrier face à la date du jour et s'allongea dans le salon. Mains croisées sous la tête, il fixa le plafonnier. Les seules personnes qui occupaient ses pensées, en ce moment, étaient Kunimitsu et Ichinose.

Dans ce mois d'août finissant, les rayons du soleil s'étaient adoucis. Le vent redessinait un paysage d'automne. La fraîcheur s'emparait des soirées et des matinées. Ce jour-là, pourtant, l'été sembla faire un dernier tour de piste. Un anticyclone devait être en formation. Dès les premières heures de la journée, la température était partie en flèche. Pas un nuage dans le ciel et un soleil éclatant : les enfants profitaient pleinement de leur dernier dimanche de vacances estivales. C'était le cas sur les bords de l'Aka, la rivière qui serpentait au milieu de Nakatsugô. En short et tee-shirt, les gamins s'ébattaient et s'essayaient à attraper des poissons, munis de tamis de cuisine en bambou. Leurs cris joyeux arrachèrent un sourire nostalgique à Kunimitsu.

— Quand j'étais gamin, je passais mes vacances d'été à la rivière. Je me baignais du matin au soir. Nager, nager, et encore nager. Je ne m'ennuyais jamais dans l'eau. C'est bizarre, un gamin.

À l'évocation de son enfance à Fukunaka, Kunimitsu avait repris son accent d'Hiroshima.

— Moi aussi, j'allais souvent me baigner dans la rivière près de la maison, répondit Hioka en jetant sa ligne.

— Mais les cours de natation, alors ça non ! Ça me barbait, j'y allais pas.

— Je vous comprends ! pouffa Hioka.

Pour un enfant qui avait déjà appris à nager, ces cours n'avaient guère d'intérêt. Ils étaient consacrés aux techniques de base, tels le battement des pieds ou le mouvement des bras. Le maître-nageur incarnait la discipline et la sécurité. Il n'autorisait pas les plus aguerris à nager à leur guise. Il fallait attendre son tour assis sur le bord de la piscine, en enserrant ses genoux entre ses bras. Hioka n'en gardait pas non plus de bons souvenirs.

— Je suppose que déjà je n'aimais pas qu'on me donne des ordres ! s'amusa Kunimitsu avec un rire amer. Fais pas ci, fais pas ça, très peu pour moi…

Hioka s'imagina sans peine les rebuffades du jeune Kunimitsu. Quand il ne les avait pas choisies lui-même, il n'aimait pas suivre des consignes. Le lieutenant sourit en imaginant Kunimitsu face à un instructeur de l'école de police.

— Dans la police, vous ne pourriez pas tenir trois jours !

— Peut-être bien. Mais chez les yakuzas, c'est toi qui ne tiendrais pas trois jours ! ironisa Kunimitsu.

De son point de vue, dans le crime organisé comme dans les forces de l'ordre, la structure était verticale, et la communication unilatérale : du sommet vers la base. Policier et yakuza fonctionnaient de la même façon. Sauf qu'un policier pouvait demander une mutation s'il ne s'entendait pas avec son chef, et il avait en dernier recours la possibilité de prendre sa retraite. Ce n'était guère imaginable pour un yakuza, une fois qu'il avait partagé les *sakazuki* avec son « père ». Il fallait un cas de force majeure. Entre eux, c'était « à la vie, à la mort ».

— Oui, monsieur le policier, on ne fait pas ce qu'on veut.

— Mais qu'est-ce qui vous en empêche ? se renfrogna Hioka, peu convaincu par ces justifications. Vous pourriez arrêter, devenir d'honnêtes gens…

Il se souvint qu'il manquait un petit doigt à la main gauche de Kunimitsu.

— Même si vous devez sacrifier quelque chose en échange… ajouta-t-il.

Le sourire de Kunimitsu fut acerbe. Il leva sa main amputée.

— Je ne devrais pas te le raconter, mais des

choses comme ça, ce n'est plus à la mode chez les yakuzas. De nos jours, on peut quitter l'organisation contre de l'argent ! Et encore, chez nous on ne demande pas de pognon ni de se couper un doigt !

Il s'était retourné vers ses subordonnés.

— Mais revenons à notre sujet. Dans notre univers, le yakuza doit savoir choisir celui qui deviendra son patron. Si on ne l'admire pas du plus profond de son cœur, il vaut mieux ne pas partager les *sakazuki*.

Hioka se souvint de la réputation de celui de Kunimitsu au sein du clan Kitashiba. Dans la préfecture d'Osaka et la région du Kansai, Kanetoshi Kitashiba était connu pour être un yakuza traditionaliste. À en croire Ichinose, Frère de Kunimitsu, Kitashiba suivait une ligne de conduite et était assez peu attaché à l'argent.

— Comment avez-vous partagé les *sakazuki* avec le boss Kitashiba ? J'ai entendu dire que c'était lui qui vous avait recruté.

— Recruté ? se gaussa Kunimitsu. Ce n'est pas son truc, ça !

Rien n'avait mordu à l'hameçon depuis un bon bout de temps. Hioka et Kunimitsu regardaient la surface de l'eau qu'aucune activité ne venait troubler. Ils étaient installés à l'abri des regards, devant un coude de la rivière qu'affectionnait Hioka, et sur un sentier pas plus large qu'une voiture. Le talus était planté d'arbres, qui leur apportaient de l'ombre. Au-delà, c'était la départementale. Les trois gardes du corps se tenaient en retrait. Hioka brûlait d'en savoir plus sur les motivations de

Kunimitsu. Pourquoi se trouvait-il à Nakatsugô ? Il prit son mal en patience. Surtout, ne rien brusquer.

— J'ai toujours profondément vénéré mon patron. Cette fois-là, je me suis prosterné devant sa maison pour qu'il m'accepte dans son organisation. Trois jours et trois nuits.

Hioka se souvint de sa lecture de l'enquête du *Geinô Hebdo*. Le journaliste écrivait que Kunimitsu s'était taillé dès ses années de lycée une réputation de mauvais garçon. Même après avoir déménagé à Kobe, il continuait à jouer les chefs de meute dans les quartiers chauds. Il s'était battu avec un yakuza d'une branche du gang Akashi et était presque resté sur le carreau. Selon l'article, Kunimitsu avait été sauvé par Kitashiba.

— Pourquoi vous avez dû vous prosterner ?

Kunimitsu prit une canette de bière dans la glacière. Il la lança à Hioka, qui le remercia d'un geste de la tête. Kunimitsu coinça la canne à pêche sous son bras et ouvrit la sienne.

— Je l'ai appris plus tard. Il ne voulait pas de moi dans son gang parce que j'étais étudiant dans une université nationale, à l'École de la marine marchande de Kobe. Si j'avais su ça, j'aurais quitté mes études tout de suite ! Mais il n'était pas du genre à justifier ses faits et gestes. Je trouvai porte close, mais je me suis obstiné.

Hioka se souvint que l'article mentionnait aussi les origines sociales aisées de Kunimitsu. Son père était le patron d'une entreprise d'import-export. Quand on voulait faire une carrière de yakuza, ce n'était pas la carte de visite habituelle. En verve,

Kunimitsu raconta que, durant son « siège » devant le domicile de Kitashiba, la faim et l'envie de fumer l'avaient démangé. Mais il avait voulu se montrer stoïque, au cas où on l'observerait depuis l'intérieur de la maison. D'abord interloqués, les gens du quartier l'avaient regardé à partir du deuxième jour d'un œil soupçonneux.

— Dans la nuit, un junior de l'organisation, qui était en faction, m'a apporté un plateau avec des boulettes de riz, enveloppées dans un film plastique, et du thé dans une bouteille. Il m'a souhaité bon courage à voix basse. Crois-moi, je n'avais pas besoin d'assaisonnement pour le riz : j'en pleurais de reconnaissance ! Ce gars, c'était Sugimoto. Je ne peux pas penser à lui sans avoir le cœur serré.

Tandis qu'il écoutait ce récit, Hioka fit défiler dans sa mémoire une galerie de portraits. Kunimitsu appartenait à la fédération Shinwa, qui étendait son emprise sur Osaka. Par l'intermédiaire du gang Kitashiba, l'organisation avait implanté une succursale à Kobe, au sein de laquelle le gang Sugimoto s'était créé. Ce gang avait été dirigé par Akio Sugimoto. Son groupe avait compté jusqu'à une trentaine de membres. En tant que second du gang Kitashiba, Kunimitsu jouissait alors au sein de la fédération d'une position supérieure à celle de Sugimoto. Ce dernier avait gravi les échelons, depuis ces tours de garde au domicile de Kanetoshi Kitashiba, jusqu'à acquérir le statut de Frère. Tandis qu'en partageant les *sakazuki*, Kunimitsu s'était mué en « fils » de Kitashiba. Avec l'accord tacite de la fédération, le chef du gang Sugimoto était donc devenu un supérieur du second du gang Kitashiba.

— Il s'est mis à pleuvoir au matin du troisième jour, se remémora Kunimitsu en portant la canette à ses lèvres.

— C'était à quelle période de l'année ? demanda Hioka par réflexe.

— À la fin octobre.

Le matin en cette saison, le thermomètre ne dépassait pas les dix degrés. Surtout s'il pleuvait. En température ressentie, on pouvait encore ôter un ou deux degrés. De quoi attraper un bon rhume ou une pneumonie.

— Ce que j'ai eu froid ! frissonna Kunimitsu. Je suis resté trois bonnes heures sous cette pluie.

— Et alors, comment ça s'est conclu ? s'impatienta Hioka.

Il était tellement pris par le récit qu'il en avait oublié d'arracher la languette de sa canette.

— Cette pluie a été miraculeuse. Le patron a fini par prendre pitié de moi. On est venu me chercher pour que je rentre dans la maison. Il avait fait préparer un bain chaud. Quand je m'y suis plongé, j'ai eu la sensation de renaître.

Kunimitsu hocha la tête, tout à son souvenir. Il finit sa bière d'un trait et essuya la mousse sur ses lèvres d'un revers de manche. Hioka ne put s'empêcher de rire.

— Votre moustache, elle est de travers !

Kunimitsu recolla son postiche. Pour les sorties publiques, ses subordonnés et lui avaient pris l'habitude de se déguiser. Chapeau de paille enfoncé jusqu'aux oreilles, gilet à poches et serviette autour du cou : qui aurait pu soupçonner que derrière ce groupe de parfaits pêcheurs du dimanche se cachaient des criminels recherchés dans tout le pays ? Avec un policier à leurs côtés…

— Je suis resté chez mon patron pendant un an. J'avais vingt ans quand nous avons eu notre rituel des *sakazuki*. C'était un apprentissage à la dure. Il fallait balayer le jardin, laver les couloirs, la salle de bains et la cuisine, faire les courses, à manger… Je ne reculais pas devant la tâche, mais à la moindre petite erreur on me donnait une taloche. Ça ne rigolait vraiment pas.

Kunimitsu se tourna vers Hioka et sourit.

— Dis-moi, ce n'était quand même pas pareil à l'école de police ?

— Un apprenti policier ne risque pas de prendre des coups, mais il n'est pas à l'abri des injures ! Il y a quand même une différence. À l'académie de police, quand on fait une erreur, elle est considérée comme celle de tout le groupe. Il n'y a pas de punition individuelle. Je ne sais pas ce qui est le mieux.

— Finalement, c'est peut-être plus dur de devenir policier que yakuza ! s'esclaffa Kunimitsu.

Dans son dos, Hioka entendit les rires à peine contenus des subordonnés. Il se retourna. Ils avaient le visage baissé, mais leurs épaules se gondolaient. Hioka sourit à son tour et prit une gorgée de bière. Le soleil dardait ses rayons sur la rivière. Kunimitsu s'étira.

— On est vraiment bien ici. C'est à l'abri des regards. Le courant est calme. Avec cette partie rocailleuse, c'est idéal pour la pêche. Je suis sûr que tu sèches le boulot pour venir ici, pas vrai ?

— Mais non, jamais de la vie !

Hioka savait que Kunimitsu plaisantait, mais il mit dans sa réponse toute la conviction dont il était capable. L'endroit était un havre de tranquillité, auquel il goûtait durant ses heures de loisir. Pourtant il ne l'aurait pas choisi, s'il n'y avait pas eu une cabine téléphonique à proximité. Il suffisait de gravir le talus. En face se trouvaient l'arrêt de bus et le téléphone public. Pêche ou montagne : Hioka décidait de ses déplacements avec le souci permanent de pouvoir appeler son répondeur téléphonique.

C'était d'ailleurs par ce moyen que le rendez-vous avec Kunimitsu s'était décidé au débotté.

Ce matin, Hioka était parti à la pêche. Dans ces cas-là, il laissait un panonceau sur la porte. En cas d'urgence, il fallait appeler le poste de police de Shiroyama. Si besoin, le lieutenant était sollicité par ses collègues, grâce à son pager.

De toute la matinée, rien n'avait frémi au bout de l'hameçon. Il avait devancé l'heure du déjeuner et mangé les boulettes de riz qu'il avait préparées. Puis il était monté à la cabine téléphonique pour vérifier son répondeur, par acquit de conscience. Il y avait un message de Kawase. Il avait reconnu d'emblée la voix du junior de Kunimitsu. Son ton manquait d'assurance.

— Bonjour, c'est moi, Kawase. Euh, Kawase du terrain de golf, vous vous souvenez ? Désolé de vous déranger durant votre repos, mais j'ai un message à vous communiquer. Si vous le voulez bien, pouvez-vous me rappeler, s'il vous plaît ?

Il répétait ensuite un numéro de téléphone. Celui du chef de chantier du futur golf, autrement dit Kunimitsu. Hioka l'avait déjà dans son carnet. L'appel devait concerner les informations qu'il avait demandées au yakuza.

Deux semaines plus tôt, au lac Kinshû, Hioka avait passé un « marché de chiens » avec Ichinose. L'un voulait des informations. L'autre aussi. Il avait donc accepté de devenir le chien d'un chef de gang, à condition que ce dernier accepte à son tour de devenir un chien de la police.

Dès le lendemain de ce pacte, Hioka avait mis la main sur la propriétaire de la voiture. Il avait sollicité les services de l'immatriculation, au prétexte d'identifier une voiture en infraction avec la réglementation sur le stationnement. Le vieux briscard qu'il avait eu au bout du fil avait pris sa demande d'un ton insouciant.

— Je vais voir ça. Je te rappelle très vite.

Cela n'avait pas traîné. Une demi-heure plus tard, le téléphone avait sonné.

— J'ai trouvé la proprio. T'as de quoi noter ?

Hioka avait coincé le combiné sous son menton et attrapé un stylo à la volée.

— Voilà ce que j'ai, avait poursuivi le vétéran du service des immatriculations. La voiture est la propriété d'une certaine Taeko Tomioka, trente-sept ans. Elle l'a achetée neuve il y a trois mois chez un concessionnaire d'Hiroshima, dans le quartier où elle habite. La voiture, c'est une Mercedes Classe E. Grand luxe. Si tu prends quelques options, ça dépasse facilement les dix millions de yens ! Tu imagines, toi ? Une nana qui n'a même pas quarante ans et qui peut aligner cet argent : soit elle a un mari qui gagne un max, soit elle s'applique à bien faire son boulot la nuit !

Avant de raccrocher, il avait lâché dans un énorme soupir :

— Cette femme, faut la condamner à une grosse amende !

Hioka avait relu ses notes. Il avait eu beau fouiller sa mémoire, le nom de Taeko Tomioka ne lui évoquait rien. Il avait composé le numéro d'Ichinose qu'il avait appris par cœur. Après seulement deux sonneries, la voix familière avait retenti.

— Allô ?

— J'ai retrouvé la propriétaire de la voiture, avait attaqué Hioka d'emblée.

— Déjà ! Beau boulot. Ce n'est pas pour rien que vous étiez le favori d'Ôgami.

Hioka avait laissé passer le compliment et dévoilé le nom de Taeko Tomioka. Au bout du fil, il avait perçu la surprise d'Ichinose.

— Vous la connaissez ? avait-il aussitôt demandé.

— Non, ce nom-là ne me dit rien. Rien du tout.

Mais Hioka avait été persuadé du contraire. Si le boss yakuza ne la connaissait pas, pourquoi ne cherchait-il pas à découvrir son adresse ou son âge ? Ichinose savait bel et bien qui elle était. Mais pourquoi le cacher ? Hioka l'avait alors pressé de questions.

— Ce ne serait pas la maîtresse d'un yakuza ? Un gars qui viserait le poste de président de la Jinsei ? On pourrait imaginer qu'il se rapproche de Sasanuki et du gang Retsushin, non ? Ou alors il cherche à diviser la Jinsei ?

— Je n'en ai vraiment aucune idée, avait esquivé Ichinose.

— Il se peut que Sasanuki et Tachibana aient simplement partagé un verre avec des connaissances, vous ne pensez pas ?

Le yakuza n'avait pas démordu de ses dénégations. Hioka avait tenté de classer ses idées. Un silence s'était installé. Comme s'il s'en était inquiété, Ichinose avait écourté la conversation.

— Je vous remercie de la peine que vous avez prise. Je vous demande de tenir cette démarche secrète. Vous serez récompensé en retour, comme il se doit.

Hioka avait essayé de le retenir, mais Ichinose avait raccroché. Le lieutenant n'avait plus entendu dans le combiné qu'une tonalité mécanique. Sans faire attention, il avait fait claquer sa langue. Et un plan d'action avait commencé à germer dans son esprit.

Au restaurant de Kurehara, Kôtarô Sasanuki et Kazuyuki Tachibana avaient selon toute vraisemblance été rejoints par un membre d'un gang en lien avec Taeko Tomioka. Ichinose savait qui était cette femme, mais il n'avait pas voulu le montrer à Hioka. Pourquoi ? Pour le découvrir, il avait deux options.

La première était risquée. Elle consistait à

s'adresser à son ancien chef, le capitaine Karatsu. Il pouvait fouiller les relations et l'entourage de Taeko Tomioka. Mais Hioka n'avait pas d'assurance que Karatsu ne s'en ouvrît pas auprès de ses contacts à la fédération Jinsei. Si sa démarche était dévoilée, la guerre des gangs pouvait repartir de plus belle.

Il avait alors entrevu une seconde possibilité : recourir au réseau de Kunimitsu. S'il obtenait des renseignements sur l'identité de l'amant de Taeko Tomioka, les choses ne manqueraient pas de se débroussailler. Au moins Hioka avait la certitude que Kunimitsu ne mettrait pas la sécurité d'Ichinose en jeu. Lui était capable de collecter des informations à l'insu de la police et de la fédération Jinsei. Ni une ni deux, Hioka avait composé le numéro du responsable du chantier du golf, noté dans son carnet. Kunimitsu avait décroché. Hioka lui avait formulé sa demande, mais le yakuza avait refusé.

— Ce n'est pas possible, même pour vous ?

— Ce n'est pas ça, mais…

— Mais quoi ? Je ne comprends pas.

— Je pense que tu ferais mieux de te tenir à l'écart de tout ça.

— C'est grâce à vous si j'ai le nez dedans, avait soupiré Hioka.

Kunimitsu avait ricané. Le ton de Hioka était monté.

— Vous m'aidez, c'est une partie du dédommagement pour votre protection.

— Une partie ! s'était exclamé Kunimitsu, hilare. C'est que, malgré les apparences, monsieur le policier est du genre rapace !

Kunimitsu avait eu du mal à éteindre son propre fou rire. Il avait repris la parole au bout d'un moment.

— Bon, c'est entendu. Je t'appelle quand je trouve le gars.

Et cela avait été la fin de leur échange.

Descendu des montagnes, l'air frais leur caressait les joues. Kunimitsu jeta sa ligne, une cigarette et un air de contentement aux lèvres. De son côté, Hioka s'impatientait. Il regarda sa montre. Il était 12 h 50. Cela faisait près d'une heure que Kunimitsu et ses subordonnés l'avaient rejoint au bord de la rivière. On badinait, et toujours pas un mot sur cette fameuse Taeko Tomioka. Le lieutenant fut sur le point de mettre les deux pieds dans le plat. Comme s'il avait deviné ses pensées, Kunimitsu le devança :

— Le gang Kaida, ça te dit quelque chose ?

— Celui d'Iwakuni ? l'interrogea Hioka, désarçonné.

— Dis donc, tu connais même une bande aussi riquiqui que celle-là ? sourit Kunimitsu en tapotant sa cigarette au-dessus de sa canette.

Iwakuni était une petite ville portuaire au sud-ouest d'Hiroshima. Le gang Kaida était une minuscule organisation fondée par Takaharu Kaida, un enfant du pays. Lui-même était issu du gang Inotora, qui avait connu son heure de gloire dans la préfecture de Yamaguchi, avant d'être dissous.

Si Hioka avait bonne mémoire, le gang ne comptait pas plus d'une dizaine de membres. Ils contrôlaient des maisons de jeu et tiraient leur revenu de l'activité classique, les paris illégaux. Trop étriquée, Iwakuni n'attirait pas les convoitises. Le gang Kaida se tenait à l'écart de la fédération Jinsei et avait gardé une stricte neutralité dans la guerre des gangs.

— Il se passe quoi avec le gang Kaida ?

Kunimitsu ne quittait pas son flotteur des yeux.

— Le second du gang s'appelle Nobuhiro Murakoshi. Sa maîtresse tient un bar à Hiroshima, dans la rue Yagen, le Lime. Et le nom de la patronne, je te le donne en mille, c'est Taeko Tomioka.

Hioka grogna de surprise. Il ne comprenait pas pourquoi le gang Kaida avait intérêt à se rapprocher de Kôtarô Sasanuki.

— Le gang Kaida entre dans la danse ?

Kunimitsu opina.

— Mais cette bande ne sert à rien ! réagit Hioka. Elle est trop petite, elle n'a pas de moyens.

— C'est mieux que rien ! ironisa Kunimitsu en exhalant sa fumée de cigarette.

Hioka sentit qu'il y avait quelque chose d'autre. Kunimitsu se tourna vers lui et le dévisagea.

— Je pourrais me contenter de cette information, et ça vaudrait pour une partie du dédommagement que je te dois pour ta protection ! Mais à toi, je vais dire la vérité. Il y a un an, Murakoshi a partagé les *sakazuki* avec le second du gang Takii. Ils sont Frères désormais.

— Avec Yoshinori Sagawa ? Murakoshi et Sagawa sont des Frères ?

La voix de Hioka avait pris des intonations de fausset. Cette histoire était inédite. Jusqu'à présent, le gang Kaida avait vécu dans son coin. Il n'était pas entré dans le ballet des alliances, celles qui s'opèrent à grand renfort de *sakazuki*. Que se passait-il ? Et pourquoi choisir de se rapprocher du gang Takii ?

Les intentions du gang Kaida étaient une chose, celles de Sagawa une autre. Yoshinori Sagawa était tout de même le second du gang Takii. Durant le conflit, il s'était rangé du côté de l'Odani, dirigé par Ichinose. Les perdants de cette guerre avaient été les gangs Irako et Kakomura. Le gang Retsushin s'était construit sur ce qu'il en était resté. Ses membres voulaient se venger d'Ichinose, qui avait décapité leurs organisations. Par son ancien capitaine au commissariat de Kurehara Est, Hioka appris que Kôtarô Sasanuki, l'ancien directeur général de la fédération Jinsei, cherchait à se rapprocher de Takii. Mais Takii aurait été la dernière personne au monde à trahir Ichinose, Hioka en avait la conviction. Décidément, quelque chose couvait du côté d'Hiroshima.

— Murakoshi devient Frère avec Sagawa pour étendre son business aux paris sur le base-ball, décoda Kunimitsu. Ces derniers temps, on dirait qu'il a trouvé un filon, le garçon. C'est pour ça que sa copine roule en voiture bling-bling. T'imagines bien qu'avec la recette d'un bar, ce ne serait pas possible.

Restait à comprendre si Sagawa agissait de sa propre initiative ou avec l'aval du patron du gang Takii. Hioka s'apprêtait à questionner Kunimitsu, quand un cri de femme retentit en amont de la rivière.

— Au secours ! Venez m'aider ! Atsushi est en train de se noyer !

Hioka reconnut la voix de Shôko. Il se dressa d'un bond et aperçut au loin une forme noire emportée par le courant. Le sommet du crâne d'un enfant. Il agit par réflexe. Il courut le long de la berge puis s'arrêta pour ôter bottes et gilet. Cet endroit de la rivière était profond. Sous la surface de l'eau, le courant tourbillonnait. Il fallait prendre garde de ne pas se laisser happer. Il n'eut pas le temps de se mettre à l'eau. Une gerbe éclata à son côté. Kunimitsu avait plongé. Hioka l'imita ainsi que les subordonnés du yakuza.

— Atsushi ! Atsushi !

Depuis l'autre berge, la voix de Shôko se rapprochait de la scène. L'enfant allait couler. Mais Kunimitsu ne s'était pas vanté en vain de ses talents en natation. Il saisit le corps juste avant qu'il ne fût emporté sous la surface. Hioka nagea jusqu'à eux et soutint la tête de l'enfant. Ils gagnèrent la rive opposée, où les attendaient Takachi et Kawase, qui récupérèrent Atsushi et le mirent à l'abri avec mille précautions. Hioka comprit qu'ils avaient nagé jusque-là quand ils avaient vu que leur chef avait la situation en main. Immergé jusqu'aux reins, Hioka eut du mal à reprendre son souffle. Il avait bu la tasse et était pris d'une quinte de toux.

De son côté, Kunimitsu était sorti de l'eau. Il gagnait la rive, marchant comme un équilibriste sur les pierres que le lit de la rivière découvrait.

Hioka le rejoignit tant bien que mal. L'enfant était un garçonnet de sept ou huit ans. Le lieutenant s'accroupit auprès de lui et vérifia qu'il respirait.

— Tu m'entends ? Réponds-moi, dis-moi si tu m'entends.

L'enfant ne réagissait pas. Hioka colla son oreille sur sa poitrine pour écouter les battements du cœur. Le tee-shirt détrempé du garçonnet était orné d'un personnage de dessin animé. Cela ne se voyait presque pas à l'œil nu, mais sa poitrine se soulevait à intervalles réguliers. Son abdomen était gonflé. Il devait avoir avalé pas mal d'eau. Hioka le mit en position latérale et appuya fort sur sa poitrine. L'enfant recracha de l'eau. Hioka répéta le geste à plusieurs reprises. Chaque fois, la respiration d'Atsushi devenait plus profonde.

— Ça va aller ? Il est sorti d'affaire ?

Il se retourna. Kunimitsu se tenait derrière lui, en compagnie de Kawase et Takachi.

Hioka toucha la joue glacée de l'enfant.

— Je pense que oui. Il est sous le choc, mais ne va pas tarder à reprendre conscience. Mais il a avalé beaucoup d'eau. Il faut aller à l'hôpital pour des examens. Il risque une infection bactérienne dans les poumons.

Kunimitsu fit un signe du menton à Takachi.

— Dis à Ido d'appeler le 119, depuis la cabine au-dessus.

— Entendu !

Takachi mit ses mains en porte-voix et hurla jusqu'à l'autre rive :

— Les pompiers ! Tu appelles les pompiers !

Ido fit signe qu'il avait compris. Il disparut derrière les arbres.

— Atsushi !

Dans la même seconde, Shôko apparut à quelques mètres d'eux, titubant sur les cailloux. Hioka déglutit. Quelle assemblée. Les chemises des yakuzas, détrempées, laissaient transparaître leurs tatouages malgré les manches longues. Kunimitsu n'avait plus son postiche ni ses lunettes de soleil, emportés par l'eau. Du premier coup d'œil, on pouvait sans se tromper reconnaître le portrait de l'avis de recherche.

— On y va ! ordonna Kunimitsu.

Il tournait le dos à Shôko.

— On se reparle au plus vite, murmura-t-il à l'intention de Hioka.

Il s'éloigna, dos toujours tourné. Il y avait un pont, deux cents mètres plus bas. Hioka opina, puis pivota vers Shôko. Visage blême, elle était en tee-shirt et minishort. Son genou était écorché, sans doute une chute qu'elle venait de faire. Elle déboula et s'agenouilla auprès de l'enfant.

— Atsushi ! Atsushi, ça va ? rugit-elle en le prenant dans ses bras.

— Calme-toi, Shôko. Il va bien, sa vie n'est pas en danger.

— C'est vrai ? C'est bien vrai ? demanda-t-elle, livide.

— Oui, tu peux me croire, il est sauvé.

Le visage de Shôko s'affaissa. Elle sembla vidée de toute énergie.

— Il est de ta famille ?

Les épaules de la jeune fille tremblaient. Elle

semblait accablée par un sentiment de culpabilité. Pour l'apaiser, Hioka lui caressa le dos. Des larmes dans la voix, elle expliqua que le petit garçon était son cousin, Atsushi Miyajima. Il habitait à Hiroshima et était en deuxième année d'école élémentaire. Il était venu chez les Hatanaka pour profiter du dernier dimanche des vacances d'été. Shôko et lui s'amusaient, quand il avait été pris dans un trou d'eau et emporté.

— Les pompiers ont été appelés, ne t'en fais pas. Je vous accompagne à l'hôpital.

— Mais il y avait des gens avec vous, s'étonna Shôko. Où sont-ils passés ?

Il aurait eu du mal à expliquer que des criminels recherchés par la police avaient participé au sauvetage. Le regard de Shôko se porta sur l'autre rive. Kunimitsu et ses subordonnés étaient en train de récupérer leur matériel.

— Ce sont eux qui ont sauvé Atsushi, n'est-ce pas ? Je ne peux pas les laisser partir comme ça.

Elle s'était levée, prête à crier ses remerciements.

— Attends un peu, Shôko, la réfréna-t-il en posant la main sur son épaule.

— Mais ils ont sauvé mon cousin. Je dois savoir qui ils sont. Ma famille et moi devons leur rendre honneur comme il se doit…

Elle s'interrompit. D'une rive à l'autre, il n'y avait guère plus d'une trentaine de mètres. Kunimitsu gravissait le ravin et, dans son dos encore mouillé, on distinguait les deux dragons entrelacés dont le tatouage descendait jusqu'aux avant-bras. Au sommet, il se retourna, jetant un dernier coup d'œil en direction du petit garçon qu'il avait sauvé. Son visage était neutre.

Kunimitsu s'éclipsa. La sueur coulait dans le dos de Hioka. Il osa un regard à la dérobée vers Shôko. Avait-elle distingué les tatouages ? Les yeux de la jeune fille s'étaient rivés au point exact où le yakuza avait disparu.

Le soir venu, Shôko, son père et les parents d'Atsushi se présentèrent à l'antenne de police. L'assistance immédiate dont il avait bénéficié avait mis le garçonnet à l'abri de tout danger. Les médecins n'avaient décelé aucune trace d'infection. Deux jours d'hospitalisation étaient prescrits, par simple mesure de précaution. Atsushi pourrait reprendre alors le cours normal de ses activités.

— Notre fils est en vie grâce à vous. Nous vous sommes infiniment reconnaissants.

L'oncle de Shôko tendit une boîte et s'inclina avec force solennité, aussitôt imité par son épouse. Hioka reçut leur présent mais n'eut pas mieux que des banalités en guise de réponse.

— Je me réjouis qu'il n'y ait pas eu de complication.

Le lieutenant était perplexe. La famille de Shôko, ainsi que le personnel de l'hôpital, pensait qu'il avait sauvé l'enfant. Hioka n'avait fait que prêter main-forte à Kunimitsu. Pourquoi Shôko avait-elle répandu cette version ? Elle n'avait pas dit un mot des hommes qu'elle avait vus près de la rivière. Hioka ne lui avait pourtant pas demandé de taire leur existence.

Le père, l'oncle et la tante de Shôko quittèrent l'antenne de police, s'inclinant à de nombreuses reprises. Hioka les raccompagna sur le seuil. Une voix l'interpella :

— Monsieur Hioka ?

Il se retourna vers Shôko. Elle planta ses yeux dans les siens.

— Je vous remercie à nouveau. Vous nous avez sauvés.

Il se troubla. À quel jeu jouait-elle ?

— Ce présent, ce n'était pas la peine.

Il avait désigné la boîte offerte par les parents d'Atsushi.

— Moi aussi, je vous ai sauvé, n'est-ce pas ?

La jeune fille avait murmuré. Surpris, il la regarda. Elle avait les yeux humides. Elle venait de basculer hors de l'adolescence. La réponse de Hioka se perdit quand elle s'élança pour rentrer chez elle.

Trois jours étaient passés. Hioka n'avait eu de nouvelles ni de Kunimitsu ni de Shôko. Le calme n'était qu'apparent ; quelque chose se tramait, il pouvait le sentir. Il termina ses tâches routinières. Il s'apprêtait à remplir le registre quand le téléphone sonna. Au bout du fil, Tomonori Kakuta, le directeur de la section territoriale du commissariat d'Hiba, de laquelle l'antenne de police de Nakatsugô dépendait.

— Ça te dirait, quatre jours sur l'île d'Eta ? À partir du 4 septembre.

Au moins, son responsable n'y allait pas par

quatre chemins. Kakuta voulait envoyer Hioka à un événement annuel organisé par la région du Chûgoku. C'était une formation pour jeunes officiers. Mais on y dépêchait, le plus souvent après sélection, les éléments brillants. Vu la taille de son antenne, Hioka ne pensait pas y avoir sa place.

— Pourquoi moi ? lâcha-t-il avec franchise.

— Parce que tu as été recommandé, répondit Kakuta d'une voix à peine audible. Par un directeur de la police de la préfecture d'Hiroshima.

Aucun doute, ce devait être Masanari Itsuki, l'ancien supérieur de Hioka au commissariat de Kurehara Est. Au printemps dernier, il avait été muté au siège de la police de la préfecture d'Hiroshima, comme responsable de la Quatrième division d'enquête.

— Je me suis dit que je n'allais pas te déranger dans ta contrée reculée, mais que veux-tu, je ne peux pas traiter à la légère une recommandation qui vient directement du directeur de la Quatrième division. Que veux-tu que je fasse d'autre ?

Hioka sentit que Kakuta aurait préféré envoyer à cette formation l'un de ses protégés.

— On va nommer quelqu'un pour te remplacer à Nakatsugô durant ces quatre jours. Quand tu seras sur l'île d'Eta, sois sérieux. Apprends assidûment et fais honneur au commissariat d'Hiba.

Sur ces mots, Kakuta raccrocha.

À la veille de la formation, Hioka fit un crochet par le siège de la police de la préfecture d'Hiroshima. Il voulait saluer Masanari Itsuki. On l'introduisit dans son bureau, où il attendit la fin d'une réunion à laquelle Itsuki participait.

— Mais c'est que tu as l'air en forme ! s'exclama son ancien chef, une fois de retour dans son bureau. Hioka, c'est bien que tu aies pensé à venir me voir.

— Bonjour, répondit Hioka en s'inclinant. Je vous remercie de la recommandation.

Ils parlèrent de choses et d'autres quelques instants, puis Itsuki revint sur le sujet du stage. Hioka lui en fut reconnaissant. Connaître les intentions de son ancien chef, c'était l'un de ses objectifs en venant à Hiroshima.

— Tu as été surpris d'être convoqué ?

Un agent apporta le thé.

— J'ai remué la question dans tous les sens, rétorqua Hioka. Je ne comprends toujours pas pourquoi j'ai été sélectionné

— Daisuke Saga, rétorqua Itsuki après une gorgée de thé. Le gars de l'Inspection des services. On va le dégager cet automne. Il est muté dans un commissariat comme adjoint.

Hioka resta interdit. C'était Daisuke Saga qui avait provoqué son exil à Nakatsugô. Il avait un bon poste. Mais dans ce genre de carrière qui était la sienne, il n'y avait pas loin à chercher pour trouver des motifs de rétrogradation. Quand on remuait la merde, elle finissait par coller à la peau. Hioka faillit demander à Itsuki pour laquelle de ses casseroles Saga tombait. Mais il se retint. Cela n'avait pas grand intérêt.

— À ce propos, ça te dit de passer le concours de capitaine ?

Hioka comprit l'allusion à demi-mot. L'hypothèque Daisuke Saga levée, il avait toutes les chances de pouvoir revenir en ville, peut-être même à la police de la préfecture d'Hiroshima. Avec une promotion au grade supérieur, la mutation serait acceptée au titre d'avancement. Ce ne serait plus qu'une question de calendrier. C'était donc cela la manœuvre d'Itsuki. La formation sur l'île d'Eta était une occasion de côtoyer de jeunes officiers d'élite. Lorsqu'on remanierait les équipes, ces appuis pourraient se révéler utiles.

— Je suis en train de préparer ce concours. Pour le stage de formation aussi, je promets de faire tout mon possible.

Il fallait une vingtaine de minutes à peine pour rejoindre l'île d'Eta depuis le port de Kurehara. C'était un paysage tranquille, entre mer et montagnes. Hioka y débarqua le lendemain matin de sa visite à Itsuki. Une quarantaine de jeunes officiers et employés de la police étaient accueillis au centre d'échanges pour la jeunesse. Ils représentaient les cinq préfectures de la région du Chûgoku, et quelques-uns venaient de plus loin.

Les stagiaires étaient logés dans des chambres pour quatre. On indiqua la sienne à Hioka. Il déposa ses bagages sur un des lits et rejoignit l'amphithéâtre pour le discours de bienvenue. Ils écoutèrent le commandant Nakatani, directeur de la section administrative à la police de la préfecture d'Hiroshima, leur servir un discours flamboyant.

Au milieu de ses camarades, Hioka fut pris d'un

pincement de nostalgie. Cela faisait bien longtemps qu'il ne s'était pas retrouvé avec des gens de sa génération. Sans doute depuis la cérémonie des diplômes à l'école de police. Il avait le feu sacré à cette époque. Et une foi inébranlable dans l'organisation policière. La harangue de Nakatani lui laissa un goût amer. Il ne pouvait plus gober les récits tout juste bons pour les manuels de police.

On expliqua ensuite les modalités pratiques du stage. Hioka se sentit replongé dans l'esprit des colonies de vacances de son enfance. Après les discours, ce fut l'heure du déjeuner. Ils se rendirent en groupe à la cantine. Ils prirent chacun un plateau, y posèrent une assiette et se mirent à la queue leu leu. Le menu s'annonçait typique : du curry. Hioka s'installa près d'une fenêtre et commença à manger.

Par inadvertance, il jeta un coup d'œil vers le téléviseur posé sur une étagère. C'était le journal de la mi-journée. La présentatrice évoquait des actualités qui concernaient Hiroshima. Il retourna à son bol de curry. La voix de la journaliste s'interrompit. Hioka éloigna la cuillère de sa bouche. Sur l'écran, la femme était devenue livide.

— Voici les nouvelles que nous venons tout juste de recevoir, lut-elle sur une feuille qu'elle tenait à la main. Une roquette a été tirée ce matin à Osaka sur le domicile du président Naomi Asao, le chef de la fédération Shinwa. Son organisation est en lutte avec le gang Akashi. Des policiers étaient en faction autour de chez lui. Il semble qu'il y ait plusieurs blessés parmi les forces de l'ordre.

Quelqu'un vint lui apporter d'autres dépêches.

— … D'après les dernières informations, enchaîna-t-elle d'une voix contractée, la roquette a explosé devant l'entrée du domicile de Naomi Asao. Un policier est mort.

Elle releva les yeux vers la caméra, une expression d'effroi sur le visage.

— Un policier est mort. L'auteur de cette attaque est en fuite. La police est à sa recherche. Sur place, la confusion est à son maximum. Nous vous tiendrons informés au fur et à mesure que nous en apprendrons davantage.

Le journal télévisé s'acheva. Les regards restèrent vissés sur l'écran. Un silence de plomb tomba. Plus personne n'osait émettre le moindre son. Une femme soupira. Ce fut comme un signal. Chacun se remit en mouvement. On interrogea son voisin, certains bondirent hors de la salle.

L'excitation était palpable.

Hioka vida son verre d'eau. Il prit une profonde inspiration et fixa le paysage au loin. La roquette, on la devait sans conteste au gang Akashi. Ils avaient visé le président de la fédération Shinwa, afin de venger la mort du chef de l'Akashi, Rikiya Takeda. Le sang appelait le sang. Entre le panorama et Hioka, le visage de Kunimitsu vint s'interposer. *Comment prenait-il la nouvelle ? Il n'allait pas rester les bras croisés*. Hioka était dévoré par l'envie de repartir sur-le-champ à Nakatsugô. Il serra les poings. Il devait patienter. Il adressa une prière muette à Kunimitsu.

Ne bouge pas. Attends mon retour.

4

Geinô Hebdo 7 juin 1990

Exclusif :

MEISHIN : LA PIRE GUERRE DES GANGS DANS L'HISTOIRE DU CRIME ORGANISÉ

Par **Akira Yamagishi**

Le fuyard allait-il décocher de nouvelles flèches ? Nos hypothèses se confirment. Dans les rangs de la police, il se murmure de plus en plus que le yakuza en cavale Hirô Kunimitsu serait bel et bien passé à l'offensive. Le leader du gang Gisei siffle la fin de la mi-temps dans la guerre des gangs.

Un policier chevronné de la Quatrième division d'enquête à la police de la préfecture de Hyôgo témoigne : « Après l'assassinat de Rikiya Takeda, le chef de l'Akashi, les dirigeants du gang ont tenu une réunion de crise au quartier général, à Kobe. Un des cadres les plus haut placés de l'organisation, très proche du grand chef, a dit qu'en repartant une voiture l'avait suivi. Il a réussi in extremis à la semer. Dedans, il a reconnu un des jeunots de Kunimitsu. Suivre et abattre un à un tous les pontes de l'Akashi : cela ne m'étonnerait pas de la part de Kunimitsu. Ce gars est comme un chien enragé. Il pourrait tuer d'un coup de sabre un dirigeant de sa propre maison. Celui qui s'oppose, Kunimitsu l'exécute. Il n'a pas fini de mordre.»

Un supérieur de sa propre maison ? Notre source fait référence à un épisode qui date d'une dizaine d'années. Pour résoudre un conflit autour d'un trafic de méthamphétamines, Kunimitsu avait joué du sabre et écopé en 1980 de sept ans de prison à Kumamoto [*lire notre article du 24 mai*]. En tout cas, l'idée est solidement enracinée dans le monde yakuza que Kunimitsu a tout à fait le caractère pour programmer l'assassinat des dirigeants du gang Akashi.

« Kunimitsu est recherché pour le meurtre de trois personnes, tout de même, explique un chef de gang du Kansai, dont l'organisation est neutre dans le conflit. Si Kunimitsu est arrêté, ce sera pour lui la peine de mort ou la condamnation à perpétuité. Ce n'est pas une fin qui lui correspond. Il n'est pas non plus du genre à se contenter d'une cavale, encore moins à aller se planquer à l'étranger. Toutes les polices du pays sont à ses trousses, et le gang de l'Akashi ira le déloger jusqu'en enfer. Mon avis, c'est que Kunimitsu cherche un dénouement spectaculaire à son histoire.»

Un autre éclairage est apporté par un intermédiaire que nous avons rencontré au cours de notre enquête. Il travaille dans l'importation clandestine d'armes et de fusils d'assaut. Parmi ses clients, il a le chef d'un gang qui fournit près de 40 % de l'arsenal utilisé par le crime organisé au Japon. Des contacts lui ont raconté des choses qui font froid dans le dos.

«J'ai entendu dire qu'il y avait dans le gang Gisei, celui que dirige Kunimitsu, une structure secrète qui s'appelle « Toichi ». On ne connaît ni les noms ni le nombre des personnes qui la composent. Il s'agit d'une équipe de tueurs, l'élite des juniors. Ils suivent un entraînement spécifique, avec techniques de filature, arts martiaux et maniement des armes. Un truc comme dans les forces spéciales de l'armée américaine. Et c'est une véritable armée d'ailleurs ! Ils ont des fusils, des grenades, des mitrailleuses… »

La structure dont parle l'intermédiaire que nous avons interviewé n'est pas unique chez les yakuzas. Une organisation similaire existe à Nagoya au sein du gang Todoroki (mille cinq cents membres), par ailleurs affilié à l'Akashi, et du côté de Kyûchû avec le gang Chikuyû (mille deux cents membres). Mais l'échelle est différente. Avec ses quelque cent cinquante membres, le gang de Kunimitsu est dix fois plus petit. Comment a-t-il fait pour entraîner et doter ses propres forces spéciales ?

« Le fric ! Ce n'est pas la peine de chercher plus loin, nous confie un cadre de l'Akashi. Ce pourri de Kunimitsu a un pif diabolique pour gagner du pognon. Il boursicote et trafique dans l'immobilier en exploitant la crédulité des honnêtes gens. Il a amassé des tonnes de billets. Je suis certain que Kunimitsu a avancé les fonds pour l'assassinat de Takeda. C'est un sale type. Il vise maintenant le boss Ôshiro et le chef Kumagai. » En l'occurrence, il s'agit des deux principaux dirigeants de l'Akashi : le suppléant actuel Takashi Ôshiro et son second, Motoya Kumagai. Comme Motoya Kumagai, Hirô Kunimitsu a été dans sa jeunesse un élément prometteur du gang Akashi.

Son parcours s'est achevé avec l'assassinat de Takeda. Le cadre de l'Akashi a terminé notre entretien par ces mots, tout en crachant au sol : « Il faut couper cette pourriture de Kunimitsu en morceaux ! En tout cas, la guerre ne pourra se terminer qu'une fois qu'il sera mort. »

La fin du conflit ? Les milieux médiatiques bruissent ces derniers temps d'une indiscrétion. Le ministère de la Justice et l'Agence nationale de la police seraient sur le point de finaliser un texte. Cela fait longtemps qu'on parle dans le pays de contrôler les gangs et de mettre fin aux exactions des organisations criminelles. Cette fois, la loi pourrait être soumise assez vite au Parlement.

Dans le prochain volet, qui sera le dernier de notre enquête, nous nous demanderons à quoi pourrait ressembler l'univers des yakuzas dans l'après-guerre Meishin.

(*À suivre…*)

Dans l'amphithéâtre, sur l'île d'Eta, le silence s'était fait pesant. En tendant l'oreille, on aurait pu entendre trotter l'aiguille de l'horloge murale.

Pourtant l'excitation était dans tous les esprits. Les sentiments se peignaient sur les visages des officiers, des employés de police et des quarante stagiaires, répartis en huit groupes. Affleuraient tour à tour la tension, l'irritation, la tristesse ou la colère.

Hioka s'était placé à l'arrière de son groupe. Il dépassait en excitation tous les autres participants du stage. Depuis qu'il avait appris qu'une roquette avait touché le domicile du président de la fédération Shinwa, le visage de Kunimitsu ne quittait plus ses pensées.

Après la cantine, les instructeurs avaient imposé qu'on suive le programme prévu pour les stagiaires. Ils s'étaient donc répartis en groupes de cinq personnes. Celui de Hioka était dirigé par le commandant Mikasa, du commissariat de Kôtsu, qui dépendait de la police de la préfecture d'Hiroshima.

— Je comprends ce que vous ressentez. Mais nous sommes des hommes de devoir. La priorité est de nous focaliser sur ce que nous avons à faire ici. Dès qu'il aura des informations, le commandant Nakatani viendra nous les donner. Maintenant, concentrons-nous sur notre formation.

L'après-midi se déroula en apparence comme prévu. Les échanges s'organisèrent entre participants, mais chacun avait la tête ailleurs. Les mines étaient sombres, les regards interrogateurs. Quel était l'auteur de l'attaque à la roquette ? Qui était le policier tué ? Avait-il une épouse, des enfants ? Combien de blessés y avait-il ?

Avant le dîner, une pause de trente minutes

était prévue. Les stagiaires pouvaient regagner leur chambre. Mais on leur intima de rester dans l'amphithéâtre. Depuis l'estrade, le commandant Nakatani parcourut l'assistance d'un œil lourd.

— Le moment est grave. Aujourd'hui, le capitaine Tadâki Narita, du commissariat d'Ikuta, qui dépend de la police de la préfecture d'Osaka, est mort en service. Nous vivons des instants douloureux et dédions nos pensées à la mémoire de notre collègue.

Nakatani prit une profonde respiration et se redressa.

— Garde à vous ! Prions maintenant en silence.

Comme un seul homme, les stagiaires s'étaient mis en position réglementaire. Ils inclinèrent la tête. Après quelques minutes, le commandant Nakatani les mit au repos. Il croisa les mains dans son dos et asséna avec conviction :

— Ce regrettable événement va accélérer l'adoption de la nouvelle loi antigang, sur laquelle l'Agence nationale de la police travaille depuis longtemps. Cette loi devrait être déposée rapidement au Parlement. Elle sera appliquée d'ici à l'année prochaine, dans deux ans tout au plus.

Des murmures de surprise s'élevèrent dans les rangs. Cinq à six ans auparavant, une série de faits-divers impliquant les gangs avaient fait des victimes parmi la population. On avait déjà parlé d'un projet de loi qui mettrait les activités des gangs sous le boisseau. On était alors en 1985, l'Agence nationale de la police avait travaillé sur ce texte de loi. Mais que le parcours législatif paraissait escarpé ! Un obstacle constitutionnel s'était présenté : la loi risquait de se heurter aux droits individuels garantis à chaque citoyen.

Quand le calme fut revenu, le commandant Nakatani reprit la parole. Il martela ses propos. Cela eut pour effet de capter l'attention de Hioka, dont les yeux étaient jusqu'àlors perdus dans le vague. Il les tourna vers l'estrade.

— … Un gang, ce n'est pas un mal nécessaire dans une société. C'est le mal absolu. Et le mal absolu, ça se détruit. De manière absolue. Jusqu'au dernier morceau. Notre mission, c'est de protéger les citoyens. Il faut que nous gardions ça gravé dans nos cœurs.

De nouveau, les pensées de Hioka vagabondèrent. Le visage de Kunimitsu se recomposa dans son esprit. Le discours passionné de Nakatani se poursuivait comme un simple bruit de fond. Ses appels au sens du devoir entraient par une oreille et sortaient par l'autre.

Kunimitsu. Se terrait-il à Nakatsugô ou avait-il replongé avec ses hommes dans la guerre des gangs ? Hioka penchait pour la seconde hypothèse. Le yakuza avait dû filer dans le Kansai, au cœur de la zone d'influence de la fédération Shinwa. Il était en train d'exécuter sa vengeance. L'attaque du domicile du président de la fédération, celle à laquelle le gang de Kunimitsu était affilié, était un message. Œil pour œil et roquette pour roquette.

Hioka se souvint de la cabane, à côté des bungalows, sur le chantier du golf de Yokote. Sa porte était fermée par un énorme cadenas. Sans doute le lieu où Kunimitsu et ses subordonnés entreposaient armes et munitions. Le lieutenant les imagina charger leur arsenal dans le coffre du Land Cruiser et se carapater. Il serra les poings, réduit à prendre son mal en patience sur cette île. Dès le stage achevé, son premier geste serait de filer sur le chantier pour vérifier ses hypothèses. L'employée dont il avait fait la connaissance serait surprise, mais il invoquerait le moment venu une excuse quelconque. Oui, il était résolu à…

Tout à ses pensées, il fut surpris d'entendre son nom. Depuis l'estrade, le commandant Nakatani le fixait avec intensité. Tous les regards des participants convergèrent vers lui.

— Lieutenant Hioka, de la police de la préfecture d'Hiroshima, commissariat d'Hiba, vous êtes avec nous ?

— Je suis là, réagit enfin Hioka. Je vous écoute.

— Venez me voir juste après, dans mon bureau. J'ai des choses à vous dire.

Le regard de Nakatani s'était aiguisé. Ses lèvres pincées évoquaient un tiret. Hioka se sentit pâlir. Avait-on découvert qu'il protégeait la cavale de Kunimitsu ? Il se donna toute la contenance qu'il put.

— À vos ordres.

— C'est tout pour aujourd'hui, enchaîna Nakatani en promenant son regard sur l'assemblée. Vous pouvez regagner vos chambres avant le dîner.

Le commandant descendit de l'estrade et sortit de la salle.

Il faut que je me calme. Aucune raison qu'il connaisse mes liens avec Kunimitsu. Devant la porte du bureau où Nakatani s'était installé pour la durée du stage, Hioka tenta de réguler sa respiration. Il frappa.

— Lieutenant Hioka.

— Entrez.

Nakatani était assis à son bureau, dos à la fenêtre, l'expression sévère. Hioka salua de façon réglementaire et resta au garde-à-vous.

— Je suis à votre disposition.

— Lieutenant Hioka, entama le commandant en pianotant sur son bureau. Pourquoi avez-vous jugé bon de ne pas faire de rapport ?

Hioka sentit son sang affluer vers ses joues et son cerveau. Il chercha quoi dire, en vain. D'un mouvement du menton, Nakatani désigna le téléphone posé près de lui.

— Appelez Kakuta, le directeur de la section territoriale du commissariat d'Hiba. Immédiatement. Son numéro direct.

Il avait fait pivoter le combiné et une feuille de papier vers lui. Le lieutenant sortit de sa sidération, mais répondit d'une voix pâteuse :

— Entendu.

Pour ne pas montrer le tremblement de ses mains, il appuya fortement sur les touches du clavier. Nakatani lui avait tourné le dos. Au-delà de la fenêtre, les îles de la mer intérieure de Seto se déployaient.

Pourquoi demandait-il à Hioka de contacter le commissariat ? Et pourquoi Kakuta, à la section territoriale ? Si c'était bien de Kunimitsu qu'il était question, c'était plutôt l'affaire d'Itsuki, directeur de la Quatrième division d'enquête de la police de la préfecture. Mais à quoi bon spéculer ? On allait l'arrêter pour complicité. Son esprit s'embrouilla. Après deux sonneries, on répondit.

— Kakuta, section territoriale.

— C'est Hioka à l'appareil. Le commandant Nakatani m'a donné l'ordre de vous contacter…

— Merci d'avoir accepté de participer à la formation, l'interrompit Kakuta. Comment ça se passe, sur votre île ?

Sa voix avait sa nonchalance coutumière. *Ils ne savent rien, pour Kunimitsu.* Hioka se sentit près de défaillir. Il écarta le combiné de sa bouche une seconde et soupira avec discrétion.

— Bien. Je crois que vous avez quelque chose à me communiquer.

— Mais oui ! Alors, on fait des secrets ?

— De quoi voulez-vous parler ? se troubla de nouveau Hioka.

— De quoi ? s'étonna Kakuta. Mais de tes exploits, bien sûr !

— Mes exploits ?

Au moment où il prononça ces deux mots, Hioka comprit : Atsushi.

— Mais enfin ! tonna Kakuta. Il y a une semaine, tu as bien sauvé un enfant qui allait se noyer dans la rivière, non ?

— Ah oui…

Étant donné qu'il impliquait Kunimitsu, Hioka avait jugé prudent de ne pas faire de rapport sur l'événement. Comment l'information était-elle parvenue jusqu'aux autorités des préfectures?

— Comment ça, « Ah oui » ? le taquina Kakuta. Crétin, va !

— Par qui l'avez-vous appris ?

— Un correspondant local du *Quotidien d'Hiroshima* vient de nous appeler pour une demande d'interview. Il a eu l'information par les pompiers. Ça la fiche mal, on n'était même pas au courant. La panique totale ! Je me suis fait taper sur les doigts par le patron du commissariat d'Hiba.

— Je suis vraiment navré.

Même à l'autre bout du fil Hioka s'inclina avec respect. Il imaginait les sentiments qui avaient dû secouer Kakuta.

— Bon, le patron a fini par retrouver le sourire. Il s'agit quand même d'un acte héroïque. Il nous a donné son accord pour qu'on fasse l'interview. La journaliste du *Quotidien d'Hiroshima* vient demain chez vous. Tu pourras lui parler ? Elle sera sur l'île d'Eta pour 14 heures.

— Bien sûr. Je ne suis pas du tout un héros, mais j'expliquerai les circonstances, pas de problème.

— Surtout, ajouta Kakuta à voix basse, tu remercieras comme il se doit le commandant Nakatani. Il a eu la gentillesse de mettre un voile discret sur tout ça en interne, pour que notre commissariat ne soit pas la risée des services.

— Je n'y manquerai pas.

— Bien. Et la journaliste, tu lui parles de manière que ça nous fasse de la bonne publicité, je compte sur toi.

— Oui, je ferai de mon mieux.

— C'est parfait, je te laisse.

— Merci beaucoup, répliqua Hioka avec une nouvelle courbette.

Il raccrocha. Carré dans son fauteuil, le commandant Nakatani lui tournait toujours le dos. Hioka se mit au garde-à-vous, puis plia le buste.

— Je vous remercie pour votre sollicitude.

Nakatani se tourna vers lui et le fixa.

— Pourquoi n'avez-vous pas fait de rapport à vos supérieurs ?

— Je vous prie de m'en excuser, répondit Hioka en s'inclinant. Tout ça s'est passé durant mes congés. Je n'ai rien fait d'extraordinaire. J'ai pensé que ce n'était pas la peine.

— Espèce d'imbécile ! rugit Nakatani. Une chose pareille n'est pas pensable. Qu'un policier néglige de faire un rapport, alors qu'il vient de sauver la vie d'un de nos concitoyens.

— Je vous prie de m'excuser.

Hioka releva la tête et se mordilla les lèvres. Il ne put supporter le regard de Nakatani, tranchant comme la lame d'un poignard. Le lieutenant ancra ses yeux dans le paysage, par-dessus le crâne de son interlocuteur. Le silence s'était fait entre eux. Il se rompit quand les coins de la bouche du commandant se relevèrent. Ses traits s'étaient détendus.

— Ce que vous êtes modeste, alors ! s'exclama Nakatani en se penchant par-dessus son bureau. En général, on se dépêche de faire un rapport pour se faire mousser auprès de ses supérieurs, non ? Si je me souviens bien, vous êtes en poste dans une antenne locale du commissariat d'Hiba, c'est ça ?

Il avait un dossier en main. Hioka répondit par l'affirmative, sans quitter des yeux son point de fixation.

— Shûichi Hioka. Je me souviendrai de votre nom.

— Je vous remercie, s'inclina Hioka.

— C'est tout, vous pouvez disposer.

Après de nouveaux saluts, le lieutenant sortit du bureau, préoccupé.

Carnet en main, la journaliste dépêchée par le *Quotidien d'Hiroshima* était une débutante. Elle arriva le lendemain à l'heure exacte du rendez-vous. Nakatani avait dispensé Hioka de ses obligations pour le début d'après-midi. En grande tenue, tous deux la reçurent dans le bureau provisoire de Nakatani. Elle interrogea Hioka sur les circonstances exactes du sauvetage. Le lieutenant confectionna une version dont il était l'unique protagoniste. La journaliste sembla satisfaite.

— Une dernière chose. Selon les pompiers, il semble que quelqu'un d'autre que vous ait appelé le 119. Vous savez qui c'est ?

— Non, rétorqua Hioka, malgré le coup au cœur qu'il venait de recevoir. Peut-être un des habitants du village qui était en promenade ou à la pêche, et qui a assisté à la scène ?

La journaliste avait suffisamment d'éléments pour son papier. Hioka disposa et rejoignit sa chambre pour se changer. En ôtant sa chemise, il se rendit compte que son dos était trempé de sueur.

Durant deux jours et demi, le temps sembla se distendre de manière insupportable. Hioka put enfin prendre le ferry du retour et sauter dans un autocar pour Nakatsugô. Il était plus de 16 heures quand il pénétra au poste de police, accueilli en fanfare par Satô, le collègue de Jôsai qui avait assuré l'intérim. Il brandissait un exemplaire du *Quotidien d'Hiroshima*, daté de la veille.

— Te voilà, toi ! Dis-moi, c'est du beau boulot ! Tu es un héros. Et avec ça beau gosse sur la photo !

La veille, déjà, Hioka avait été surpris de recevoir un appel de sa mère. Il ne savait pas comment elle avait fait pour trouver sa trace. Son ton était mêlé d'admiration et de reproche. Elle avait lu dans les pages locales du *Quotidien d'Hiroshima* les exploits de son fils. Depuis, elle était assaillie d'appels de ses proches. Elle avait fait mine de le réprimander : « Tout de même, tu aurais pu me prévenir que tu allais passer dans le journal. » La fierté suintait de chaque mot de sa phrase.

— Il n'y a pas de quoi se vanter, déclara Hioka à Satô. Il déposa ses bagages et s'efforça de sourire. De dix ans son aîné, Satô lui flanqua une bourrade dans les côtes.

— Mais tu as perdu la tête ou quoi ? Ton truc, c'est un exploit. C'est un coup à avoir une promotion, crois-moi.

— J'espère bien…

Hioka se gratta le cuir chevelu, gêné. Il n'avait

qu'une idée en tête : rejoindre au plus tôt le chantier à Yokote. Mais il ne pouvait traiter son collègue avec mépris. Ils badinèrent encore un instant, puis Satô lui fit le rapport des activités en son absence. Il prit congé au bout d'une bonne demi-heure et repartit vers Jôsai dans sa voiture de service.

Dès que Satô se fut éloigné, Hioka ferma le poste à clé et bondit sur sa moto, garée à l'arrière du poste. Il s'apprêtait à enfiler son casque quand une voix l'interpella :

— Monsieur Hioka !

Shôko était déjà à ses côtés. Tout à son obsession de Kunimitsu, Hioka avait baissé son niveau de vigilance.

— Votre remplaçant m'a dit que vous seriez de retour aujourd'hui. J'ai deviné le moment auquel vous reveniez par rapport aux horaires du car. Je voulais vous parler de notre prochaine séance…

— Je suis désolé, balbutia Hioka. Je ne vais pas pouvoir continuer les cours, pour le moment.

— Mais pourquoi ? s'enflamma la jeune femme, plantée devant la moto. J'ai fait quelque chose de mal ?

— Non, Shôko, ce n'est pas ta faute. J'ai moi-même un concours à préparer. Au train où vont les choses, je ne serai pas prêt à temps. Il faut que je me concentre là-dessus. D'ailleurs, tu as déjà toutes les compétences qu'il faut pour réussir. Tu peux entrer à l'université de ton choix.

Hioka mentait pour son concours, pas pour les qualités de la jeune femme. Ses résultats scolaires n'avaient jamais justifié qu'elle prît un tuteur et des cours de soutien individuels.

— Ce n'est pas vrai ! s'agita Shôko. J'ai besoin de votre aide pour mes études. S'il vous plaît. Je ne vous importunerai pas…

— Pardon, l'interrompit Hioka. Je passerai m'excuser auprès de ton père.

Le lieutenant enfonça la tête dans son casque et démarra la moto. Shôko recula d'un sursaut craintif. Hioka en profita pour mettre les gaz.

Dix-sept heures. Sur le chantier de Yokote, les ouvriers terminaient leur journée de travail. Ils lancèrent des regards interrogatifs en direction du motard qui venait de se garer sur le parking. Hioka se précipita vers le bungalow où il avait passé une soirée avec Kunimitsu et ses hommes. Le bâtiment était fermé à clé et selon toute apparence inoccupé. Il tourna les talons et courut vers l'autre préfabriqué, là où convergeaient les ouvriers.

— Ah, c'est vous ! s'exclama Kimura quand il ouvrit la porte. Que venez-vous faire dans les parages, et en civil en plus ? Il s'est passé quelque chose ?

L'employée avait passé son tablier et préparait le repas du soir. Des odeurs de curry embaumaient le bungalow.

— Est-ce que Kunim… je veux dire M. Yoshioka et les autres responsables du chantier sont ici ? demanda-t-il en reprenant son souffle.

— Mais non ! lança-t-elle avec des yeux ébahis. Je ne les ai pas vus depuis au moins deux ou trois jours. Qu'est-ce que vous voulez ?

— Rien de spécial. Je reviens de congé et je passais dans le coin. Je me suis dit que j'allais faire un crochet. Désolé de vous avoir dérangée.

Il sortit en trombe et fila vers la cabane de chantier, dont il soupçonnait qu'elle avait servi de réserve aux armes des yakuzas. La porte n'était pas verrouillée. Elle était vide. Il s'accroupit pour examiner le sol. Des empreintes de semelles. Des chaussures pour homme. Et des traces récentes, comme si on avait traîné de lourds objets.

Des outils, ou bien… Hioka se mordilla les lèvres.

Deux jours après le retour de Hioka à Nakatsugô, le cours des événements s'accéléra. En pleine rue, à Osaka, on abattit d'un coup de fusil Katsuji Wakasa, le boss du gang Wakasa. Il était affilié au gang Todoroki, originaire de Nagoya. Avec ses quelque mille cinq cents membres, le gang Todoroki constituait le principal groupe armé de l'Akashi. Il avait à sa tête un des grands dirigeants de l'organisation, Yoshio Todoroki, adjoint du second du gang Akashi. Avec l'assassinat de Katsuji Wakasa, on venait ainsi de supprimer un commandant de l'armée du Todoroki.

Dès qu'il apprit la nouvelle au journal télévisé, Hioka composa le numéro du portable d'Ichinose. Il posa sa question sans préambule :

— Wakasa, c'est en réponse à l'attaque à la roquette ?

— Ça ne fait pas de doute. Katsuji Wakasa était loyal avec le Todoroki. Il se dit qu'il était du côté d'Osaka pour mener une opération contre la fédération Shinwa. Selon la rumeur, c'est aussi un gars de son gang qui a lancé la roquette contre la maison de Naomi Asao, le big boss de la Shinwa.

— Personne n'a vu Kunimitsu depuis plusieurs jours, enchaîna Hioka dans un murmure.

Sa main s'était resserrée sur le combiné. Ichinose ne répondit rien. Même s'il savait quelque chose, il ne parlerait pas. Hioka le salua et raccrocha.

Durant une semaine, Hioka sillonna chaque soir vers 20 heures les abords du chantier de Yokote. Il arrêtait sa moto à bonne distance et tentait d'apercevoir des traces d'un retour de Kunimitsu. Mais le bungalow du responsable de chantier restait plongé dans l'obscurité.

Pendant ce temps, la guerre des gangs battait son plein. L'Akashi frappait fort contre la fédération Shinwa. Deux hommes déguisés en livreurs s'étaient présentés à Kobe au domicile de Tadahiro Sekiya, haut cadre du gang Sugimoto, un allié du gang Kitashiba. L'homme avait été tué de trois balles dans la poitrine. Le lendemain à Takamatsu, sur l'île de Shikoku, un camion avait foncé sur le quartier général du gang Takasago, membre de la fédération. Le chauffeur avait tiré à l'aveuglette et blessé plusieurs membres du gang. Ce même jour à Nara, Shôji Miwatani avait été abattu d'un coup de fusil tiré dans le dos. Le chef du gang Miwatani, affilié à la Shinwa, descendait à ce moment de sa voiture. Ses deux gardes du corps avaient été touchés sérieusement. Le plus glaçant avait eu lieu à Sakai, au siège du gang Kikumasa. Le bâtiment de cette organisation de la Shinwa se trouvait en bordure du métro aérien, en pleine ville. Un tireur avait ouvert le feu depuis une rame, sans se soucier des dégâts collatéraux qu'il pouvait causer dans la population. Il avait sauté du métro en marche, dans un virage, et s'était enfui.

En s'en tenant aux événements racontés dans les médias, cela faisait une dizaine d'actes violents en une semaine. L'Agence nationale de la police avait convoqué les directeurs des Quatrièmes divisions d'enquête de toutes les préfectures et ordonné qu'ils coordonnassent leurs efforts pour mettre fin à cette escalade. Policiers et médias se faisaient néanmoins peu d'illusions. Un cadre supérieur de l'Akashi avait déclaré à des journalistes que son organisation refuserait tout accord de paix. Un des deux adversaires devait disparaître. C'était la seule manière possible de voir s'éteindre la surenchère sanglante. La fédération Shinwa pliait sous les coups. Elle ne comptait plus que deux mille membres. Le rapport avec l'Akashi s'était creusé, à un contre sept.

Cela faisait maintenant une dizaine de jours que Hioka s'escrimait à rôder chaque soir à Yokote. Le vent de la mi-septembre s'engouffrait dans l'échancrure de son blouson. Il s'attendait une fois de plus à ne trouver aucune trace de vie dans le bungalow de Kunimitsu. Il s'approcha du parking et aperçut de la lumière. Non pas dans un mais dans deux bâtiments, celui des ouvriers et celui du responsable de chantier. Son cœur fit un bond. Il gara sa moto et s'approcha à pas de loup.

De l'extérieur, des voix d'hommes se firent entendre. L'une d'entre elles était familière. Une voix rauque reconnaissable entre mille, celle de Kunimitsu. Le lieutenant déglutit et frappa à la porte. La conversation s'interrompit aussitôt. Des pas se rapprochèrent, une ombre grandit à travers la vitre dépolie. Un homme, qui sembla porter la main droite vers la poche intérieure de sa veste.

— Qui est là ? interrogea la voix de Takachi.

— C'est moi, Hioka. Le policier.

La porte s'entrouvrit. Takachi avait toujours la main glissée vers l'intérieur de sa veste. Hioka distingua Kunimitsu au fond de la pièce. Le yakuza était assis en tailleur sur la bâche bleue, attablé, comme le soir où ils avaient partagé un repas. Takachi se retourna pour interroger son boss du regard.

— C'est bon, intima Kunimitsu d'un ton tranquille, tu peux le laisser entrer.

Autour de la table, Ido et Kawase s'étaient dressés et entouraient leur chef. Dans un même mouvement, ils s'accroupirent puis mirent un genou à terre, prêts à bondir de nouveau s'il le fallait. Hioka s'approcha de la table, suivi par Takachi. Kawase se posta en bout de table pour céder sa place à la droite de Kunimitsu. Le cendrier était vide. Le groupe ne devait pas être là depuis longtemps.

— Vous vous étiez absentés ces derniers jours ?

— Oui, on s'est promenés. On vient juste de rentrer.

— Vous étiez dans quel coin ? demanda Hioka à brûle-pourpoint.

De la poche de sa veste, Kunimitsu sortit un paquet de cigarettes. Placé à sa gauche, Takachi lui tendit aussitôt du feu. Le chef prit une bouffée et répondit dans un nuage de fumée :

— Kansai.

— Pourquoi êtes-vous allés là-bas ?

— Pour la baise ! s'esclaffa Kunimitsu.

Hioka en resta décontenancé.

— Franchement, reprit Kunimitsu, on n'avait pas baisé depuis deux mois. C'est pas bon pour la santé ces trucs, quand on n'évacue pas !

À l'écouter, durant ces quelques jours dans la région du Kansai, ils auraient pris leurs quartiers dans une auberge traditionnelle, dans laquelle Kunimitsu aurait fait venir l'une après l'autre chacune de ses trois maîtresses. Ses subordonnés en auraient fait autant avec leurs épouses et des prostituées. Hioka prit une grande respiration.

— Vous croyez que je vais gober une histoire pareille ?

La police recherchait Kunimitsu et ses sbires. Elle avait à tous les coups mis les maîtresses, concubines et épouses sous surveillance. Quand on n'est pas du milieu, on n'échappe pas comme ça à une filature. Kunimitsu devina les pensées du lieutenant. Il se tourna vers lui avec un sourire bravache et dit d'un ton sarcastique :

— Semer les flics, c'est pas bien compliqué pour nos femmes ! Tu vas dans le métro, c'est bondé, tu passes d'une rame à une autre, et hop ! Ou alors tu disparais dans un grand magasin. Ils ne vont pas te poursuivre jusque dans les toilettes. Nos copines se déguisent et ressortent du petit coin sans que les gars les reconnaissent.

Kunimitsu oubliait une chose : la présence de femmes dans les rangs de la police. Chacun s'était tu. Ido s'était dirigé en silence vers le coin cuisine. De la poche poitrine de son blouson, Hioka sortit ses cigarettes. D'un geste de la main, il déclina le feu offert par Kawase. Il saisit le Zippo qui avait appartenu à Ôgami. Il tira une taffe. La nicotine pénétra ses poumons. Il expira avec lenteur. Kunimitsu écrasa sa cigarette. Hioka finit la sienne.

— Comme on avait vidé le frigo avant de partir, il ne reste que ça.

Ido posa sur la table saké et amuse-gueule. De la seiche séchée et grillée. Hioka déclina la boisson, au prétexte qu'il était venu à moto. Kunimitsu éclata de rire.

— Sois pas timide, bois ! On te raccompagnera. On mettra ta moto dans une camionnette, t'en fais pas.

Kunimitsu remplit le verre posé devant Hioka, puis le lieutenant lui rendit la pareille. L'alcool avait le pouvoir de délier les langues. Ils se portèrent un toast. Les subordonnés ne touchèrent pas à l'alcool. Kunimitsu vida son verre d'un trait, Hioka par rasades.

Tout en grignotant de la sèche, le yakuza racontait ses exploits sexuels. Ido, Kawase et Takachi se mêlaient avec entrain à la conversation. *J'ai suffisamment entendu ces élucubrations.*

— Wakasa, articula Hioka.

Le silence s'abattit sur la tablée.

— Wakasa, proche du gang Todoroki, c'est vous qui l'avez assassiné à Osaka ?

— Lui, non, répondit Kunimitsu avec calme. Il secoua la tête, tandis que les regards de ses subordonnés transperçaient Hioka.

— C'est bien vrai ?

— Oui, je te le promets.

— Qui a fait le coup alors ?

Les yeux de Kunimitsu étincelèrent. Il posa son verre sur la table. Son regard percuta celui de Hioka. Kunimitsu se détourna.

— Je n'en ai aucune idée.

— Vous mentez, martela Hioka.

Le lieutenant défia le yakuza. Il se rappelait ce qu'il avait lu dans l'enquête du *Geinô Hebdo*. Il plissa les yeux.

— Vous savez très bien qui a tué Wakasa. Je sais qu'il y a dans votre gang un groupe secret. « Toichi », c'est ça ? Une troupe d'assassins. J'ai lu ça dans un magazine bien informé.

— Parce que tu prends ces balivernes au sérieux ? réagit Kunimitsu.

Il était hilare, à se frapper les cuisses.

— L'article disait que l'équipe était entraînée au maniement des armes…

— Nous sommes des yakuzas, repartit Kunimitsu avec douceur. Ça nous arrive d'avoir à faire le coup de feu. On s'entraîne, mais pas ici où c'est interdit. On va à l'étranger pour ça.

— Écoute, Hioka. « Toichi », c'est le nom d'une organisation fictive. On s'en sert quand on voyage en dehors du pays pour faire des réservations.

N'écoute pas les médias, ils racontent vraiment n'importe quoi !

Takachi emplit le verre de Kunimitsu. Hioka ne savait sur quel pied danser. Le yakuza reprit sur un ton teinté d'ironie, cherchant à convaincre :

— Je te le répète : Wakasa, ce n'est pas moi. Mais réfléchis, il avait un petit rapport avec le quartier Migita, si tu vois ce que je veux dire.

Hioka saisit le sous-entendu. C'était dans ce quartier qu'avait eu lieu l'attentat contre le quartier général du gang Asao. L'assassinat de Wakasa serait donc une action de représailles. Soit, mais s'il n'y était pour rien dans cette affaire, pour quelle autre mission expéditive Kunimitsu s'était-il absenté de Nakatsugô ? Dans l'esprit de Hioka, tout se rattachait à une question centrale, qu'il se résolut à poser.

— Kunimitsu, je ne suis pas crédule au point de croire tout ce que dit la presse. Mais si vous êtes toujours en cavale, c'est pour accomplir une chose. Vous voulez liquider le chef intérimaire de l'Akashi et son second, n'est-ce pas ?

Regard dans le vague, Kunimitsu soupira.

— Hioka, je te suis redevable. Je te dois la vérité.

Autour de la table, les subordonnés se pétrifièrent, l'air soumis.

— À l'époque, après avoir liquidé Rikiya Takeda et Katsumi Toyonaga, je suis allé tout droit au quartier général de la fédération Shinwa. C'était l'effervescence. En urgence, ils avaient convoqué une réunion de crise. À part le président de la Shinwa, tous les hauts gradés du milieu étaient là.

Je leur ai dit ce que j'avais accompli. L'assistance s'est divisée en deux. Les uns m'ont félicité, les autres ont trouvé que j'étais allé trop loin. Ôshiro et Kumagai étaient présents. J'étais prêt à crever, sur-le-champ.

Kunimitsu avait commencé à raconter son histoire, comme on évoque de simples souvenirs. Son ton devenait plus amer. Les deux yakuzas dont il venait de parler étaient Takashi Ôshiro et Motoya Kumagai. Avec la mort de Takeda et Toyonaga, ils devenaient respectivement chef suppléant et second du gang Akashi. Il se murmurait dans le milieu que le titulaire officiel du poste de chef, cinquième du nom, serait à coup sûr un de ces deux-là. Kunimitsu poursuivit son récit tout en sirotant des rasades de saké :

— Tous les dirigeants voulaient que j'arrête les frais, soupira-t-il. Certains ont dit que la tâche était accomplie, qu'on avait notre vengeance. D'autres ont dévoilé leurs véritables intentions. Si on faisait un pas de plus, on ne pourrait plus jamais obtenir la paix avec le gang Akashi. J'ai pensé à cet instant que c'était plié. L'Akashi vacillait, c'était le moment de l'abattre. Il ne fallait pas rater l'occasion. C'est une question de stratégie, comme dans la guerre du Pacifique. Les forces en présence sont différentes, mais la logique est la même. Plus le conflit dure, plus les chances de victoire s'éloignent. C'est comme ça que je vois les choses, depuis le début.

Hioka resservit Kunimitsu, qui en fit autant. Hioka mira son verre.

— Pourquoi êtes-vous venu ici ? Au moment où les dirigeants vous ont dit d'arrêter, votre croisade était terminée, non ?

— Je suis ici pour protéger mon « père », répliqua Kunimitsu avec une esquisse de sourire.

— Pour protéger le boss Kitashiba ? s'écria Hioka, incrédule.

Il fait tout ça pour Kanetoshi Kitashiba ? Kunimitsu avait le regard baissé sur son verre vide.

— Qu'on touche à un seul cheveu de mon patron pour se venger de moi et je pourchasserai les ennemis, quels qu'ils soient. Je les détruirai, je les réduirai en pâtée pour qu'il n'en reste plus la moindre parcelle.

— Mais vous finirez la corde au cou, balbutia Hioka.

— Pour sûr ! s'anima Kunimitsu. Mais un yakuza doit se préparer à mourir. Ça peut venir n'importe quand. Si c'est pour mon patron, je suis prêt au sacrifice. Je lui ai confié mon existence au moment où nous avons partagé les *sakazuki*.

Hioka fut saisi par la force des propos de Kunimitsu. Le yakuza parlait à cœur ouvert. Le lieutenant se souvint qu'à la fin de sa période de formation, à l'école de police, un instructeur avait interpellé les stagiaires. Ils devaient avoir conscience que mourir en service était désormais pour eux une éventualité quotidienne. Ils avaient prêté le serment d'accomplir leur mission corps et âme. Hioka avait juré.

Mais il était persuadé que, comme lui, tous les policiers du pays pensaient qu'ils avaient autant de chances de mourir au champ d'honneur que le reste de la population de disparaître dans un accident de la route.

Ses phalanges avaient blanchi, tant il se cramponnait à son verre. Il frissonna à la pensée que Kitashiba fût à un moment pris à partie. S'il lui arrivait quelque chose, Kunimitsu déclencherait contre l'Akashi une lutte sans merci. La guerre du Pacifique ? Kunimitsu était comme le Zero, ce petit chasseur-bombardier que le kamikaze n'hésitait pas à lancer contre de gigantesques navires ennemis. Tout cela n'annonçait rien de bon. L'affrontement à mort pouvait faire des dégâts parmi les civils et les forces de police. Hioka blêmit.

— Ne t'inquiète pas, le rassura Kunimitsu. La guerre sera bientôt terminée.

Hioka regarda le yakuza. Il vit dans ses prunelles la lumière la plus douce qu'il lui fût jamais donné de contempler.

— Pour tout te dire, je me suis absenté pour entamer une démarche de conciliation. J'ai accompagné mon patron. Nous sommes allés voir le président Mekama, de la fédération Shimozuru, et le chef Isomura, de la fédération Kantô Jôdô.

Pour une surprise ! Dans le milieu, Mekama était une personnalité. Un des plus importants chefs de la région du Kansai. Il occupait à Kyôto la fonction de président de la fédération Shimozuru. Quant à la fédération Kantô Jôdô, il s'agissait, derrière l'Akashi, d'une des principales organisations criminelles du Japon. Isomura était chef de la Kantô Jôdô, et avait été le garant de Rikiya Takeda, l'ex-chef de l'Akashi. Si ces deux figures se posaient en arbitres, le conflit pouvait encore trouver une issue.

— Mon Père sera en sécurité, si cette démarche de conciliation aboutit. Je n'aurai plus de raison d'être de ce monde.

Kunimitsu tendit les mains au-dessus de la table.

— Le jour n'est plus très loin où tu vas pouvoir me coffrer !

Hioka déglutit. Kunimitsu s'emballa.

— Alors quoi ? Tu pensais que j'avais menti pour les menottes ? T'en fais pas. Je suis un homme qui tient ses promesses.

Dans la mémoire de Hioka, la voix de Kunimitsu se superposait à celle du commandant Ôgami, son ancien supérieur. Ils avaient eu les mêmes mots. « Je suis un homme qui tient ses promesses. » Dans le silence qui tomba, le lieutenant entendit tout à coup les grillons chanter au-dehors. Il liquida le contenu de son verre.

Dans son uniforme de police froissé, Hioka poussait à fond sa Yamaha SR500. Voulant arriver au plus vite, il l'avait préférée à la Black-Bike de service, moins véloce. Il n'avait pas fermé l'œil de la nuit. Tout avait commencé la veille, aux alentours de midi. Une communication sur les fréquences de la police, tandis qu'il préparait, comme à l'accoutumée, ses rondes de l'après-midi.

« À tous les agents du commissariat d'Hiba. Communication urgente du quartier général de la police de la préfecture. Une prise d'otage est en cours dans le district de Shiroyama. Les faits se déroulent sur le chantier de construction du golf de Yokote, à Nakatsugô. La personne retranchée est un criminel en fuite, Hirô Kunimitsu. Il est sous le coup d'un mandat d'arrêt. Kunimitsu est le chef d'un important gang, le Gisei. Il est accompagné de ses hommes de main. Ils sont lourdement armés. Ils ont pris en otage une femme, probablement une employée du chantier. Attention, ces malfaiteurs sont recherchés pour meurtre. Des forces de police convergent vers les lieux… »

Hioka n'en avait pas cru ses oreilles. Il avait passé le reste de la journée à scruter le poste de télévision et à suivre en simultané la radio et les échanges sur les fréquences de la police. Son corps était comme électrisé. La fréquence de la police n'avait cessé de bourdonner tout l'après-midi.

« Je répète : une prise d'otage est en cours dans le district de Shiroyama. Douze enquêteurs de la Quatrième division de la police de la préfecture font désormais le siège des preneurs d'otage. À tous les agents du district : tenez-vous en état d'alerte. »

Au fur et à mesure que les informations arrivaient, l'inquiétude avait gagné Hioka.

Kunimitsu s'est retranché avec une otage, mais comment la police a-t-elle été avertie ? Pourquoi envoyer des policiers de la Quatrième division d'enquête à Yokote ? Pourquoi n'appellent-ils pas ici ? Est-ce qu'ils savent, pour Kunimitsu et moi ?

Le téléphone avait alors sonné. Le lieutenant avait empoigné le combiné. Il avait déroulé la formule de politesse d'un trait :

— Hioka, poste de police de Nakatsugô, à qui ai-je l'honneur ?

— C'est moi, Kakuta.

La voix du directeur de la section territoriale du commissariat d'Hiba était tendue. Il n'avait pas cherché à masquer son trouble.

— Tu as écouté les infos ?

— Oui, avait dégluti Hioka. C'est vraiment Hirô Kunimitsu, le yakuza en cavale ?

— J'en sais rien, avait tempêté Kakuta. On est en train de collecter des renseignements. En tout cas, les renforts sont en route. Nous avons la consigne d'envoyer tous les agents du commissariat d'Hiba disponibles. Toi, tu restes à ton poste. Allez, à plus tard.

— Une seconde, l'avait arrêté Hioka. Monsieur le directeur, vous ne voulez pas que j'aille sur les lieux ? Je peux y être en un quart d'heure.

— Ne sois pas idiot. Si tu vas à Yokote, y aura plus personne à Nakatsugô. Cette affaire, c'est pas de notre ressort. Ça dépasse même le cadre de la police de la préfecture d'Hiroshima. C'est bon pour l'Agence nationale de la police, tu vois ? Je te laisse, j'ai à faire.

Au moins, Hioka pouvait être rassuré. Dans les rangs de la police, on ne semblait pas soupçonner ses accointances avec Kunimitsu. Kakuta avait raison : qu'il se précipite au golf de Yokote n'avait pas de sens. Kunimitsu était un fugitif recherché par la police nationale.

La quiétude coutumière de Nakatsugô avait été brisée deux heures après l'annonce de la prise d'otage. Au vu des ballets de véhicules de police, les journalistes avaient flairé un événement de grande portée. Des camions-régie avaient débarqué en trombe dans le village. Bientôt chassé par celui de la police, un hélicoptère de la presse avait tournoyé au-dessus de leurs têtes.

Hioka avait tiré au maximum le fil du combiné téléphonique pour l'emporter dans son logement. Installé dans le salon, il n'avait plus quitté des yeux le petit écran. Hormis le canal éducatif de la NHK, toutes les chaînes avaient interrompu leurs programmes pour diffuser en direct les images de la prise d'otage.

Au premier plan, un journaliste, l'air pénétré, racontait ce fait-divers, qui se déroulait dans une campagne jusque-là sans histoire. Hioka avait aperçu en arrière-plan le bungalow où il avait bu du saké avec Kunimitsu. Une bâche bleue, celle sur laquelle ils s'étaient installés, obturait désormais la fenêtre du bâtiment. En haut et à droite de l'écran, un bandeau avait été incrusté : « Prise d'otage par un chef yakuza en cavale ». En studio, un présentateur avait expliqué par le menu la lutte entre la fédération Shinwa et le gang Akashi. Il s'appuyait sur des graphiques et retraçait le cours des événements, depuis le schisme au sein de l'Akashi et l'assassinat de Rikiya Takeda, le quatrième chef du gang. Au téléphone, avec un spécialiste des gangs, ils s'attachaient à approfondir la personnalité du preneur d'otage, Kunimitsu, de son enfance à sa carrière dans le crime organisé.

Hioka avait suivi les images tout en écoutant les

communications sur la fréquence de la police. On avait identifié trois des quatre preneurs d'otage, des criminels sous le coup d'un avis de recherche : Kunimitsu, Takachi et Ido, membres du gang Gisei. Selon toute vraisemblance, l'identité de Kawase échappait encore aux enquêteurs. La personne qu'ils retenaient était Kimura, l'employée que le lieutenant avait déjà rencontrée au chantier. Son visage lui était revenu en mémoire, son rire, sa bouche encadrée d'un rouge à lèvres trop pimpant, et cette dent en or qui étincelait quand elle partait d'un rire généreux.

Cela faisait un mois que Kunimitsu avait fait des confidences à Hioka sur Kitashiba et leur prétendue démarche de conciliation auprès du président Mekama et du chef Isomura. Hioka était resté sceptique sur la version de Kunimitsu. Mais cinq jours plus tard les événements avaient semblé accréditer ses propos. Un coup de filet avait eu lieu à Fuchinami, au nord de la préfecture de Shiga. Une quarantaine d'enquêteurs de la police de la préfecture d'Osaka avaient mis la main sur trois membres du gang Fujimi. Au sein de la fédération Shinwa, ce gang était affilié au gang Asao. Les trois yakuzas étaient recherchés pour leur participation au meurtre de Rikiya Takeda, le chef de l'Akashi. Avec cette arrestation, Kunimitsu ne venait-il pas de donner des gages de bonne foi à Mekama et Isomura ?

Dans la presse, on avait supputé. Un hebdomadaire, dont le crime organisé était le fond de commerce, avait avancé que la Shinwa allait hisser le drapeau blanc et céder à toutes les exigences du gang Akashi. Les conditions imposées serait la dissolution de l'organisation, ainsi que la mise à la retraite du président Naomi Asao et un acte public de contrition, même s'il était de pure façade. Un autre article s'était interrogé sur le sort qui allait être réservé à l'instigateur de l'assassinat de Takeda, Kunimitsu. « Tu nous apportes le petit doigt de Kunimitsu. Nous, ce qu'on veut, c'est sa tête ! » Ces paroles d'un membre anonyme de l'Akashi avaient été reprises en manchette dans un journal à scandale. La volonté de Kunimitsu de trouver une reddition honorable était une chose. Que l'Akashi lui en laisse la possibilité en était une autre.

À n'en pas douter, Kunimitsu venait d'être balancé à la police. Mais par qui, quand et pourquoi ? Dans la tête de Hioka, les nuages s'étaient accumulés. Ses pensées s'étaient éclaircies en fin d'après-midi. Six heures après le début de la prise d'otage, Hioka avait reçu un appel de Karatsu, du commissariat de Kurehara Est. D'après ce que le capitaine lui avait rapporté, la police de la préfecture avait été contactée deux jours plus tôt. L'interlocuteur avait indiqué que des hommes ressemblant trait pour trait aux portraits affichés sur les avis de recherche se cachaient sur le chantier du golf de Yokote. La Quatrième division d'enquête de la police de la préfecture d'Hiroshima avait dépêché douze de ses hommes pour mettre les lieux sous surveillance. Mais ils avaient été repérés par Kunimitsu. Les yakuzas avaient fini par se retrancher dans un bungalow, en prenant une employée en otage, Kimura.

— Hioka, tu risques de te faire taper sur les doigts.

La voix de Karatsu avait baissé de plusieurs tons. Qu'un policier affecté à une antenne rurale ne remarque pas les allées et venues de dangereux criminels dans sa circonscription, cela n'augurait rien de bon pour lui.

— J'affronterai mes responsabilités, avait rétorqué le lieutenant.

— Te bile pas, quand même. Tu recevras peut-être un blâme, mais tes supérieurs aussi. Ils vont noyer le poisson. Tout ça passera.

Karatsu n'avait pas tardé à raccrocher. Il s'était inquiété pour Hioka, alors que toutes les secondes divisions d'enquête des commissariats de la préfecture avaient été mises sur le pied de guerre. Hioka avait eu le temps de le remercier avec chaleur.

Sur les images télévisées, l'effervescence était palpable. Hormis les journalistes, une centaine d'enquêteurs et de membres des forces d'intervention de la police s'étaient pressés autour du chantier de Yokote. L'hélicoptère de la police tournoyait au-dessus du golf. Chassé, celui des médias ne pouvait plus proposer ses plans aériens. Les caméras au sol avaient été repoussées à une centaine de mètres des bungalows. La situation semblait figée. Kunimitsu n'avait pas communiqué d'exigences, ni répondu aux injonctions de la police de libérer son otage.

Le temps s'était écoulé dans cette indécision. À plusieurs reprises, Hioka avait été tenaillé par l'envie de téléphoner à Kunimitsu, au bungalow. Il s'était réfréné, se doutant bien que la police avait mis les lignes du chantier sur écoute.

Les émissions avaient pris fin à minuit. Hioka avait éteint son poste de télévision et basculé vers la radio. Les stations avaient cessé le direct sur la prise d'otage. Elles interrompraient leurs programmes au cas où les événements se précipiteraient.

Les questions s'entrechoquaient dans le cerveau de Hioka. *Comment Kunimitsu s'en sortira-t-il? Kimura sera-t-elle saine et sauve? Qui a téléphoné à la police pour dénoncer les fuyards? La conciliation entre la fédération Shinwa et le gang Akashi a-t-elle des chances d'aboutir?* Elles avaient tournoyé toute la nuit. Hioka n'avait pas quitté son uniforme de la veille. Il avait perdu toute notion du temps. La prise d'otage aurait tout aussi bien pu avoir commencé une semaine plus tôt. Il avait été rappelé à la réalité par la sonnerie du téléphone.

— Hioka? C'est Itsuki.

En tant que directeur de la Quatrième division d'enquête de la préfecture d'Hiroshima, c'était lui qui dirigeait les opérations, en lien avec le directeur de la Première division. Hioka s'était redressé.

— Oui, Hioka à l'appareil.

— Tu peux être à Yokote rapidement? avait interrogé Itsuki sans préambule.

— Dix minutes, avait répondu Hioka, conscient que cela voulait dire oublier le code de la route.

— Tu fais au plus vite. Je t'en dirai plus sur place.

Itsuki avait fait bref. D'un bond, Hioka avait attrapé son casque et la clé de sa moto, accrochée au clou. À l'arrière du poste de police, il s'était précipité sur sa Yamaha SR500.

Une ambiance pesante régnait aux abords du chantier. Une nuée de véhicules, de laquelle émergeaient les fourgonnettes des médias, faisait cercle autour de l'entrée. Des journalistes s'affairaient à leur caméra, d'autres étaient perchés sur des escabeaux. Reflex à la main, les photographes se tenaient aux aguets. Quand ils entendirent le moteur de la Yamaha SR500, tous les représentants de la presse se tournèrent vers Hioka. Il ralentit à leur approche. Voyant son uniforme, la foule se sépara en deux pour le laisser passer.

Il arrêta sa moto devant le ruban de balisage et la mit sur béquille. Il ôta son casque. Du regard, il chercha Itsuki parmi les policiers, de l'autre côté du ruban. Talkie-walkie à l'oreille, le directeur se trouvait près du fourgon de commandement, entouré de ses hommes. Hioka cria son nom et s'élança vers lui. Les enquêteurs qui entouraient Itsuki se troublèrent un bref instant à son approche mais reculèrent d'un pas pour le laisser passer. Itsuki interrompit sa conversation et fixa son regard sur le lieutenant. La prise d'otage semblait une rude épreuve. Visage figé, Itsuki fit un pas en direction de Hioka.

— Kunimitsu a exigé quelque chose.

Hioka avait entendu sur la fréquence de la police que le contact avait été établi et des négociations entamées. Mais que pouvait donc vouloir Kunimitsu ? Itsuki poursuivit à voix basse :

— Il veut t'échanger contre l'employée de bureau.

— Comment ça ? balbutia Hioka. Moi ?

— Oui, toi. Kunimitsu nous a dit qu'il avait déjà aperçu la tête de l'agent de police, au poste de Nakatsugô. Il pense que ce serait bien de l'échanger contre la femme du chantier. Tu te souviens d'avoir vu ce bandit dans les parages ?

— Non, répondit Hioka par réflexe. J'ai honte de le dire, mais je n'avais rien remarqué du tout.

Itsuki hocha la tête et croisa les bras. Il regarda vers le ciel. Le vrombissement de l'hélicoptère se mêlait à la cacophonie ambiante, communications radio, vociférations des policiers et brouhaha des journalistes.

— Pour tout te dire, je préférerais envoyer l'équipe d'intervention. Mais Kunimitsu est un malin. Il doit penser qu'avec toi sous la main il maîtrisera plus facilement la situation.

Oh non, ce n'est pas ça du tout. Hioka repensa aux paroles du yakuza, un mois plus tôt. « Alors quoi ? Tu pensais que j'avais menti pour les menottes ? T'en fais pas. Je suis un homme qui tient ses promesses. » Les médias s'étaient fait l'écho d'une paix prochaine entre les gangs. La conciliation entre la fédération Shinwa et le gang Akashi était en train de fonctionner. Les autorités policières devaient être au courant. *Kunimitsu me demande, parce qu'il va me laisser lui passer les menottes.* Le cœur de Hioka battit la chamade. Il détourna son visage, pour éviter que le directeur lût ses sentiments.

— J'ai pris contact avec l'Agence nationale de

la police, lui dit Itsuki. Ils sont d'accord pour l'échange. Je suis désolé…

Hioka resta sans voix. Itsuki sembla marquer une hésitation.

— Je te demande ça en tant que policier. Il s'agit de sauver la vie d'une civile et de nous… Non, sauver une civile, un point c'est tout. Hioka, je t'en supplie.

Autour du lieutenant, tous s'inclinèrent. Hioka les passa en revue. Ses collègues policiers semblaient moins pencher le buste pour accompagner la prière du directeur que par apitoiement. Une bulle de silence l'entoura comme s'il était déjà sorti de la marche du monde. Il réfléchit. Ses supérieurs devaient penser qu'avec les criminels auxquels ils avaient affaire, qui avaient trois morts à leur actif, Hioka n'avait aucune garantie d'en sortir sain et sauf. Tous semblaient voir en lui un futur policier mort en service. Non que Hioka eût écarté lui-même cette éventualité. Il savait quelles étaient les intentions de Kunimitsu, mais une intervention intempestive des forces spéciales pouvait tout précipiter. Dans sa mémoire dansait le visage du capitaine Tadâki Narita, abattu tandis qu'il montait la garde au domicile du président de la fédération Shinwa. En grand uniforme et képi, il avait occupé plusieurs jours les écrans de télévision.

Dans la poche droite de son pantalon, Hioka fit jouer ses doigts autour du Zippo. Il effleura le motif gravé. Un loup. La voix du commandant Ôgami, son ancien mentor, résonnait encore à son oreille. « Il y a un risque sur cent, mais si quelque chose m'arrivait… Hioka, je te demande… »

Hioka expira un grand coup.

— J'y vais, c'est d'accord.

Itsuki serra les mâchoires et eut un hochement de tête. Du regard, il donna des ordres à un de ses subordonnés. Celui-ci s'accroupit et prit dans un carton des vêtements civils bas de gamme qu'il tendit à Hioka : chemise blanche pliée, pantalon bleu foncé et veste grise, et sur le dessus de la pile une ceinture noire.

— Tu veux bien te changer ? C'est par là.

Ils avaient déjà tout prévu. La police était bien une organisation verticale, dans toute sa splendeur. À aucun moment la hiérarchie n'avait douté : Hioka accepterait la mission. Les autorités n'allaient tout de même pas le laisser prendre la place d'un otage dans son uniforme de policier. Il suivit Itsuki vers un fourgon noir.

Équipement radio et vidéo, réfrigérateur : le véhicule pouvait servir de poste de commandement. Quatre enquêteurs étaient installés à l'arrière du fourgon, deux de chaque côté, sur des banquettes latérales. Ils inclinèrent la tête quand ils virent entrer Hioka, mais ne croisèrent à aucun instant son regard. Assis devant, deux autres policiers restèrent figés comme des statues. Ils avaient dû jeter un coup d'œil furtif dans le rétroviseur intérieur. Itsuki s'assit, tandis que Hioka se changeait. Il enfila chemise et pantalon, puis passa la ceinture. C'était un modèle banal, avec une boucle métallique argentée. Il empocha son paquet de cigarettes et son Zippo dans la veste civile, qu'il enfila. Il prit place face à Itsuki.

— Hioka, dit alors le directeur d'une voix à peine audible.

Le lieutenant dut rapprocher son visage pour l'entendre. Le regard d'Itsuki fuyait vers son ventre.

— Un micro est installé dans la boucle de ta ceinture. Ne t'en fais pas, on saura ce qui se passe une fois que tu seras entré.

Son regard accrocha celui de Hioka.

— Si on sent que ta vie est en danger, on envoie l'équipe d'intervention. Ce n'est pas moi qui en déciderai. C'est entre les mains du directeur de la Première division d'enquête. Il sait ce qu'il fait. Il saura prendre la bonne décision. Encore une chose : si tu vois partir une grenade éclairante, tu baisses tout de suite la tête et tu te mets à l'abri. C'est compris ?

— Compris, bredouilla Hioka.

La radio se mit à cracher.

« Équipe quatre. Une silhouette à la fenêtre du bungalow. La bâche bleue posée sur la fenêtre a bougé. Les preneurs d'otage nous observent. Identification de l'individu impossible. »

— Hioka, souffla Itsuki. Ne meurs pas, veux-tu ? Je ne suis pas venu ici pour la cérémonie d'adieu d'un subordonné. Tu reviens sain et sauf, tu m'entends ?

Dans le fourgon, les mines étaient fermées, les lèvres serrées. Hioka se vit comme dans un film consacré à la guerre du Pacifique, quand les mécanos saluent une dernière fois le pilote qui va grimper dans son Zero, avec dans le réservoir simplement de quoi faire un aller.

« Message téléphonique des preneurs d'otage. Ils exigent que l'échange ait lieu dans l'heure qui suit. Je répète : les otages exigent que l'échange avec le policier ait lieu dans l'heure qui suit. Sinon, leur proposition ne sera plus valable. »

Hioka comprit qu'une ligne directe avait été installée avec les ravisseurs. Il se leva.

— J'y vais maintenant.

Itsuki baissa la tête. Son menton touchait presque sa poitrine. Hioka descendit du fourgon, suivi de tous ses occupants.

Il leva les yeux vers l'hélicoptère de la police. Un homme s'approcha. C'était le directeur de la Première division d'enquête, le commissaire Ryôzô Nihei. Hioka le reconnut d'emblée. Il avait vu son visage à plusieurs reprises dans les publications internes de la police et dans les journaux. Il le rencontrait en chair et en os pour la toute première fois.

— Vous êtes le lieutenant Hioka ? s'enquit-il en s'immobilisant.

Hioka se mit au garde-à-vous et le salua.

— Je compte sur vous, lieutenant.

Nihei lui tapota l'épaule, recula d'un pas et pivota sur les talons. Un subordonné lui tendit un combiné téléphonique, après avoir composé un numéro.

— Nihei à l'appareil, du siège de la police de la préfecture. Notre agent du poste de police de Nakatsugô se dirige vers le bungalow. Nous sommes bien d'accord : il s'arrête à dix mètres de la porte et vous procédez à la libération de votre otage, entendu ?

Le commissaire dut avoir la confirmation de Kunimitsu à l'autre bout du fil. Il termina sa communication. Hioka se retourna vers Itsuki. Celui-ci indiqua le bungalow d'un mouvement de tête, cela signifiait à Hioka d'y aller. Le lieutenant opina, regard braqué vers le bâtiment où étaient retranchés les criminels. Sans le vouloir, ses collègues avaient formé un semblant de haie d'honneur, qui courait sur quelques dizaines de mètres. Le reste du chemin était à découvert. Des agents, des enquêteurs, des membres des forces d'intervention et des policiers en civil se tenaient en rang, bras sur les flancs et en position de garde-à-vous.

Hioka leva une nouvelle fois les yeux au ciel. Un bel après-midi automnal, sans un nuage. Une nuée d'oiseaux passa tout près. Il ignorait le nom de cette espèce. Au fond du panorama, les montagnes s'étaient parées de teintes ocre et rouges. Il posa la main sur la poche de sa veste. Il vérifia la présence du Zippo à l'effigie de loup. Il prit une inspiration et entama son parcours. La haie d'honneur ménageait une voie d'une vingtaine de mètres de large. Ses collègues saluaient un à un à son passage. Au loin crépitèrent les flashes des photographes.

Pas à pas, le lieutenant se rapprochait de Kunimitsu.

Au moment où Hioka dépassait le dernier de ses collègues, la porte du bungalow s'ouvrit. Le visage de Takachi apparut dans l'entrebâillement. Son regard aiguisé, reconnaissable entre mille, semblait plus affûté encore qu'à l'ordinaire. Il avait noué une mince serviette blanche sur son crâne. Il brandit un Colt Python au travers du chambranle et l'agita en direction des policiers. Hioka continua à avancer à pas mesurés.

— Tu t'arrêtes ici! cria Takachi quand il fut à une vingtaine de mètres du bungalow.

Hioka s'immobilisa. Dans son dos, la tension dans les rangs de la police était palpable. Takachi s'était effacé. À sa place apparut Kimura, visage livide, le canon du Colt Python sur la tempe. Carré derrière son bouclier humain, Takachi fit trois ou quatre pas à l'extérieur en empoignant la secrétaire par le col de son chemisier. Kimura semblait exsangue, au bord de s'évanouir. Hioka entendit derrière lui les déclencheurs des appareils photo. *Surtout, ne l'encouragez pas*. Il se tourna pour intimer aux photographes de cesser. Les forces d'intervention avaient brandi des boucliers en duralumin en guise de protection. Hioka aventura son regard sur le toit du bungalow voisin. Des têtes dépassaient, sans doute les tireurs d'élite de la police de la préfecture. Ils n'attendaient qu'un signal pour faire feu. Il songea à la boucle de sa ceinture, aux enquêteurs qui dans le fourgon, grâce au micro, devaient suivre à la seconde sa moindre respiration.

Takachi avait passé un bras autour du cou de Kimura et pressé le canon de son revolver sur sa tempe. L'employée eut un cri muet. Le yakuza avança encore de deux pas. Dans l'encadrement de la porte avait surgi Ido, qui épaulait un fusil automatique pour protéger leurs arrières. Sans doute un Browning. De la pointe de son Colt Python, Takachi fit signe à Hioka.

— Viens par ici !

Le lieutenant n'était plus qu'à cinq mètres du bungalow et à deux pas de l'otage. Il avait levé les mains pour montrer qu'il n'était pas armé. Takachi fit signe à Ido. Il s'approcha et fouilla Hioka de sa main libre. Il se tourna ensuite vers son complice et fit un signe affirmatif de la tête

— Avance ! intima Takachi après avoir regardé de droite et de gauche.

— D'accord, répondit Hioka avec la sensation de redécouvrir sa propre voix après une éternité.

Le lieutenant était maintenant à hauteur de Takachi et de son otage. Le yakuza écarta le canon de son revolver de la tempe de Kimura pour le braquer sur celle de Hioka. Il donna dans le même temps une poussée à l'employée. Elle faillit trébucher et se retourna d'un air épouvanté. D'un geste de son fusil, Ido indiqua qu'elle pouvait filer. Kimura déglutit et se mit à chanceler sur une dizaine de mètres. Elle avait du mal à marcher tant ses genoux tremblaient. Puis elle s'élança, comme un ressort sorti de son logement. Le mur de boucliers s'ouvrit. Kimura disparut dans la brèche.

D'un nouveau signe de menton, Takachi avait ordonné à Ido de saisir Hioka. Il immobilisa les bras du lieutenant dans son dos et se servit de lui pour protéger leur repli vers le bungalow. Tiré vers l'arrière, Hioka tituba. Takachi braquait toujours son revolver sur sa tempe, et reculait avec lui. Policiers et journalistes étaient en effervescence. Des gyrophares tournaient au loin. Kimura serait conduite à l'hôpital. Elle n'avait selon toute vraisemblance aucun dommage corporel, mais avait subi une épreuve psychologique. Tel que Hioka le connaissait, Kunimitsu n'était pas du genre à porter atteinte à la vie des honnêtes citoyens.

Ido attrapa le lieutenant par le col de sa veste et le poussa à l'intérieur du bungalow. Hioka entendit les échos de la télévision. La prise d'otage était retransmise en direct. Le canon du revolver de Takachi fut le dernier à entrer dans le bureau. Celui-ci ferma la porte derrière eux et poussa un grand soupir.

— Enfin, te voilà !

La voix de Kunimitsu venait de retentir. Hioka posa l'index sur sa bouche. De celui de la main gauche, il désigna la boucle de sa ceinture. Kunimitsu comprit en une fraction de seconde. Il reprit sur une autre tonalité :

— Te voilà, monsieur l'officier ! C'est quoi, ton nom ?

— Je m'appelle Shûichi Hioka.

— Si ça ne te fait rien, je me permets de te fouiller. On ne sait jamais.

Kunimitsu fit un mouvement de menton en direction de Takachi. Son subordonné prit un malin plaisir à la comédie. Il palpa Hioka de la tête aux pieds. Il pouffa en arrivant à ses chevilles.

— Même en pleine cambrousse, un flic reste un flic ! s'écria Takachi. On a intérêt à se méfier. Allez, tu te déshabilles.

Hioka s'exécuta et se retrouva en sous-vêtements.

— On va quand même lui épargner le french cancan, non ? s'esclaffa Kunimitsu.

À l'intérieur du bungalow, les rires fusèrent. Dans le milieu carcéral, le cancan faisait référence à une fouille. On devait lever un genou. C'était pour mieux écarter les fesses et voir si on ne cachait rien dans son rectum. Hioka n'avait pas le cœur à ce genre d'humour. Il savait qu'à chaque instant les forces spéciales pouvaient décider d'intervenir. Leur objectif prioritaire était le maintien de l'ordre. Elles ne tireraient pas à l'aveuglette, mais Hioka n'était pas à l'abri d'une balle perdue. Dans la Première division d'enquête en revanche, et plus encore dans la section des crimes spéciaux, la priorité était l'arrestation des criminels. Préparés de longue date à mourir, les yakuzas n'avaient cure de tout ça. Ils étaient tout insouciants.

— Tu vérifies aussi la boucle de sa ceinture, ordonna Kunimitsu.

Takachi sortit un poignard d'un étui qu'il portait à la taille et força la boucle de la pointe de la lame.

— Mais, dis-moi, qu'est-ce que c'est que ça ? Tu te moques de nous ?

Takachi avait hurlé, le microémetteur à bout de bras.

— Du calme ! Restons calmes, le radoucit Kunimitsu. C'est normal après tout. Un policier, ça fait des trucs de policier.

— Mais enfin, boss !

Takachi prenait son rôle à cœur. Il se révélait bon comédien.

— M. Hioka est notre invité, reprit Kunimitsu. Nous devons prendre bien soin de lui. Kôzô, donne-lui des habits à moi.

Kawase alla prélever une chemise dans un sac, ainsi qu'une veste et un pantalon unis, emballés dans du papier de soie. Il les tendit à Hioka en inclinant la tête. Le lieutenant vit que le costume gris était de bonne facture, fabriqué au Japon. Il s'habilla. Les habits lui allaient comme un gant. Il fit transiter le paquet de cigarettes et le Zippo dans la poche de son veston.

— Ça te va bien, tu es tout beau comme ça ! apprécia Kunimitsu en se frottant le menton. Keiji, tu me balances cette camelote.

Ido ramassa les vêtements dans lesquels Hioka était arrivé. Il fit tourner les verrous de la porte, l'entrebâilla et les jeta au-dehors de toutes ses forces. Puis il referma et verrouilla. Il se retourna, claqua ses mains comme s'il venait de se débarrasser de quelque chose de répugnant. La bonne humeur de Kunimitsu sembla être passée. Ses yeux jetèrent des éclairs vers le microémetteur. Il regarda Takachi, qui comprit. Le grand finale qui mettait fin à la représentation.

— Quel sale cadeau tu nous as apporté ! Une vraie saleté !

Du talon, Takachi pilonna le microémetteur. Dans les casques, les oreilles des policiers durent en avoir pour leur comptant.

— Voilà ! Tout est nickel maintenant, enchaîna Kunimitsu, avec le ton relax de celui qui sort de la douche. Allez, assieds-toi.

Kunimitsu prit sa place habituelle à la table basse. Hioka disposa son coussin dans la diagonale, à sa droite.

Par où vais-je bien pouvoir commencer? Il sortit une cigarette, pour se laisser le temps de réfléchir. Kunimitsu arrêta son geste un instant, comme s'il lisait en lui à livre ouvert.

— Tu auras mille questions à me poser, mais plus tard. Pour le moment, on va prendre un bon café. Keiji !

— Tout de suite.

Ido se précipita au coin cuisine. Kunimitsu sortit à son tour une cigarette. Kawase se précipita pour l'allumer, et celle de Hioka dans la foulée. Le lieutenant aspira la fumée, jusqu'à ce que la nicotine emplisse ses poumons. Il en eut presque un vertige ; c'était la première de la journée. Son regard tomba sur le téléviseur posé au sol. La retransmission en direct de la prise d'otage s'était interrompue pour une page de publicité. Kawase avait bondi près de la fenêtre.

Il écarta la bâche bleue pour scruter les mouvements à l'extérieur. Hioka comprit : si les policiers donnaient l'assaut, ce ne serait pas pendant le direct, mais durant la pub. Les yeux de Hioka glissèrent vers le coin cuisine, sur l'arrière du bâtiment. La fenêtre en était obturée par des planches. L'assaut ne viendrait sans doute pas de là. Le bungalow était adossé à flanc de montagne.

Le bruit d'une bouilloire s'éleva dans la pièce. Selon toute hypothèse, on ne leur avait coupé ni gaz, ni eau, ni électricité. Ido revint avec deux tasses et deux assiettes, sur lesquelles étaient posées des serviettes chaudes. Avec cérémonie, il en tendit une à Kunimitsu, puis déposa une tasse devant lui. Il fit de même pour Hioka.

— Veuillez m'excuser, il s'agit de café instantané.

Sur le rebord de la soucoupe destinée à Hioka, Ido avait déposé un bâtonnet de sucre et une dosette de crème. Le lieutenant remarqua que Kunimitsu prenait le sien nature. Le yakuza s'était essuyé les mains avec la serviette chaude. Il écrasa son mégot dans le cendrier et prit une gorgée de café. Il poussa un soupir et se tourna vers Hioka.

— Maintenant, c'est l'heure de tes questions. Tu m'excuseras, mais j'ai un dernier truc à faire pour qu'on soit tranquilles.

Kunimitsu avait attrapé le combiné du téléphone.

— C'est moi, Kunimitsu.

Sa voix prit des accents menaçants. Il semblait que la police avait demandé à l'opérateur téléphonique national, la NTT, de basculer la ligne du chef de chantier. Dès qu'on décrochait, on tombait sur les policiers qui faisaient le siège du golf.

— Passez-moi votre responsable.

Quelques secondes s'écoulèrent. On était parti chercher le directeur de la Première division.

— Nihei ? Kunimitsu en ligne. Je vais te donner nos conditions. Tu vas bien écouter, parce que je ne vais pas te les dire deux fois.

Le yakuza s'interrompit. Il ficha une cigarette entre ses lèvres et cligna des yeux en direction de Takachi. Son subordonné brandit son briquet. Kunimitsu prit une bouffée et enchaîna, avec la tranquillité de celui qui commande une pizza au téléphone.

— Trois cents millions de yens. En petites coupures. Pour demain.

Sans doute aussi incrédule que Hioka, Nihei avait dû malgré tout demander à Kunimitsu de répéter.

— Trois cents millions, c'est trois cents millions ! Me fais pas le coup des billets neufs. Petites coupures usagées. Quoi ? Tu plaisantes ? On n'attendra pas aussi longtemps. Demain, je te dis. On va finir par le buter, votre gars.

Kunimitsu taquina Hioka du regard.

— Tant que tu y es, Nihei, tu nous prépares un véhicule blindé, ajouta-t-il avec théâtralité, soufflant la fumée vers le plafond. Du costaud, qui résiste aux impacts de mitrailleuse. Tout ça pour demain 15 heures. Si tu es en retard, même d'une seule minute, je ne donne pas cher de la vie de votre officier. T'as compris ? Alors va vite consulter ton cher Iguchi. Souviens-toi que ma patience a des limites !

Kunimitsu raccrocha et écrasa sa cigarette avec un large sourire. Le commissaire Nihei devait déjà être en train de composer le numéro de Tadaoki Iguchi, chef de l'Agence nationale de la police.

— Vous n'êtes pas sérieux ? interrogea Hioka.

— Tu comprends où je veux en venir, répondit Kunimitsu dans un haussement d'épaules. Tout ce que je veux, c'est gagner du temps. Ils vont nous ficher une paix royale. Une vie humaine est en jeu, que veux-tu, et qui plus est celle d'un de leurs collègues !

Kunimitsu avait visé juste. Pour le véhicule blindé, cela pouvait aller assez vite. En revanche, les autorités auraient bien besoin de ce délai pour rassembler la somme qu'il réclamait, en petites coupures usagées. Cela passait par l'accord du grand chef de la police.

— Maintenant, nous y sommes pour de vrai, reprit Kunimitsu. (Il porta sa tasse de café à la bouche et encouragea Hioka du regard.) Quelles sont tes questions ?

— Pourquoi me demander de me déshabiller ? réagit Hioka à brûle-pourpoint.

— Drôle d'entrée en matière ! s'amusa Kunimitsu. Mais on devait vérifier. Des micros, on peut en mettre ailleurs que dans une boucle de ceinture. On vend des trucs miniatures, qui peuvent se loger dans le bouton d'un veston. Nous étions obligés de passer tes habits au peigne fin.

La vivacité d'esprit de Kunimitsu impressionna une nouvelle fois Hioka. Il était convaincu par sa réponse. Le lieutenant but une gorgée de café. Il était froid. Lui aussi le préférait nature.

Quand il sentit l'amertume du café dans sa gorge, il eut envie d'une cigarette, qu'il alluma avec son Zippo. Il cracha la fumée au-dessus de lui, puis descendit le regard vers Kunimitsu.

— Dites-moi tout. Comment vous en êtes arrivés à cette prise d'otage ?

— Il était quelle heure, déjà ? s'interrogea Kunimitsu.

Il avait hoché la tête et fait jouer sa tasse entre ses doigts.

— Hier ? rebondit Takachi. Onze heures, il me semble.

— C'est ça, il était 11 heures, hier. Kimura est venue m'apporter le courrier. C'était une lettre de ma femme, qu'elle m'a adressée ici au nom de « Monsieur Yoshioka ». Au même moment, Kôzô est revenu de la corvée des toilettes, l'air inquiet. Il m'a dit qu'il avait vu des gars louches inspecter les parages. Je lui ai demandé à quoi ils ressemblaient. Kôzô pensait que ça pouvait être des types de l'Akashi. Mais moi, je les connais ces zozos. Ils ne se seraient pas contentés de regarder, ils auraient attaqué. Pour avoir une apparence aussi malhonnête, ça devait être des Violences. Dans le jargon du Kansai, c'est comme ça qu'on appelle les policiers de l'antigang. Bref, on sort avec Yôichi pour en avoir le cœur net. C'étaient bien des flics. On voyait même les écouteurs à leurs oreilles ! On s'est barricadés, Yôichi a alpagué Kimura…

Takachi grimaça et se gratta la tête.

— Je sais, tu t'es excusé auprès d'elle, s'adoucit Kunimitsu. Toujours est-il que Keiji et Kôzô ont saucissonné Kimura vite fait. Elle était sidérée, la pauvre. Les yeux lui sortaient du visage ! Elle n'avait pas pensé une seconde qu'elle pouvait évoluer au milieu de dangereux criminels, tu imagines ?

Hioka se figura l'ébahissement de l'employée, bouche pendante. En tout cas, l'histoire de Kunimitsu se tenait.

— Quand la police a-t-elle compris qu'il s'agissait d'une prise d'otage ?

Kunimitsu fit un geste de la main pour lui demander de patienter. Il avala le reste de sa tasse de café, prit une cigarette et fit un geste du menton. Il aspira une bouffée et enchaîna au milieu de la fumée.

— J'ai dit à Yôichi de prendre un flingue et d'aller avec Kimura se montrer aux flics. Vas-y, répète ce que tu leur as crié !

— Patron, non, ça va comme ça…

Takachi avait rougi jusqu'aux oreilles. Kunimitsu imita sa voix.

— « Écoutez-moi bien ! Nous sommes des membres du gang Gisei. Nous sommes recherchés par la police. Nous avons pris une employée du chantier en otage. Si vous faites quoi que ce soit… vous n'aurez plus jamais… aucune promotion ! Jusqu'à la fin de vos jours ! »

Kunimitsu pérorait. Hioka ne sut quoi dire. Il imagina la surprise des policiers, qui étaient tombés nez à nez avec les malfaiteurs les plus recherchés du pays. C'était comme de gagner à la loterie avec un billet acheté sur une inspiration subite.

— Que s'est-il passé ensuite ? relança Hioka. Il eut beau s'efforcer de sourire, les muscles de sa mâchoire se crispèrent à l'évocation des événements.

Kunimitsu rejoua la scène, en mimant chacun des gestes.

— On a entrouvert la porte et passé la tête au travers, pour que les flics puissent nous identifier.

Ça leur a donné l'occasion de voir mon visage de beau gosse !

Au sol, la télévision diffusait à nouveau le direct de la prise d'otage sur la chaîne nationale. Hioka ne parvint pas à fixer son attention sur le commentaire des journalistes. Accroupi, les bras appuyés sur un genou, Kawase semblait attentif à ce qui se passait sur l'écran. Hioka regarda vers la fenêtre, puis revint à Kunimitsu.

— Comment a réagi Mme Kimura ? Elle s'est retrouvée ligotée et en plus vous l'avait donnée en spectacle.

— Cette femme, elle a du caractère ! siffla Kunimitsu. On lui a dit qu'on était des yakuzas, qu'on avait tué des gens, mais elle ne voulait pas y croire. Ce qu'on lui disait, elle s'en moquait !

L'être humain ne renonçait pas facilement à ses sentiments. Hioka se souvint des éloges que Mme Kimura lui avait faits sur Kunimitsu, Ido et Takachi. Ceux qu'elle connaissait sous les patronymes de Yoshioka, Naitô et Kakuta, et trouvait si gentils.

Takachi regarda sa montre et s'adressa à Ido :

— Va le remplacer !

Ido se dirigea vers la fenêtre et indiqua d'un signe de tête à Kawase qu'il prenait le relais. Kawase s'inclina vers son aîné et rejoignit la table basse. Il s'assit à la place qu'occupait Ido. Il avait une barbe naissante et les yeux rougis. Hioka se rendit compte que c'était aussi le cas de Kunimitsu et de Takachi.

— Vous n'avez pas du tout dormi depuis hier ?

— Non, confirma Kunimitsu. Mais on dirait que toi non plus !

Hioka porta machinalement la main à son menton. Sous les doigts, la peau était rêche. Ce matin, il n'avait même pas pris le temps de se passer le visage à l'eau. En face de lui, Takachi eut un sourire amer.

— On a l'habitude de ce genre de chose.

Hioka avait entendu dire que les yakuzas étaient coutumiers des nuits blanches, qui plus est quand ils faisaient des tours de garde au quartier général. Ils vivaient sur le qui-vive, ne dormaient que sur une seule oreille.

Sur le plateau télévisé, le journaliste commentait la prise d'otage. Il la comparait à celle du chalet Asama, en 1972.

Durant une dizaine de jours, les membres de l'Armée rouge unifiée s'étaient barricadés dans un chalet de montagne avec une otage, finalement libérée.

— Vous pensez tenir combien de temps comme ça ?

— J'en sais rien, répondit Kunimitsu en croisant les bras. Peut-être jusqu'à demain midi.

— Comment ça, demain midi ?

— C'est demain qu'a lieu la réunion de conciliation au siège du gang Akashi, à Kobe. Ils y seront tous : mon patron, le président de la fédération Shinwa, le président Mekama et le chef Isomura. Ça commence à 10 heures et il y en a pour une heure, sauf surprise de dernière minute. Quand les voitures d'Asao et de Père ressortiront du quartier général de l'Akashi, cela voudra dire que la cause est entendue. Ce sera le bout du chemin pour moi.

« Sauf surprise de dernière minute. » Kunimitsu avait donc prévu une marge dans le délai qu'il avait fixé aux forces de police.

Il pense à tout. C'est vraiment un animal à sang froid. Hioka vit sur l'écran de télévision que le soleil s'était couché. Les montagnes étaient plongées dans l'obscurité. Le bungalow était sous le feu des projecteurs.

— Je peux vous poser une question ?

— Une seule ? sourit Kunimitsu. Plusieurs, si tu veux.

— Pourquoi vous avez tué un des lieutenants de l'Akashi en 1980 ? C'était pour une affaire de rivalité dans le trafic de meth, c'est ça ?

— Parce que tu crois ces conneries que raconte la presse ?

— Le patron n'est pas responsable de ce qui est arrivé ! hurla Takachi. C'est cette ordure, qui continuait sous notre nez à fourguer de la meth à nos juniors. On lui a demandé plusieurs fois d'arrêter. Le patron l'a prévenu qu'à la prochaine il lui ferait la peau. Cette vermine…

— Yôichi, calme-toi ! intima Kunimitsu. C'est du passé désormais.

Takachi baissa la tête et se mordit les lèvres. Sa rage couvait. Même s'il avait bénéficié d'une libération conditionnelle, son boss avait passé cinq ans en prison.

— Quelle heure est-il ? demanda Kunimitsu.

Takachi releva la tête et regarda la pendule murale par-dessus l'épaule de son chef.

— Dix-huit heures.

— C'est pour ça que j'ai faim !

Kunimitsu n'eut qu'à jeter un regard à Kawase. Celui-ci alla prendre son quart à la fenêtre.

— Grand Frère, je te remplace.

Ido s'inclina et se dirigea vers la table basse.

— Keiji, fais-nous quelque chose de bon ! s'anima Kunimitsu.

— Entendu !

Ido se courba, puis se précipita vers le coin cuisine.

Vingt minutes plus tard, des boulettes de riz au poisson grillé et une assiette de légumes sautés faisaient leur apparition sur la table basse.

— Je n'ai pas les ingrédients qu'il faut pour faire mieux, s'excusa Ido.

De la cuisine, les odeurs de caramélisation de la sauce soja avaient réveillé l'estomac de Hioka. Il n'avait rien avalé depuis le matin. Son ventre gronda, la salive emplit sa bouche. Il prit une boulette de riz, qu'il mordit à pleines dents.

— Hum, c'est bon ! marmonna-t-il.

— N'hésitez pas à me dire si vous en voulez plus, se réjouit Ido. J'en ai préparé une grande quantité au moment où on s'est retranchés. On n'a qu'à se servir dans le congélateur.

— C'est à l'huile de sésame ? demanda Kunimitsu après avoir goûté aux légumes sautés.

— Oui, ça ne vous plaît pas ? s'inquiéta Ido face à son sourcil dressé.

— Mais si, bien au contraire.

Hioka piocha à son tour dans la montagne de légumes. Il porta les baguettes à sa bouche et sentit la discrète odeur de sésame. Ido cuisinait comme un vrai cordon-bleu. Le lieutenant dévora quatre boulettes de riz. Il était repu. Il sirota une tasse de thé. Pendant un instant, il oublia qu'il était otage et que l'ambiance dehors était plutôt à la fébrilité.

L'information en direct avait laissé place depuis une heure aux jeux télévisés. Il était 20 heures. Des candidats tentaient de répondre à une série de questions. Pour tenir les téléspectateurs au courant du déroulement de la prise d'otage, un bandeau d'information masquait le bas d'écran. À tout moment, on pouvait rebasculer en « live ».

— Des conneries, tout ça… soupira Kunimitsu.

Il réprima un bâillement et mit une cigarette à sa bouche. Takachi se précipita pour lui proposer du feu. Hioka tendit la main vers les siennes. Son paquet sonnait creux. Il le broya après en avoir extrait sa dernière Hi-lite. Il repoussa le geste de Kawase et l'alluma avec son Zippo.

— Si t'aimes les Seven Stars, on a ce qu'il faut, l'informa Kunimitsu. C'est un trou paumé ici, on avait fait tellement de réserves qu'on pourrait ouvrir notre propre débit de tabac !

Sur un geste du menton, Kawase se dirigea vers le coin cuisine. Il ouvrit le tiroir d'un meuble et en sortit une cartouche de cigarettes, qu'il tendit à Hioka avec des gestes solennels.

— Patron, puis-je fumer moi aussi ? questionna Takachi.

— Je n'ai pas besoin de te le dire. Tu fumes quand tu en as envie. Vous aussi d'ailleurs.

Hioka n'avait encore jamais vu les subordonnés de Kunimitsu avec une cigarette aux lèvres. Ils devaient se retenir. Ils en prirent chacun une et l'allumèrent, dans un seul mouvement, accompagné d'un chœur de remerciements.

Kawase acheva son quart à minuit.

— Kôzô, tu dois avoir sommeil, lui dit Kunimitsu. Va donc dormir un peu.

— Ça va, patron. Kawase avait secoué la tête avec vigueur. Mais vous, vous devez vous reposer. Je vous en prie.

— Il a raison, renchérit Takachi. Allez vous allonger. Nous, on se charge de surveiller. On garde l'œil bien ouvert.

— Qu'est-ce que vous me racontez, tous les deux ? C'est vous qui devez vous détendre. Dormez à tour de rôle, et ne vous inquiétez pas pour la police. Tant qu'on a un aussi bel otage !

— En parlant d'otage, pouffa Takachi, vous vous souvenez de la tête de Kimura, quand le patron lui a donné sa montre ? Elle a fait une de ces trombines !

— Une Rolex, précisa Kunimitsu. Au bas mot, elle peut la revendre autour d'un million de yens.

— Un million pour une montre ? s'étonna Hioka. Mais pourquoi la lui avoir donnée ?

— Au cas où, rétorqua Kunimitsu. Comme ça, elle n'aura pas l'idée de se montrer trop bavarde avec la police.

Le prix du silence. Le boss yakuza avait échafaudé son plan en ne négligeant aucun détail. Hioka se souvint d'une phrase qu'il avait lue dans le dernier article de l'enquête du *Geinô Hebdo* sur la guerre Meishin : « Hirô Kunimitsu a été dans sa jeunesse un élément prometteur du gang Akashi. » Ça tenait aussi à ce genre de qualité : tout prévoir.

D'un bout à l'autre de la nuit, aucun d'eux ne ferma l'œil. Au matin, ils se débarbouillèrent à l'évier et n'eurent que du pain en guise de petit déjeuner. La bonne humeur s'était engourdie. Le journal télévisé de 9 heures commença. Le présentateur était au centre du plateau, entouré de chroniqueurs qui s'inclinèrent au moment où il prit la parole. Le sourire s'effaça vite des lèvres du journaliste vedette.

— Bonjour. Nous commençons avec le direct sur la prise d'otage de Yokote. J'appelle nos correspondants sur place. Vous m'entendez ? Quelles sont les dernières nouvelles ?

La régie bascula sur les images du chantier. La caméra s'offrit un panoramique depuis le paysage montagneux. Un bandeau s'afficha en bas de l'écran : « Faits-divers : un otage retenu par les yakuzas. » En plan d'ensemble, on voyait des agents en uniforme et en civil, attroupés autour de véhicules de police.

— C'est qu'ils sont plutôt nombreux, mâchouilla Kunimitsu.

Comme il ne se passait rien à Yokote, l'émission avait suivi son cours. On traitait maintenant de la rubrique « Célébrités ». Il était 9 h 50. Une tension s'installa sur le plateau.

— Nous sommes désolés d'interrompre cette rubrique. Mais nous devons partir en direct à Kobe. Nous retrouvons là-bas notre envoyé spécial, qui se trouve devant le quartier général du gang Akashi. Sasaki, vous m'entendez ?

Sur l'écran, Hioka reconnut le QG de l'Akashi. Il l'avait vu à de nombreuses reprises dans les magazines. Les journalistes et les forces anti-émeutes se pressaient autour de la grille d'entrée. Au bout de l'allée, la bâtisse des yakuzas avait l'allure d'une maison traditionnelle de samouraï.

Micro à la main, le reporter appuya un index sur son oreillette et haussa le ton. Il avait la tête rentrée dans les épaules. Dans la mêlée des journalistes, il devait jouer des coudes pour pouvoir rester dans le cadre.

— Oui, je vous entends. Sasaki, devant le siège du gang Akashi. On s'attend d'une minute à l'autre à l'arrivée du président de la fédération Shinwa, la principale organisation d'Osaka.

En arrière-plan, les gardes du corps de l'organisation et les policiers échangeaient des noms d'oiseaux.

— Mais tu vas reculer, crétin ! Recule, abruti !

L'agent de police se reconnaissait à son cheveu ras et à son gilet pare-balles.

— Oh, mais on va utiliser un autre ton !

Dans leurs tenues sombres, les yakuzas arboraient une expression narquoise. En fermant les yeux, on ne pouvait plus dire quelle voix appartenait à qui. Pas étonnant que les policiers soient baptisés les Violences par les yakuzas, après tout.

L'envoyé spécial Sasaki se dressa sur la pointe des pieds. Des coups de klaxon retentissaient. L'excitation était montée d'un cran.

— Les voici qui arrivent ! J'en compte une, deux, trois, quatre ! Oui, quatre grosses berlines noires s'avancent et franchissent le portail. J'aperçois une plaque d'immatriculation de Kobe. C'est probablement celle de Naomi Asao, le président de la fédération Shinwa. Et là une Toyota Century, elle aussi immatriculée à Kobe. Je ne sais pas qui s'y trouve, un haut dirigeant à n'en pas douter…

— C'est la voiture de mon patron ! s'écria Kunimitsu.

Il se frotta les mains.

Le journaliste avait baissé les yeux sur ses fiches.

— Voici comment les choses vont se dérouler. Le gang Akashi et la fédération Shinwa sont à la recherche d'un accord de paix. Ils se réunissent pour la conciliation. Les deux arbitres sont les patrons respectifs des fédérations Shimozuru et Kantô Jôdô. S'ils trouvent un accord, les quatre voitures repartiront comme elles sont venues. Rien de plus.

— Sasaki, d'après vos informations, combien de temps cette réunion va-t-elle durer ?

— Selon nos sources, il y en a pour une heure.

— Entendu, on se retrouve donc à 11 heures. À tout à l'heure.

— À tout à l'heure, je vous rends l'antenne.

Une page de publicité leur succéda. Kunimitsu garda les yeux rivés sur l'écran.

— Dis-moi, Hioka, et si tu devenais mon frère de sang ?

— Quoi, comment ça ? Moi ?

La voix de Hioka était partie dans le registre des aigus. Kunimitsu se tourna vers lui et redressa sa colonne vertébrale.

— Oui, mon Frère. Deux frères, sur un pied d'égalité.

Lui et moi, deux frères ? Kunimitsu dardait son regard sur lui.

— J'ai deux Frères qui sont dans un autre business que le mien. L'un s'appelle Sakamaki. Il habite du côté de Kyûshû. Mais tu le connais au moins de nom. C'est lui qui a le permis de construire du golf. L'autre, c'est Michinaga. Il tient un restaurant à Kobe. Pour le coup, lui, il est le véritable frère de ma petite amie, Tomomi…

Hioka perdit le fil. Il ferma les yeux. *Qu'aurait fait le commandant Ôgami dans ma situation ?*

— Mme Tomomi est de Kobe, précisa Takachi. Le patron et elle se connaissent depuis longtemps. C'est notre Grande Sœur à nous.

— Bref, reprit Kunimitsu, j'ai aussi trois Frères dans le milieu. Ils sont de gangs différents. L'un est Ichinose, chef du gang Odani, à Kurehara. Ça, tu le sais déjà. Le deuxième est Tatsuki, du gang Mutsumo, à Kumamoto, sur l'île de Kyûshû. Et le troisième est Akistu, de la fédération Kantô Jôdô. Qu'est-ce que tu en dis de ma proposition, alors ?

Hioka sentit que tous les regards s'étaient braqués sur lui. Il rouvrit les yeux.

— Ne t'en fais pas, le rassura Kunimitsu, tout ce qui se passe ici restera entre ces quatre murs.

Hioka accepta d'un coup de menton.

— Formidable ! exulta Kunimitsu en se frappant les cuisses. Keiji, on a de quoi faire le partage des *sakazuki* ?

— On n'a que des petits verres, s'excusa Ido.

— C'est pas grave, ça ira. Apporte-les.

— Oui, tout de suite !

Ido se précipita à la cuisine et revint avec deux verres sur un plateau. Son visage s'était allongé. Il s'agenouilla et s'inclina tant que son front toucha presque ses genoux.

— Patron, je suis confus. Nous n'avons plus de saké. Je suis désolé…

— Mais ce n'est pas ta faute, l'apaisa Kunimitsu.

— En revanche, il doit nous rester un autre alcool, du shôchû…

Le sourcil de Kunimitsu se releva.

— Mais oui, ça ira bien avec du shôchû.

Les préparatifs furent accomplis en un tournemain. Takachi sortit un drap neuf d'un placard, qu'il incisa avec les dents et déchira par le milieu. Il en étendit un pan sur la table basse. Il porta les verres à hauteur de son front puis les déposa devant

Kunimitsu et Hioka. Près de chaque verre, il posa un carré de papier japonais.

— Faisons les choses simplement, commenta Takachi.

Il s'inclina avec respect, puis saisit la bouteille de shôchû. Il en remplit avec lenteur le verre de Kunimitsu aux deux tiers et fit de même avec celui de Hioka.

— Buvez, d'un seul coup.

Imité par Hioka, Kunimitsu avait porté le verre à son front.

— Allez-y.

Hioka vida son verre cul sec. Il regarda ensuite Kunimitsu, qui avait son verre déjà vide à la main. Ils les enveloppèrent dans le papier japonais et les rangèrent dans la poche intérieure de leur veste. Hioka tapota pour sentir le gobelet sur sa poitrine. Kunimitsu vint l'enlacer. Il le secoua par les épaules.

— Mon Frère ! Désormais, tu me tutoies, c'est promis ?

— D'accord, mon Frère ! expira Hioka d'une voix éraillée.

Kunimitsu souriait avec les yeux.

Les programmes du matin et les publicités passés, il était l'heure des informations de 11 heures. Le présentateur du journal télévisé lisait les dépêches d'un ton cérémonieux.

On traita du départ d'une figure politique nationale pour un voyage officiel à l'étranger, puis on revint aux images du quartier général du gang Akashi.

— Nous sommes dans l'attente d'un possible

armistice dans la guerre entre l'Akashi et la fédération Shinwa. Nous venons de voir partir les véhicules du président Naomi Asao et nous attendons ceux des autres participants. Attention, je vois des voitures qui s'approchent…

— Ça y est ! hurla de joie Kunimitsu.

Sur l'écran, la Mercedes et la Toyota Century franchissaient le portail du siège de Kobe. Des cris retentirent dans le bungalow. Les yakuzas se congratulèrent.

— C'est fini, souffla Kunimitsu. Maintenant, c'est vraiment fini. Bon, les gars, on y va !

Tout avait été préparé au millimètre et à la seconde près. Sans un mot, chacun se mit à la tâche. Kawase fit disparaître le contenu de tous les placards dans un grand sac plastique, tandis qu'Ido se rendit à la cuisine pour brûler dans l'évier des liasses de papier, lettres et télégrammes. Takachi sortit une dizaine de revolvers d'une boîte à outils et entreprit d'en ôter les balles.

Comment je dois réagir maintenant ? Hioka se leva à demi.

— Tu ne bouges pas, mon Frère.

Kunimitsu l'avait agrippé par les épaules et poussé à se rasseoir. Le boss yakuza plongea sa main droite dans son veston et dégaina de son flanc gauche un pistolet Smith & Wesson, calibre 22, qu'il posa sur la table. Une arme produite aux États-Unis ou une édition artisanale ? Il fit glisser l'arme devant Hioka.

— Il faut qu'on mette au point notre sortie.

Mon Frère, je vais te demander de fermer les yeux quelques secondes.

Hioka obtempéra. Il sentit que Kunimitsu avait bloqué sa propre respiration. Dans un mouvement de panique, le lieutenant recula le buste. Une douleur aiguë lui dévora la joue gauche. Hioka s'écroula au sol.

— Mon Frère, je t'avais dit de ne pas bouger !

Hioka porta le bout de ses doigts à son visage. Il était humide. Il rouvrit les yeux et s'aperçut qu'ils étaient couverts de sang. Son regard pivota vers Kunimitsu. Au bout de son bras pendait un poignard. La panique l'avait gagné.

— Qu'est-ce que vous faites, vous autres ! Allez vite me chercher quelque chose pour le soigner.

Takachi enleva le carré de tissu dont il s'était couvert le crâne et le tendit à Hioka. Kunimitsu s'agenouilla à ses côtés et se saisit du tissu pour nettoyer sa joue.

— Ce n'est pas trop méchant, ne t'en fais pas. Mais ça te laissera peut-être bien une cicatrice.

Kunimitsu avait pris une gorgée de shôchû, qu'il n'avala pas. Hioka comprit et ferma les yeux. Une brûlure violente le secoua quand le yakuza cracha les gouttelettes d'alcool sur la plaie. Il attendit quelques secondes de reprendre ses esprits. Il posa la main droite au sol et s'y appuya pour se redresser. De la gauche, il maintenait le tissu en boule sur sa joue.

« Il faut qu'on mette au point notre sortie. » Hioka comprit où Kunimitsu voulait en venir. Il n'était pas imaginable qu'un otage sorte d'un affrontement avec des malfaiteurs armés sans une seule égratignure.

Le chef de gang avait tout planifié, même cette estafilade au visage.

— Ce n'était peut-être pas la peine d'aller jusque-là, hasarda Hioka.

Le boss s'était dressé, mains dans les poches, torse bombé.

— Je ne voulais pas faire une entaille aussi profonde. Bon, on s'en tient à cette version : toi et moi, on s'est battus, je t'ai tailladé avec un poignard. D'accord, mon Frère ?

Hioka approuva.

Au loin, la cloche de l'école primaire de Nakatsugô retentit. Il était midi. La porte du bungalow s'ouvrit avec lenteur sur le visage de Takachi. Il tendit à bout de bras une moitié de drap, en guise de drapeau blanc. Les forces de l'ordre étaient prévenues. Quelques instants auparavant, le lieutenant avait décroché le téléphone.

— Hioka à l'appareil… J'ai réussi à maîtriser les preneurs d'otage… Nous allons sortir, surtout ne tirez pas !

Derrière Takachi suivirent Ido et Kawase, les mains en l'air. Hioka fermait la marche, le canon du Smith & Wesson appuyé sur le cou de Kunimitsu, dont il maintenait le col de veste d'une main ferme. Tout autour d'eux, les policiers s'étaient mis en position de tir. Le silence s'éternisait. Même des professionnels de la parole comme les journalistes restaient interdits, langue pendante. Hioka fit un pas supplémentaire au-dehors. Il jeta un regard oblique sur le toit du bâtiment des ouvriers. Les tireurs d'élite étaient eux aussi prêts à faire feu. Une voix hurla soudain dans le haut-parleur. Celle de Nihei.

— Kunimitsu ! Venez vers nous, les mains en l'air. Au moindre mouvement suspect, on vous abat !

— Je te laisse, on dirait que ça va être ton heure de gloire, mon Frère.

Kunimitsu n'avait pas tourné la tête pour s'adresser à Hioka. Le boss yakuza avança, mains en évidence. Les forces d'intervention convergèrent vers les malfaiteurs. Ils ceinturèrent Kunimitsu et Takachi, puis fondirent sur Ido et Kawase.

— On les tient, on les tient, hurlèrent-ils comme un seul homme.

— Bien joué, Hioka !

Sortie du haut-parleur, l'exclamation d'Itsuki, le directeur de la Quatrième division d'enquête, donna le signal. Un tonnerre d'applaudissements déferla dans les rangs des policiers. Photographes et journalistes ne furent pas en reste.

Un officier de la police de la préfecture se présenta devant Kunimitsu, menottes à la main.

— Vous êtes bien Hirô Kunimitsu ?

Le chef yakuza fit un signe d'assentiment de la tête mais arrêta son geste avec un regard furieux.

— Pas toi ! C'est lui qui doit me passer les menottes.

Il lança un regard vers Hioka, dont le cou était maculé de sang. L'officier se retourna vers le commissaire Nihei, qui acquiesça.

— Oui, c'est à Hioka de lui passer les menottes.

Le yakuza avait tenu ses promesses. Tandis qu'il levait ses poignets face à lui, Kunimitsu eut un imperceptible sourire. Hioka pressa sur les bracelets. Il sentit cliqueter le verrouillage des menottes. Au même instant, un déferlement de flashes tomba sur eux. Prisonnier, Kunimitsu s'avança vers le fourgon cellulaire et se retourna une dernière fois vers Hioka. Son regard était celui d'un frère. Le lieutenant eut un hochement de tête.

— Ça va aller ? dit une voix dans le dos de Hioka. Allez vous faire soigner.

Hioka n'avait pas senti Itsuki s'approcher.

— Entendu, souffla le lieutenant. Je vais bien, ne vous inquiétez pas.

Déjà un infirmier accourait.

— Vous voulez qu'on apporte un brancard ?

— Ça va, je peux marcher.

Hioka avança jusqu'à l'ambulance et leva la jambe vers le marchepied. Une voix l'interpella au lointain, dans la foule des observateurs :

— Monsieur Hioka ! Monsieur Hioka !

La voix de Shôko tremblait de panique. Noyés dans les pleurs, ses mots ne parvenaient pas jusqu'à Hioka.

— Il faut qu'on y aille, s'impatienta l'ambulancier.

Avec ménagement, on hissa Hioka à l'intérieur du véhicule et on claqua les portières. Sirènes hurlantes, l'ambulance se fraya un passage au milieu de la foule des journalistes. Elle bifurqua sur la route nationale et partit à toute allure. Hioka entendit les sirènes de police retentir à leur tour. On devait embarquer Kunimitsu et ses complices.

Dans la poche intérieure de son veston, Hioka vérifia la présence du Zippo. Il tourna son regard vers le hayon arrière de l'ambulance. C'était un vitrage opaque. Il garda le regard braqué dessus.

5

Geinô Hebdo 14 juin 1990

Exclusif :

MEISHIN : LA PIRE GUERRE DES GANGS DANS L'HISTOIRE DU CRIME ORGANISÉ

Par **Akira Yamagishi**

Au moment d'envoyer cet article à l'impression, ce que nous redoutions le plus s'est produit. Un citoyen innocent a été la victime de la guerre des yakuzas. Les faits se sont déroulés dans la préfecture de Hyôgo.

Deux hommes déguisés en livreurs se sont présentés au domicile de Chiharu Kishi, 56 ans, dans le quartier d'Asahi, à Kobe. Ils ont fait feu dès que cet honnête plâtrier leur a ouvert la porte. Son épouse Yôko, 55 ans, a appelé les secours, mais Kishi est mort sur le chemin de l'hôpital. Sa seule erreur aura été d'habiter un appartement dont le précédent locataire était un yakuza affilié à la fédération Shinwa !

Ce nouveau fait-divers sanglant fait réagir l'Agence nationale de la police. Des directives sont données pour assécher les circuits de financement du crime organisé et arrêter ses hauts dirigeants. Cela va dans le sens de la nouvelle loi antigang, que nous évoquions dans notre article de la semaine dernière.

Selon nos sources, l'Agence nationale de la police et le ministère de la Justice veulent recenser les principaux groupes violents qui sévissent dans le pays et entraver leurs agissements.

La seule difficulté à prévoir est l'article 21 de la Constitution, qui garantit la liberté d'association, puisque c'est sous ce régime que se sont créés les différents gangs. Certes, cette nouvelle législation risque de compliquer la tâche des yakuzas. S'ils ne peuvent plus avoir pignon sur rue, deux sources de revenus vont se tarir : le racket de protection et la rétractation forcée de plaignants dans les affaires civiles.

La loi antigang risque donc d'avoir pour effet une sorte de consolidation du milieu, avec la constitution de grandes organisations criminelles monopolistiques. Elles seules auront la puissance suffisante pour survivre. Une autre difficulté s'ajoute. Désormais, la frontière entre les policiers et les malfrats devra être plus claire.

Pendant longtemps, des influences croisées ont existé. Avec la nouvelle loi antigang, il va falloir que l'administration veille au grain pour parer à toute tentative de corruption.

Sur le terrain, les agents vont-ils devoir se priver de leurs « S » ? C'est comme ça qu'on appelle les informateurs dans le milieu : « S » pour « Spy ». « On va devoir faire comme les yakuzas, agir clandestinement », confie un ancien de la police de la préfecture d'Osaka. Nous aurions tort de prendre sa réflexion à la légère. Nul doute, la suite s'annonce passionnante.

(*Fin de l'enquête*)

Fines comme des grains de sable, les gouttes de pluie lui battaient le visage. Il n'avait cessé de pleuvoir de tout l'après-midi. Dans la ruelle, Hioka remonta le col de son trench-coat. Il était glacé jusqu'aux os. Des frondaisons d'arbre dépassaient de la clôture d'une maison, mais le vent de cette fin d'automne n'autorisait aucun abri. Le soir venu, ce quartier de banlieue était désert. Il n'entendait que le léger cliquetis de la pluie sur un toit en tôle galvanisée.

Hioka frissonna sous le coup d'une nouvelle rafale. De la poche de son manteau, il sortit son paquet de cigarettes, son Zippo et une canette de café vide. Il mit la cigarette entre ses lèvres. C'était la dernière du paquet. Il l'alluma en s'abritant avec la main, inhala une bouffée et cacha aussitôt le bout de la cigarette dans le gobelet. Dans la pénombre, le bout incandescent aurait pu alerter à des lieues à la ronde. Ce genre de précaution était le b.a.-ba pendant une planque nocturne. Il termina sa cigarette, éteignit le mégot sur le rebord de la canette et rempocha le tout. Au bout de la ruelle, il n'y avait toujours rien à signaler.

Le bâtiment qu'il devait surveiller était une habitation. Pourtant il ressemblait moins à une maison qu'à une sorte d'entrepôt. Son bardage en bois avait dû affronter pas mal de saisons. Sous les intempéries, le toit en zinc avait perdu son bleu profond d'origine pour des teintes délavées et des meurtrissures de rouille. L'unique entrée était une porte coulissante, face à la rue. Tant au rez-de-chaussée qu'à l'étage, des vitres en verre opaque et des rideaux épais empêchaient de voir quoi que ce soit d'une vie domestique.

Hioka était en planque devant le domicile d'Osamu Kondô, un des membres du gang Retsushin. Le yakuza était rentré la veille d'un déplacement mystérieux. Il avait garé sa voiture dans un terrain vague à quelques encablures, qui servait de parking sauvage, et était rentré chez lui à pied. Depuis, Kondô n'avait eu aucune visite et ne donnait comme signe de vie qu'une lumière électrique allumée dans une pièce ou dans une autre.

Le Retsushin avait été créé par Kazuyuki Tachibana, sur les restes des gangs Irako et Kakomura, à la suite de l'assassinat de Shôhei Irako. Kondô venait d'être admis dans l'organisation. Il sortait de deux ans à manger du riz puant en prison. Il avait été condamné pour usage de stupéfiants. D'après le « S » de Hioka, Kondô avait été recruté en prison par un membre du Retsushin.

Kondô avait une réputation de beau parleur et sans doute des talents cachés. Malgré un physique banal, il tombait les filles à tour de bras. Il avait quitté le lycée avant la fin de sa scolarité et s'était embarqué dans la marine, sur le navire d'une de ses connaissances. Mais la vie en mer n'était pas faite pour lui. À moins que ce soit le travail. Revenu à terre, Kondô s'était mis à la colle avec une femme et avait vécu à ses crochets.

La veille, Hioka avait appris par son « S » que Kondô s'était remis dans le circuit de la meth, comme consommateur. C'est pour ça qu'il avait décidé de le placer sous surveillance. Durant les deux ans que le gangster venait de purger, son organisme avait pourtant eu le temps d'expulser la plus petite trace de sa précédente vie de drogué. Mais tout se passait dans la tête. Le souvenir de la volupté restait logé dans le creux du cerveau. Il suffisait de relâcher sa volonté et l'appel du plaisir était trop fort. Kondô avait replongé.

Avec les drogués, il fallait se méfier. Ces gars pouvaient perdre la boule et devenir des enragés. Même en pleine rue. Pour peu qu'ils aient une arme à feu à la ceinture, la tragédie n'était pas loin. Les gangs prenaient des risques. Au moindre bain de sang, les policiers remonteraient toute l'organisation. Le Restsushin avait donc tant besoin de troupes qu'il recrutait des types comme Kondô ?

Hioka se souvint d'un article qu'il avait lu dans la presse, trois jours plus tôt. La manchette était : « Un coup de feu retentit dans une rue obscure. Est-ce le retour de la guerre Meishin ? » Dans les annales du crime organisé, cet affrontement entre le gang Akashi et la fédération Shinwa avait atteint les sommets de la violence. Il avait pris fin deux ans auparavant, tandis que Hioka était encore en fonctions à l'antenne de police de Nakatsugô. Le gang Akashi en était sorti grand vainqueur.

Tout le monde avait semblé croire au retour de la paix, y compris Kunimitsu. Après s'être assuré que Kanetoshi Kitashiba, son mentor dans le milieu, conseiller au sein de la fédération Shinwa, était en sécurité, le boss yakuza s'était laissé prendre. Pour le meurtre de Rikiya Takeda, chef du gang Akashi, il avait écopé d'une peine d'emprisonnement à vie. Ses subordonnés, Takachi, Ido et Kawase, avaient été condamnés de quinze à vingt ans pour complicité de meurtre. Les quatre purgeaient leur peine dans des maisons de détention différentes.

Mais six mois après la conciliation entre l'Akashi

et la Shinwa, il y eut une nouvelle flambée de violence. Le 25 mars 1991, tandis que sur les reliefs montagneux du district d'Hiba les cerisiers se couvraient de fleurs, on avait retrouvé le corps de Kanetoshi Kitashiba. Il avait été découvert à son domicile d'Osaka par un membre d'un gang affecté à sa protection, un certain Tomoya Suganuma.

Kitashiba avait pour habitude de calligraphier un soutra bouddhique chaque jour à 14 heures. On ne devait alors le déranger sous aucun prétexte. Ce jour-là, il n'était toujours pas ressorti de son bureau en fin d'après-midi. Suganuma s'était résolu à entrer et avait trouvé Kitashiba effondré au sol. L'autopsie ordonnée par la justice avait conclu à un empoisonnement au cyanure de potassium. L'heure de la mort se situait entre 14 et 16 heures. En l'absence de trace d'effraction, la police avait tiré la conclusion que Kitashiba avait mis fin à ses jours.

La nouvelle de la disparition de Kitashiba avait parcouru comme une traînée de poudre les rangs de la fédération Shinwa et les ramifications du crime organisé. Aucun yakuza n'avait accordé de crédit à cette version officielle du suicide. Après la conciliation, la fédération Shinwa avait vu son influence décroître. De nombreux chefs avaient pris leur retraite, les cadres et leurs subordonnés filant avec armes et bagages chez l'ennemi d'hier. Seuls le gang Kitashiba et son affilié, le gang Gisei, celui dirigé par Kunimitsu, avaient tenté de préserver leur indépendance. Mais, dans la province du Kansai, ils étaient encerclés par l'Akashi.

Pour le gang Kitashiba, les ennuis avaient volé en escadrille. La loi antigang avait été promulguée le 1er mars 1992. Les autorités avaient recensé dans tout le pays vingt-deux organisations criminelles, dont le Kitashiba. Les niveaux de taxation imposés à leurs revenus – qui étaient pour la majeure partie issus du racket de protection et des paris clandestins – les avaient asphyxiés. Alors qu'il dénombrait à son âge d'or près de six cents membres, le gang Kitashiba ne comptait plus en octobre 1992 que deux cents yakuzas.

Kanetoshi Kitashiba avait bataillé comme un beau diable. Quand Kunimitsu et ses subordonnées avaient été arrêtés, il avait promis de défendre l'influence de son organisation, jusqu'à ce qu'ils sortent de prison. Il avait résisté aux pressions policières et juré de mourir comme il avait toujours vécu : en yakuza. Ce qui écartait pour tous les connaisseurs, d'un côté ou de l'autre de la barrière, l'idée même de son suicide.

D'emblée, les soupçons s'étaient portés sur le gang Takeda, affilié à l'Akashi. Officiellement, il s'était rangé à la décision de conciliation entre le gang Akashi et la fédération Shinwa. Mais il n'était pas impossible qu'un de ses membres ait décidé de supprimer Kitashiba pour venger la mort de Rikiya Takeda. Une autre hypothèse avait couru. Elle était un contrecoup de la loi antigang. Toutes les organisations dans le collimateur de la législation souffraient d'une perte de revenus. Notamment l'Akashi et ses nombreuses branches. Dans l'une d'entre elles, on avait peut-être décidé de liquider le gang Kitashiba pour récupérer ses activités.

Hioka avait lu dans la presse toutes ces spéculations. Mais il avait douté de leur véracité. Pour une bonne raison : l'usage du cyanure de potassium n'était pas la signature des yakuzas. Par ailleurs, les actions de représailles avaient pour objectif de marquer les esprits. L'assassinat par empoisonnement répondait moins à ces critères qu'un crime sanglant par arme blanche ou fusillade. Argument supplémentaire, Kitashiba était sous la protection quotidienne d'une nuée de juniors. Pénétrer dans son bureau pour verser du poison dans sa boisson était presque mission impossible.

Quant à une guerre de survie entre gangs, Hioka avait été perplexe. Une fois Kunimitsu sous les verrous, un des principaux dirigeants du gang Kitashiba était Akio Sugimoto, leader du gang Sugimoto et allié du gang Kitashiba. C'était quelqu'un en qui Kanetoshi Kitashiba avait toute confiance. Kunimitsu avait des obligations envers Sugimoto. Il avait affilié son gang Gisei au sien, et Sugimoto était devenu un proche de Kunimitsu dans la grande famille yakuza. Avec un guerrier de cet acabit, la simple disparition de Kanetoshi Kitashiba n'aurait pas suffi à faire disparaître le gang tout entier. D'autant que la loyauté était la règle. Tous les subordonnés de Kitashiba avaient partagé les *sakazuki* avec une admiration éperdue pour leur boss. Elle n'allait certes pas jusqu'à la forme de dévotion que nourrissait Kunimitsu à son égard. Hioka se souvint des paroles du yakuza, dans une de leurs dernières discussions : « Même si le ciel et la terre s'en mêlent, on n'a pas le droit d'empoisonner son boss. » Les yeux de Kunimitsu étaient à ce moment-là rougeoyants de colère.

Pour chasser cette vision, Hioka dirigea son regard vers l'étage de la maison. Il y avait de la lumière, mais on ne distinguait aucun mouvement à l'intérieur. Que pouvait donc faire Kondô tout au long de la journée ? Manger, dormir et plonger dans les voluptés de la meth ? Hioka secoua la tête. Son gang jouait en seconde division, mais comment pouvait-il s'abaisser à accorder son sceau à un junkie comme Kondô ? Il avait dû recevoir des consignes de la fédération Jinsei pour constituer des troupes et se mettre sur le pied de guerre.

La loi antigang modifiait la donne. Les rancœurs accumulées depuis des années au sein de la Jinsei, principale organisation à Hiroshima, étaient remontées à la surface. On avait vu par exemple le gang Sasanuki se renforcer et prendre langue avec le gang Shima, de la ville de Tokuyama.

Hioka plongeait la main dans son trench-coat à la recherche d'une cigarette, quand il entendit au travers du rideau de pluie le bruit d'une porte qui coulissait. Il recula contre une façade pour se mettre à l'abri des regards. Un homme sortait de la maison. Haute taille et cheveux aux reflets dorés, qui scintillaient même dans la pénombre : c'était Kondô. Dans sa chemise noire il était sorti de chez lui indifférent aux intempéries, sans parapluie. Il regarda à droite et à gauche, puis prit la direction du parking sauvage. Hioka le suivit, avec toute la discrétion possible.

— Bonsoir, on va où comme ça ?

Alors que Kondô s'apprêtait à ouvrir la portière de sa voiture, Hioka l'avait attrapé par l'épaule. Le néo-yakuza poussa un cri de surprise et eut un rictus en découvrant le visage de Hioka.

— Tu es le flic de l'antigang !

— Quel honneur ! s'esclaffa Hioka. Même un petit voyou qui arrive tout juste dans le jeu sait qui je suis ! Je suis une vraie célébrité, dis-moi…

Depuis deux ans, Hioka avait rejoint la Quatrième division d'enquête de la police de la préfecture d'Hiroshima. Il avait réussi son concours et décroché le grade de capitaine. Les choses avaient été facilitées par les chaudes recommandations du directeur de la division, Itsuki. Mais aussi par son acte d'héroïsme lors de l'arrestation de Kunimitsu et de ses complices. Le capitaine Hioka était un spécialiste des gangs, mais ses méthodes inquiétaient les vieux briscards du service. « Tu es sur les traces d'Ôgami. Ne va pas trop loin, sinon tu seras convoqué par l'Inspection des services. »

Kondô fusilla Hioka du regard et dégagea son épaule d'un geste vif.

— Hioka la star, tu me veux quoi ? À moi, le petit voyou ?

— Je voudrais jeter un coup d'œil à ta voiture.

Kondô avait pâli. Son regard fuyait.

— De quel droit ? T'as un mandat ?

Hioka fit un mouvement de dénégation.

— Qu'est-ce que tu crois ? s'enhardit Kondô.

Faut que je sois d'accord pour que tu fouilles. Je peux très bien refuser. Bon, laisse-moi, je suis pressé. Et écarte-toi du chemin, sinon je peux tout aussi bien t'écraser !

Kondô ouvrit sa portière. Hioka l'attrapa par la chemise et tira de toutes ses forces. Le malfrat tomba sur son postérieur, dans une flaque.

— Bordel, mais qu'est-ce qui te prend ?

Hioka s'accroupit et le saisit au col. Son visage n'était qu'à quelques centimètres du sien.

— Quand je dis qu'on doit faire quelque chose, on le fait. Tu vois un inconvénient à cette fouille ?

— Lâche-moi, marmonna Kondô. Je suis pas d'accord pour que tu fouilles ma caisse. Laisse-moi, sinon j'appelle tes supérieurs !

Pour toute réponse, Hioka lui décocha une violente gifle. La tête de Kondô roula sur le côté. Le voyou frémit, mais revint fixer ses yeux sur le capitaine. Il reçut une baffe en retour. Sa pomme d'Adam jouait au yo-yo.

— Tu feras comme tu as envie, mais après que j'ai inspecté ta bagnole. Pour l'instant, tu te tiens tranquille. Sinon, je fais de ta sale petite gueule une telle charpie que plus une seule nana ne t'approchera à moins de cent mètres.

Hioka enjamba Kondô et plongea le buste dans la voiture. Entre volant et boîte à gants, le logement pour l'autoradio n'avait pas été dégagé. Mais il portait d'étranges marques d'usure. Hioka enleva le cache et mit la main sur un sachet de poudre et une seringue. Il revint les agiter au-dessus de Kondô, qui cherchait à se donner une contenance, les fesses toujours au frais dans la flaque.

— On va faire le test tout de suite, expliqua Hioka en sortant un kit de dépistage de drogue de sa poche. Tu connais le truc, j'imagine. Si ça devient bleu, c'est bien de la meth.

Hioka ouvrit le sachet et fit glisser un peu de poudre dans un tube. Bingo !

— Il est 21 heures et 47 minutes, asséna-t-il, un regard sur sa montre. Osamu Kondô, je vous arrête pour détention de produits stupéfiants tombant sous le coup de la loi…

Il n'eut pas le temps de finir. Kondô se redressa en hurlant et lança son poing en direction de son visage. Son cri avait déchiré un double rideau de pluie et d'obscurité. Le capitaine esquiva d'un simple mouvement d'épaule et riposta d'une droite qui renvoya Kondô vers le sol. Allongé pour le compte. Il frissonnait. Par peur, ou à cause de la fin de l'effet de sa dernière injection de meth ? Hioka l'agrippa et le conduisit hagard vers une voiture banalisée, garée non loin sur le terrain vague. Il saisit le micro dans l'habitacle et appela sur la fréquence de la police.

— Capitaine Hioka. J'ai procédé à l'arrestation d'un membre du Retsushin. Flagrant délit, détention de stupéfiants. Envoyez-moi du renfort…

Dix minutes plus tard, le gyrophare d'une voiture de patrouille trouait la pénombre. Yamamoto et Ariga, de la même division que Hioka, débarquèrent parapluie en main. Yamamoto était son supérieur direct. Il avait une dizaine d'années de plus que lui. Il ne put s'empêcher de le réprimander.

— Je te l'ai déjà dit mille fois ! Tu ne peux pas procéder aux arrestations tout seul. Tu te mets à ma place, deux secondes ? Tu sais très bien que les avocats peuvent invoquer des vices de forme si tu interroges un suspect tout seul.

— Je suis tombé sur une voiture louche. Je n'ai posé que deux ou trois questions au propriétaire. Il était d'accord pour que je fouille son véhicule.

— N'importe quoi, je n'étais pas du tout d'accord ! vociféra Kondô.

Hioka fit comme s'il ne l'avait pas entendu. Il sortit le kit de dépistage de drogue de sa poche.

— Voici la preuve du délit. Le test d'urine confirmera les faits.

Que ce résultat soit obtenu aux franges de la légalité ou non, les compliments retomberaient sur la Quatrième division d'enquête. Yamamoto devait y songer. Il soupira et regarda Ariga.

— Embarque-le.

Ariga prit Kondô sous le bras et le conduisit vers la voiture de patrouille. Le malfrat se retourna. Il cracha au sol.

— Un type comme toi ne mérite même pas d'être policier, lança-t-il, cinglant. Tu vaux moins qu'un yakuza. Sale fils de chien ! Ta balafre au visage, c'est digne d'un pauvre minable !

— Ça suffit, maintenant ! tonna Ariga.

Ils montèrent, Ariga au volant et Yamamoto à l'arrière, à côté de Kondô. Hioka s'approcha. Son supérieur descendit la vitre.

— Sur ton rapport, tu indiques bien que ton coup de poing était de la légitime défense. Compris ?

Hioka acquiesça. Yamamoto fit un geste en direction d'Ariga. La voiture de patrouille s'éloigna. Les mots de Kondô retentissaient comme en écho sur le terrain vague. « Un type comme toi ne mérite même pas d'être policier. Tu vaux moins qu'un yakuza. Sale fils de chien ! » Hioka eut un goût amer dans la bouche. Kondô avait raison. Il avait accompli le rituel des *sakazuki* avec Kunimitsu. Il était au mieux un yakuza déguisé en flic. Un chien enragé, capable de devenir le pire des bâtards pour atteindre son but.

Il sentit une douleur vriller sa joue gauche. Elle revenait quand le temps se mettait à la pluie. Il porta les doigts à la cicatrice que lui avait laissée Kunimitsu. Avec les images de cette fameuse journée sur le chantier du golf de Yokote lui revenait en mémoire le visage de Shôko, dévasté par les larmes.

Quand l'ambulance avait déposé Hioka à l'hôpital municipal de Shiroyama, deux ans plus tôt, l'équipe médicale n'avait pensé le garder avec eux qu'une petite semaine. Mais la plaie, plus profonde qu'il ne semblait, présentait des risques d'infection. Il fallait le mettre sous surveillance durant une dizaine de jours. Au cinquième, Hioka arpentait le couloir de l'hôpital, poussant son pied à perfusion. Il avait vu approcher une silhouette familière. C'était Shôko, dans son uniforme. Elle devait être sur le chemin de retour du lycée.

— Shôko, tu es là pour me voir ?

La jeune fille s'était crispée comme si elle était peinée. Hioka avait pensé qu'il s'agissait d'une réaction à la vue de sa blessure, sous la gaze. Il apprendrait quelques minutes plus tard que la raison était tout autre.

Il lui avait proposé d'aller à l'extérieur. Cela valait mieux que sa chambre d'hôpital. En cette journée d'automne avancé, le vent se faisait frisquet. Il n'y avait aucun autre patient dehors. Ils s'étaient assis sur un banc, rouillé. Hioka avait tendu à Shôko l'une des canettes de jus de fruit qu'il venait d'acheter à la machine près de l'accueil. Il avait siroté la sienne. Tête baissée, elle ne desserrait pas les dents. Le silence était devenu inconfortable.

— Je suis désolé, avait-il dit.

Pour la première fois, Shôko avait tourné son regard vers lui. Mais Hioka regardait droit devant, au loin, vers les montagnes.

— Je te l'ai déjà dit : tu n'as plus besoin de tuteur. Et puis, dans l'état où je suis, il va me falloir un peu temps pour me remettre.

Il n'y avait pas de place pour elle dans la vie de Hioka. Il craignait de salir son innocence. Lui, le policier qui avait fraternisé avec un yakuza.

— Tu sauras bien te débrouiller, j'en suis sûr.

— Non !

Hioka avait sursauté devant la fureur du cri de la jeune fille.

— Non, avait-elle repris plus bas. C'est à moi de m'excuser.

Il avait froncé les sourcils. Elle avait baissé la tête et murmuré :

— C'est moi qui ai prévenu la police. Je les ai appelés pour leur dire que les criminels qu'ils recherchaient étaient au chantier du terrain de golf. Quand vous avez sauvé mon cousin Atsushi à la rivière, j'ai aperçu le tatouage dans le dos de l'homme à travers sa chemise. Je me suis dit que j'avais déjà vu cet homme quelque part. Je suis retournée au poste de police et j'ai regardé les avis de recherche…

Qu'elle ait identifié Kunimitsu était une chose, mais pourquoi avait-elle décidé de prévenir la police de la préfecture, au lieu de venir m'en parler à moi? Nous étions proches pourtant. Shôko avait semblé devancer ses pensées.

— Je ne vous ai rien dit. À cause de cette femme, l'autre soir…

— Mais quelle femme ?

— Celle qui vous a rendu visite, grimaça Shôko.

— Akiko.

— Depuis qu'elle est passée, vous êtes devenu froid avec moi. Vous avez même dit que vous alliez arrêter de me donner des cours…

Hioka s'était souvenu des mots d'Akiko. « Je peux te dire que cette jeune fille est amoureuse de toi ! » Shôko avait vidé son sac.

— Vous avez pris vos distances. Cette femme et ces hommes vous ont éloigné de moi. J'étais certaine que, s'ils disparaissaient, vous reviendriez près de moi. C'est pour ça que…

Les larmes avaient envahi ses yeux. Son corps

avait été secoué par les sanglots. Elle s'était caché le visage dans les mains.

— C'est à cause de moi que tout ça vous est arrivé !

Hioka n'en avait pas cru ses oreilles. L'affaire qui avait tenu le pays en haleine ne résultait pas des manigances d'organisations criminelles ou de tractations policières, mais de la seule jalousie d'une lycéenne ! Shôko s'était levée et inclinée, sans le regarder dans les yeux.

— Je vous présente mes excuses.

Elle avait déguerpi à toute allure. Seul sur son banc, Hioka avait continué un moment à contempler les délicats nuages qui traversaient le ciel.

« Ta balafre au visage, c'est digne d'un pauvre minable ! » Hioka s'assit dans sa voiture de police banalisée. Il coinça une cigarette entre ses lèvres et l'alluma avec son Zippo. L'insulte de Kondô lui trottait dans l'esprit. D'après le médecin de l'hôpital de Shiroyama, la cicatrice allait blanchir avec le temps, mais ne s'effacerait jamais tout à fait. À son corps défendant, elle était devenue comme le symbole de sa fraternisation avec Kunimitsu.

La fréquence de la police crachota. Il écrasa sa cigarette dans le cendrier.

— Ariga pour Hioka. Capitaine, le résultat du test d'urine est positif, comme vous le pensiez. Kondô sera déféré pour détention et usage de stupéfiants. À vous.

— Hioka. Bien reçu. Tu peux ajouter un bonus à

son inculpation : obstruction à un agent dépositaire de l'autorité publique.

— Capitaine, reprit Ariga en cherchant ses mots. Sauf votre respect, il me semble que les méthodes que vous utilisez ne sont pas vraiment… indiquées…

Il n'y avait pas d'hostilité dans son propos, à la différence des diatribes de Yamamoto. Au sein de la division, Ariga était un des rares à nourrir une vraie admiration pour Hioka. Son inquiétude en portait témoignage.

— Capitaine, si ces choses-là se reproduisent, à un moment donné même Itsuki ne pourra plus vous protéger.

Hioka avait cette réputation à la police d'Hiroshima. Le directeur de la Quatrième division d'enquête était considéré comme son protecteur. Certes, il l'avait extirpé de son antenne de police en rase campagne pour un poste en ville, aux premières loges. Mais aurait-il pu faire autrement ? Après l'arrestation des preneurs d'otage, Hioka arrivait partout précédé par son aura de héros.

Depuis qu'il avait rejoint sa division, Itsuki avait fermé les yeux sur certaines de ses irrégularités. Il craignait sans doute que le capitaine nouvellement promu ne révélât certaines turpitudes de la police de la préfecture. Il était en possession d'un cahier compromettant laissé par le commandant Ôgami. Itsuki devait avoir dans l'idée de canaliser Hioka, pour lui éviter d'ouvrir la boîte de… Pandore !

— Capitaine, pardonnez-moi, enchaîna Ariga, troublé par le silence de Hioka. Je me suis montré indiscret, je suis navré. Oubliez ce que je viens de dire.

— Ce n'est pas grave. Je comprends tes sentiments.

Ariga s'excusa une nouvelle fois, puis coupa la communication. La pluie n'avait pas cessé de la soirée. Hioka s'enfonça dans le dossier de la voiture. Son jeune collègue voyait juste. Il fallait cesser ce petit jeu. Mais pas pour les raisons qu'il croyait. Hioka arrêtait des seconds couteaux comme Kondô pour diminuer numériquement les pions de la fédération Jinsei. Mais cela n'était que du menu fretin.

Le coup décisif, Hioka devait le porter à la tête, en passant les menottes à Kôtarô Sasanuki, l'ancien directeur général de la Jinsei. Il avait été écarté de la fédération et manœuvrait auprès de Takii. Une fois sous les verrous, la lutte interne se terminerait d'elle-même. Ne restait qu'à trouver le bon motif.

Hioka s'était donné une seconde mission. Il voulait découvrir la vérité sur la mort de Kitashiba. Devant lui, dans le miroitement des gouttes de pluie qui ruisselaient sur le pare-brise, le visage de Kunimitsu sembla se dessiner.

Un mois après la mort de Kitashiba, Hioka avait reçu un message de Kunimitsu. Il avait été transmis par Ichinose, le chef du gang Odani. Le détenu voulait que Hioka lui rendît visite à la prison d'Asahikawa. Le capitaine avait dû attendre un congé. Pour rejoindre l'île d'Hokkaido, il lui avait fallu emprunter une correspondance aérienne.

Adossée à la montagne Tosshô, la maison d'arrêt se faisait discrète au milieu des champs et des rizières. Hioka avait subi les contrôles d'usage et patienté en salle d'attente, avant qu'on vienne le chercher pour se diriger vers le parloir. Sous escorte, Kunimitsu n'avait pas tardé à le rejoindre.

Dans sa tenue de prisonnier sans poches et avec ses cheveux rasés, Kunimitsu possédait bien les attributs du reclus. Mais ce qui avait le plus frappé Hioka était son état d'abattement. Teint livide, joues excavées, il ne devait pas avoir touché à sa nourriture depuis plusieurs semaines. Mais au travers de la vitre en plexiglas perforé, un feu brillait dans son regard. Il s'était assis avec calme face à Hioka, et s'était incliné.

— Je te remercie d'être venu d'aussi loin.

— Tu m'as appelé pour parler de la tombe de ton père ? avait lancé Hioka, après lui avoir rendu son salut.

— Je reconnais là ta perspicacité, avait souri Kunimitsu. S'il existait une personne pour douter du suicide de Kitashiba, c'était bien Kunimitsu. Il avait dû apprendre sa mort à la télévision ou par l'intermédiaire du réseau de la fédération Shinwa. Il avait demandé à voir Hioka au plus vite.

Kunimitsu avait choisi ses mots avec précision :

— J'ai un service à te demander. C'est bien en rapport avec la tombe de mon père. Il y a un oiseau qui prend un malin plaisir à lâcher ses fientes dessus. Ça m'insupporte de penser à ça !

Kunimitsu s'était penché vers la vitre et avait

parlé sur un ton de conjuré. Ses yeux étaient gonflés d'une pulsion meurtrière.

— Dis-moi, tu vas pouvoir t'occuper de cet oiseau ? avait-il demandé. Je peux deviner de quel bois il vient, mais je ne connais pas son nom…

Les deux Frères s'étaient compris à demi-mot. Kunimitsu avait serré les poings, et s'était incliné.

— Si sa tombe continue d'être souillée, mon père ne pourra pas entrer au Nirvana. Je suis désolé de te causer ces tracas. Je te le demande instamment.

Hioka avait approuvé avec vigueur. Hors de question de refuser la demande de quelqu'un avec qui on avait partagé les *sakazuki*.

— C'est l'heure ! avait tonné le gardien.

Kunimitsu s'était levé. D'un regard, il avait adressé une nouvelle prière à Hioka. Puis il était sorti du parloir.

Dix-huit mois. Cela faisait dix-huit mois que Hioka avait rendu cette visite à Kunimitsu, sur l'île d'Hokkaido. Il avait eu beau remuer ciel et terre pour identifier le fameux « oiseau » qui lâchait sa fiente sur la tombe, impossible de mettre la main sur l'assassin de Kitashiba. Hioka avait été pris par le doute. Le mode opératoire n'était pas celui des yakuzas, et les chances auraient été quasi nulles pour un empoisonneur d'échapper à la vigilance des juniors de Kitashiba.

Au sein du gang Kitashiba, les liens semblaient trop solides pour envisager une trahison. Pourquoi la police de la préfecture de Hyôgo avait-elle si vite conclu au suicide ? Hioka fit démarrer le moteur de la voiture et enclencha les essuie-glaces. Il alluma les phares. Le décor du parking sauvage se découvrit à ses yeux. Il se souvint des mots de Kunimitsu : « Je suis désolé de te causer ces tracas. Je te le demande instamment. » Il serra le volant et appuya sur l'accélérateur.

« Qu'importe le temps que ça me prendra, Frère. Je le trouverai, l'assassin de ton mentor. »

Pour un après-midi de semaine, il y avait du monde aux abords de la gare de Sannomiya. Beaucoup de jeunes couples, sans doute à Kobe pour le tourisme, ou des gens du coin qui cherchaient des cadeaux pour les fêtes de fin d'année. Hioka rajusta ses lunettes postiches. Nez en l'air comme s'il était en baguenaude, il se dirigea vers le quartier commerçant de Motomachi. Il était descendu une station avant sa destination pour se laisser le temps de vérifier qu'il n'était pas suivi.

Il bifurqua vers le quartier chinois de Nankinmachi. Il s'arrêta devant une maison ancienne de style occidental. Il sortit une cigarette de sa poche, qu'il alluma avec son Zippo. Tout en recrachant une bouffée, il prit le temps d'observer tout autour de lui. Les gens le dépassaient, sans prêter attention à cet homme dans son trench-coat fatigué. Hioka ne sentait pas de regard posé sur lui. Il jeta sa cigarette, qu'il écrasa de la pointe de sa semelle.

Il quitta l'artère principale du quartier chinois pour s'enfoncer dans une petite rue latérale. La réalité présentait toujours un endroit et un envers. Aux boutiques éblouissantes et à la trépidation du boulevard succédait une ruelle déserte, bordée de bâtiments de grossistes aux enseignes blafardes. Hioka tourna à droite dans une venelle et pénétra dans le troisième immeuble à partir du coin. Le couloir de l'entrée était à ce point étroit qu'il avança de biais pour ne pas frotter son manteau sur les murs.

Au bout du couloir, il déboucha sur l'endroit qu'il cherchait. Dans la cour, une porte en bois était surmontée de l'enseigne « Café Jupiter ». Il regarda le cadran de sa montre, qui indiquait 14 heures. L'heure précise du rendez-vous. Il poussa la porte. Depuis son comptoir, un vieil homme lui lança un « Bienvenue ». Le patron, selon toutes les apparences. Il n'y avait aucune intonation commerciale dans sa voix, plutôt de l'embarras. Hioka prononça le mot de passe :

— Avez-vous du café du Brésil, grosse mouture ?

Le vieil homme le détailla et désigna l'arrière de l'établissement d'un mouvement de menton :

— Vous descendez l'escalier. La table du fond.

Il devait en être passé des gens par ici. Les marches de l'escalier étaient creusées par l'usure et grinçaient. La salle en entresol avait quelque chose de la chambre d'un appartement, mais sans fenêtre. Quatre tables basses étaient séparées par des plantes artificielles en pot. Au fond de la pièce, un homme était assis dans un canapé. Il feuilletait un magazine. Costume sombre et lunettes de soleil, malgré la pénombre, il avait une allure patibulaire. Hioka s'approcha et se planta au-dessus de lui.

— Vous êtes Senju ?

L'homme leva les yeux de son magazine et détailla Hioka des pieds à la tête. Il répondit à son interrogation par une autre :

— Vous avez commandé le café du Brésil, grosse mouture ?

— Non, du café du Guatemala, mouture fine.

L'homme posa le magazine à côté de lui et invita Hioka à prendre place en face. Le capitaine ôta son trench-coat et s'assit.

— T'en veux une ?

C'étaient des cigarettes cubaines. De la marque Cohiba, plus connue pour ses cigares. La boîte était posée entre eux, sur la table basse. Hioka en prit une, par courtoisie. C'était la première fois qu'il en goûtait. La saveur était corsée. En face, l'homme devait y être habitué. Il fumait en toute tranquillité.

Mitsutaka Senju était considéré comme le moins orthodoxe des policiers de la préfecture de Hyôgo. Une pointure pour dénicher des informations. Il avait un impressionnant réseau d'indicateurs au sein des gangs qui sévissaient sur son territoire, mais il ne les sollicitait qu'en de rares occasions pour le compte de la police. Il fallait vraiment que le jeu en vaille la chandelle. On le soupçonnait de toutes les crapuleries, mais on n'avait jamais réussi à le mettre sur la touche. Comme Ôgami en son temps, il avait de quoi faire sauter la baraque, s'il révélait tous les scandales que les autorités s'attachaient à étouffer.

Le patron vint leur apporter des tasses de café. Un effluve assez bas de gamme s'en échappait. Avec sa taille déformée par les couches de graisse, Senju semblait accuser la soixantaine, alors que Hioka avait entendu dire qu'il avait quinze ans de moins. Le policier avait le visage couvert de taches brunes. Question de génétique ou excès de cigarettes ? Senju écrasa son mégot.

— Alors, la « Carpe d'Hiroshima » ! Qu'est-ce qu'on veut à un gars comme moi ?

Senju était hilare. Ses dents étaient noircies par la nicotine. Par sa boutade, il avait tenté de faire un clin d'œil au nom de l'équipe de base-ball, la Tôyô Hiroshima Carpe. Hioka esquissa un sourire, puis redevint sérieux. Ce qu'ils avaient à se dire ne devait pas sortir de ces quatre murs. Il se retourna vers l'escalier pour être certain qu'ils étaient seuls.

— T'en fais pas, s'amusa Senju. Le patron fait barrage là-haut. Et d'ailleurs, n'oublie pas son pourboire. C'est la moindre des choses.

Hioka sortit un billet de dix mille yens de son portefeuille et le posa sur la table basse. Senju ne s'attendait pas à cette somme. Il eut un nouveau sourire vulgaire.

— Quand Takita m'a montré ta photo, je me suis dit que tu étais beau gosse. Mais en plus, tu es généreux ! Allez, bois ton café avant qu'il soit froid. Tu ne prends pas de sucre ? Pas de crème ? Hum, malgré son jeune âge, monsieur a le bon goût de prendre son café noir…

Senju versa tant de sucre dans le sien qu'il y avait de quoi devenir diabétique sur-le-champ.

Un mois auparavant, Akiko avait téléphoné à Hioka, sur les coups de minuit. La patronne des

Petits Plats de Shino venait sans doute de fermer son restaurant. Il rentrait tout juste à son appartement, après avoir dîné dehors. Il retirait son blouson quand le portable avait vibré dans sa poche.

— Mon grand, je peux te parler ?

— Oui, je suis chez moi.

— Moritaka Ichinose est passé tout à l'heure. Il avait un message pour toi.

— Qu'est-ce qu'il t'a dit ? s'était figé Hioka.

— Il a dit : « C'est bon. » D'après lui, tu saurais de quoi il parlait.

Ses doigts s'étaient cramponnés à son portable. Il attendait ce moment depuis un mois. Son enquête sur la mort de Kitashiba l'avait fait remonter à Senju, un policier connu pour ses relations louches avec le milieu. Il se murmurait qu'il touchait des sommes conséquentes des gangs, en échange d'informations de première main sur les opérations que la police planifiait contre le crime organisé. Selon un informateur de Hioka, un des yakuzas les plus proches de Senju était Masataka Takita. Il dirigeait le gang Seigô, qui sévissait à Himeji, dans la préfecture de Hyôgo. De taille modeste, avec sa trentaine de membres, le gang Seigô avait échappé au recensement de la loi antigang. Pour autant, personne ne lui cherchait querelle sur son territoire. Takita était le Frère de Takuji Fujisawa, second du gang Yamasato, affilié à l'Akashi. Qui s'attaquait au Seigô s'attaquait au gang le plus puissant du Japon.

Dès qu'il avait appris le nom de Takita, Hioka avait appelé Ichinose. Certes, il dirigeait le gang

Odani, qui appartenait à une fédération distincte, la Jinsei, mais, à l'origine, son gang avait été proche de l'Akashi. Ichinose avait ainsi fréquenté Fujisawa, le Frère de Takita. Il devait pouvoir mettre Hioka en contact avec lui. De Takita, le capitaine remonterait à Senju. Hioka n'avait pas utilisé son portable, pour ne laisser aucune trace dans l'historique de ses appels. Il avait contacté Ichinose depuis une cabine publique.

— Pourquoi tous ces détours ? s'était interrogé Ichinose sur un ton soupçonneux. Demander à Takita de vous faire rencontrer Senju ? Vous ne pouvez pas prendre rendez-vous avec lui directement, de policier à policier ? Vous avez sûrement les contacts qu'il faut dans la maison pour que ça se fasse rapidement, non ?

Hioka ne pouvait se permettre une telle imprudence. Sa démarche devait rester secrète. Selon toute vraisemblance, les autorités avaient à dessein classé la mort de Kitashiba dans la catégorie des suicides. C'était une condition pour ne pas faire repartir la guerre des gangs. Si on apprenait que le capitaine Hioka doutait de la version officielle et s'était mis en tête de débusquer la vérité, il risquait plus que l'exil au fond des montagnes. On le pousserait vers la sortie, en invoquant une quelconque faute professionnelle. Hioka ne pouvait expliquer tout cela à Ichinose. Il avait changé de stratégie de négociation.

— Je suis prêt à vous rémunérer pour ce service, Ichinose. *Ippon* ?

Un million de yens pour organiser une entrevue :

la somme sortait de l'ordinaire. Hioka avait retenu la leçon du commandant Ôgami. Quand on veut de l'authentique, bijou, voiture ou information, il faut y mettre le prix. Dès qu'il avait été exilé à Nakatsugô, Hioka s'était mis à économiser. Cela servirait bien un jour ou l'autre. Les conditions de vie à la campagne s'y prêtaient, avec peu d'occasions de dépenser. Au total, il avait amassé sept millions de yens sur son compte. C'était le moment de les mettre à profit.

— Je ne veux pas avoir trop d'obligations. Entendu pour *ippon*, mais ça ira à Takita. Pas la peine pour moi. Vous me rendez déjà suffisamment de services.

Ichinose avait ajouté sur un ton plus bas :

— Je ne vous demande pas dans quoi vous mettez votre nez, car je sais que vous n'allez pas me répondre. Et quand bien même, je ne pourrais rien faire. Tout ce que je peux vous dire, c'est de faire bien attention. Je vous préviendrai par l'intermédiaire d'Akiko.

Sur ces mots, Ichinose avait raccroché.

Senju alluma une nouvelle cigarette et recracha la fumée au-dessus de lui en prenant des poses. Il émanait de lui ce que Hioka prit d'abord pour un mélange d'arrogance et de négligence.

Depuis son coup de fil à Ichinose, il s'était écoulé deux mois, dont un complet à attendre la réponse de Senju, sollicité par Takita. En réalité, le policier était d'une extrême prudence. C'était le secret de sa longévité dans la partie. Senju avait demandé à sa propre compagne de contacter Hioka à sa place. Le jour et l'heure du rendez-vous avaient été changés à trois reprises. Senju s'assouplit les cervicales, avant d'entrer dans le vif du sujet.

— Alors, tu me veux quoi ?

— Je cherche des renseignements sur l'empoisonnement du boss Kitashiba.

Hioka n'avait pas tergiversé. Même derrière des verres fumés, il sentit que les yeux de Senju s'étaient plissés. Il mit du temps à détacher son regard de Hioka. Il bascula la tête en arrière et badina.

— Alors ça, c'est pas mon rayon. Tu te trompes d'interlocuteur.

— À ce que je sais, dans toute la préfecture de Hyôgo, il n'y en a pas deux comme vous pour avoir des renseignements de première.

— Même si c'était vrai, ricana Senju, qu'est-ce qui te dit que j'aurais envie de t'en faire profiter ?

— Je n'ai jamais pensé que ce serait un service gratuit.

— Tant mieux, reprit Senju en ôtant ses lunettes. Parce que mes infos à moi, elles coûtent bonbon.

Le ton était lourd, le regard cinglant.

— Oui, je suis aussi au courant.

— Patron ! hurla Senju en regardant vers l'escalier. Ramène-nous du café. Mais pas n'importe quoi cette fois-ci. Un Blue Mountains de Jamaïque, bien chaud. Je déteste le café tiédasse. Et toi, tu prends quoi ?

— Un *blend.*

— Patron, un Blue Mountains et un *blend* ! vociféra Senju sans y mettre plus de forme.

Quand les cafés furent servis et le patron éclipsé, Senju reprit :

— Tu veux savoir quoi, exactement ?

Hioka sortit de sa poche son paquet de Hi-lite et le Zippo gravé d'un loup. Senju accompagna son geste en attrapant une cigarette dans la boîte posée sur la table. Hioka les alluma. Ils crachèrent la fumée en même temps, sous le plafond bas de cette pièce aveugle. Hioka n'avait toujours pas répondu. Senju s'impatienta, d'un claquement de langue :

— Alors, qu'est-ce que tu veux savoir ?

— Le nom de l'assassin du boss Kitashiba.

La main de Senju s'immobilisa. Il ne réagit qu'au bout de longues secondes. La cendre menaçait de tomber au bout de sa cigarette.

— Enfin, tout le monde sait que c'était un suicide, non ?

— La police de la préfecture de Hyôgo est convaincue par ce genre de salade ?

— Convaincue, en combien de mots ? ricana Senju. Qu'est-ce que tu veux que ça me fasse ? Le suicide est la seule explication possible, je crois…

Il donna une chiquenaude à sa cigarette, remit ses lunettes de soleil et poursuivit :

— ... En tout cas, c'est ce que notre hiérarchie a conclu.

— Mais ce n'est pas la vérité, n'est-ce pas ?

— À ton avis ? Si Kitashiba avait voulu se suicider, il aurait trouvé plus simple…

Enfoncé dans le canapé, Senju avait dressé son index et son majeur contre sa tempe. Il ajouta :

— ... Il n'avait qu'à appuyer sur la détente. Du poison ? Que c'est compliqué ! De toute façon, tout ça ne rime à rien, Kitashiba n'était pas du genre à se suicider.

— C'est bien ce que je pense, renchérit Hioka. Je suis venu vous voir pour ça.

Senju observa Hioka à travers ses verres fumés. Comme un joueur d'échecs ou de go, il semblait calculer ses prochains coups. Il leva les yeux au plafond et murmura dans un souffle :

— Cinq cent mille. (Il se pencha au-dessus de la table.) C'est un acompte. Pas pour les infos elles-mêmes, mais pour mes services. Ça marche comme avec un avocat, tu vois ? Le tout en liquide, ça va sans dire. Dans le boulot comme avec les gonzesses, le secret c'est d'éviter au maximum les sources d'emmerdes.

Hioka pouvait aller prendre la somme au distributeur. Il avait aperçu une succursale de sa banque sur le chemin. Cinq cent mille yens, c'était au-dessous de la limite de retrait autorisée chaque jour. Par précaution, il avait pris son livret de banque et son sceau personnel, mais il n'en aurait pas besoin cette fois.

— Vous pouvez m'attendre une dizaine de minutes ?

— Mais oui, sourit Senju. Pas de problème.

Hioka se dirigea vers l'escalier d'un pas hésitant. Avec le million de yens qu'il avait déjà déboursé pour que Takita acceptât de faire le messager, l'addition commençait à être salée. Il fallait vraiment que Senju lui donnât des tuyaux valables. Restait que dans ce monde tout ne se passait pas toujours comme on l'espérait. Il fallait se préparer au fiasco. Senju devait avoir lu ses pensées.

— N'aie pas peur. Quand Senju passe un marché au Café Jupiter, les choses se déroulent généralement bien. Remarque, c'est logique : un Dieu et un Bouddha, ça n'a pas de rival !

Ce trait d'esprit de Senju rendit Hioka admiratif. Ils étaient bien accompagnés, en effet, entre Jupiter le dieu romain et le bodhisattva Senju-kannon. Hioka avait envie d'y voir des signes. Dans sa cellule à Asahikawa, sous la rigueur du froid de décembre, Kunimitsu devait se ronger les sangs dans l'attente du nom de l'assassin de son Père. *Que ce soit un bouddha, un ogre ou le diable, peu importe ! Il faut que Senju me dise qui a tué Kitashiba.*

— Je reviens tout de suite, lança Hioka au patron.

Senju avait donné rendez-vous à Hioka une semaine plus tard. La confiance semblait s'être établie. Les cinq cent mille yens devaient y être pour quelque chose. Il avait laissé Hioka décider de la date et de l'heure. Pour ne pas éveiller les soupçons, le capitaine choisit son jour de congé. Ils se retrouvèrent aux mêmes places que la fois précédente, à l'entresol du Café Jupiter.

— Comment vont les affaires ? s'enquit Senju en posant son journal.

Hioka sortit une enveloppe de sa serviette et la posa sur la table. Senja l'ouvrit et humecta son index pour compter les billets. Trois liasses de billets de dix mille yens. Le montant indiqué par Senju pour les informations qu'il disait avoir recueillies.

— On dit que les flics sont sans le sou, mais apparemment ce n'est pas ton cas, sourit Senju.

Il empocha l'enveloppe à toute vitesse. Le patron avait descendu l'escalier pour leur apporter des cafés. Quand il fut parti, Senju ôta ses lunettes de soleil.

— Tu connaissais le rituel quotidien de Kitashiba ?

— Je crois qu'il calligraphiait un soutra. C'est ça ?

— Dis-moi ! siffla Senju. On n'en a parlé ni à la télé ni dans les journaux. Tu dois connaître du beau monde, pour être au courant de ce genre de truc.

Hioka l'avait appris par Ichinose, qu'il avait appelé au lendemain de la mort de Kitashiba. Le boss du gang Odani doutait comme lui de la version officielle. Ils avaient parlé des circonstances de sa mort, et c'est à ce moment-là qu'Ichinose avait évoqué l'exercice quotidien de calligraphie auquel s'astreignait Kitashiba.

— Le jour de sa mort, poursuivit Senju après avoir bu une gorgée de café, Kitashiba était à son bureau pour copier un soutra, comme de coutume. C'était un amateur de café. Il s'en faisait apporter par un junior de son équipe avant de s'enfermer tout seul. Ce jour-là, il n'est jamais ressorti. Tout ça, tu le sais déjà…

Regard fixe, Hioka hocha la tête.

— Du cyanure de potassium a été retrouvé dans la tasse de café, reprit Senju. Les enquêteurs ont cherché des indices. Et figure-toi qu'ils sont tombés sur quelque chose d'intéressant…

Le regard de Hioka se fit intense.

— ... Des empreintes digitales, dit Senju. Celles de Sugimoto.

— Sugimoto ? Vous parlez bien d'Akio Sugimoto, le boss du gang Sugimoto ? Mais c'était le meilleur allié de Kitashiba !

— Sugimoto en personne, confirma Senju en attrapant une cigarette sur la table. Le jour de la mort de Kitashiba, le gang de Sugimoto était chargé de sa protection. Ils étaient quatre de garde, dont le boss. Les empreintes digitales de Sugimoto ont été retrouvées sur la cuillère, près de la tasse de Kitashiba.

— Qu'il ait touché à la cuillère ne veut pas dire qu'il ait empoisonné Kitashiba.

— Réfléchis un peu. Tu crois qu'un boss s'abaisse à préparer lui-même le café ? C'est un boulot de blanc-bec au sein d'un gang !

— Sugimoto, articula Hioka. C'est incroyable…

— Pas tant que ça, rigola Senju.

— Mais Sugimoto est pratiquement le numéro deux du gang Kitashiba puisque Kunimitsu est incarcéré.

— Le bras droit qui coupe la gorge de son patron dans son sommeil, on a déjà vu ça dans d'autres milieux professionnels !

Hioka ne comprenait pas les motivations de Sugimoto. Il n'avait jamais entendu parler de conflit larvé avec Kitashiba. Et tuer le boss n'était pas gage de prendre sa place.

— Supposons que ce soit Sugimoto. Quel est son motif véritable ?

— Je n'en ai aucune idée, dit Senju en haussant les épaules. Ce que je sais, c'est qu'avec la loi antigang, le monde des yakuzas est devenu mesquin. Ils sont obligés de gratter les fonds de tiroir. Le sceau de l'Akashi est un meilleur argument commercial que celui du gang Kitashiba, sans doute.

— Vous voulez dire que Sugimoto a tué Kitashiba, son propre parent, comme porte d'entrée à l'Akashi ?

— Je m'en fous de ces élucubrations, lâcha Senju avec dédain. Je ne parle que de ce que je connais. Il me semble que Sugimoto est le cerveau dans cette histoire. Tu verras qu'une fois que les choses se seront tassées, il va se réconcilier avec l'Akashi en partageant les *sakazuki* avec un des chefs du gang.

— Qu'est-ce qui vous fait dire ça ?

— Le junior qui a apporté le café à Kitashiba, répondit Senju en écrasant sa cigarette et en en tirant aussitôt une nouvelle de son paquet. Il a disparu, le jeunot. À l'heure qu'il est, il doit être au fond de l'océan.

— Si vous savez tout ça, pourquoi la police de Hyôgo ne mène-t-elle pas l'enquête ? questionna Hioka, poings serrés.

— Porter des accusations sur ce genre de preuve ? Ça ne tiendrait pas au procès.

Senju alluma sa cigarette et cracha la fumée en direction de Hioka, dans un grand sourire.

— Et puis, c'est pas plus mal que le milieu fasse le ménage, non ? Un malfaiteur en moins, c'est toujours ça de pris. Ça éclaircit le paysage et ça évite de relancer la guerre. Pour l'Agence nationale de la police, la mort de Kitashiba est d'ailleurs une bonne nouvelle, crois-moi. Bon, l'info sur la disparition du junior, c'est mon bonus pour toi. Tu es mon confrère, après tout…

Senju écrasa sa cigarette à moitié consumée et se leva du canapé. Il s'arrêta près de Hioka.

— Tu mènes l'enquête pour le compte d'Ichinose, de la Jinsei ?

Hioka leva les yeux. Senju se pencha vers lui.

— Je suis du genre à prendre des renseignements sur les gens avec qui je traite. Je sais que tu as fait partie de l'antigang à Kurehara. J'ai dans l'idée que tu ne dois pas être inconnu d'Ichinose. Voilà comment je vois les choses : Ichinose et Kunimitsu sont Frères. Kunimitsu moisit en prison à Asahikawa. Il ne peut pas venger la mort de son Père. Il charge Ichinose de s'en occuper. Mais dans le contexte actuel Ichinose doit agir avec précaution, s'il ne veut pas relancer les hostilités entre gangs. Du coup, il te demande de découvrir qui est l'assassin de Kitashiba. Alors, j'ai tout bon ?

Hioka se contenta de plonger le nez dans sa tasse de café. Même un briscard comme Senju ne pouvait imaginer qu'un policier puisse avoir partagé les *sakazuki* avec un yakuza.

— Je m'en fous de tes affaires, de toute manière, enchaîna Senju en palpant l'enveloppe au travers de sa veste. Ce qui m'intéresse, c'est le fric.

Il se pencha à l'oreille de Hioka :

— Si tu as d'autres questions, n'hésite pas à

revenir. Les clients généreux sont toujours les bienvenus !

Senju s'éloigna en chantonnant. Hioka finit son café d'un trait.

Hioka quitta le Café Jupiter et se dirigea vers la gare ferroviaire de Shin-Kobe. Il attendit le Nozomi, le train à grande vitesse qui allait le ramener à Hiroshima. Sur le quai, des voyageurs faisaient déjà la queue à l'emplacement où allait s'immobiliser la voiture de la rame en placement libre. Devant le capitaine, deux filles riaient avec insouciance. Il ne saisit pas ce qui provoquait leur hilarité. Elles avaient des sacs de courses barrés de la mention « Merry Christmas ». Hioka avait oublié à quel point Noël était proche. Il se détourna des jeunes femmes, carra ses mains dans les poches de son trench-coat et s'abîma dans ses pensées.

« C'est pas plus mal que le milieu fasse le ménage, non ? Un malfaiteur en moins, c'est toujours ça de pris. » Les paroles de Senju avaient ramené le capitaine à Kunimitsu. Par un de ses intermédiaires, il avait eu accès au compte rendu du procès du yakuza. Le procureur avait requis la peine de mort contre Kunimitsu, arguant que le meurtre de Rikiya Takeda avait été prémédité et accompagné d'actes de cruauté, de nature à provoquer dans la population une angoisse grave et indicible. Kunimitsu s'était défendu point par point.

« Pour le yakuza que je suis, le meurtre de cadres de l'Akashi, tels que Takeda, est une question de morale. C'est ce qu'on appelle la Voie de l'honneur.

Mais je prie en même temps pour les âmes des défunts. Je regrette les conséquences de mes actes sur les civils. »

Kunimitsu avait ensuite plaidé les circonstances atténuantes pour ses complices, Takachi, Ido et Kawase.

« Je porte l'entière responsabilité de ces actes. Ils n'ont fait que suivre les ordres. J'implore la clémence du tribunal pour eux. »

Le tribunal avait demandé à Kunimitsu son sentiment sur le châtiment suprême. Droit à la barre, de sa voix un peu rauque, il avait poursuivi avec une même détermination sereine.

« J'accepterai votre sentence, quelle qu'elle soit. Je ne cherche aucune pitié de votre part. »

La peine d'emprisonnement à vie avait été prononcée. La défense et le procureur avaient aussitôt fait appel. La condamnation avait été confirmée en deuxième instance puis devant la Cour suprême.

La « Voie de l'honneur ». La formule invoquée par Kunimitsu durant les audiences avait marqué Hioka. Deux mondes se côtoyaient sans jamais se confondre tout à fait : la justice des hommes et la morale des yakuzas. Du point de vue de la société, le crime de Kunimitsu était inqualifiable. Rien ne justifiait que l'on ôtât la vie à qui que ce soit. Mais une autre forme de morale régissait son univers. Nulle place pour l'apitoiement. Devenir yakuza, c'était accepter de tuer. Et d'être tué. Pas au nom d'une haine individuelle, mais par respect pour des principes. Pour une question d'honneur.

Hioka revint à la réalité. Dans le crépuscule de ce

mois de décembre, le ciel s'était couvert d'un voile de nuages gris. *Mon Frère*. Il fronça les sourcils. Quel temps faisait-il, plus au nord ? Il songea à la réaction de Kunimitsu, quand il apprendrait que son Père avait été supprimé par un de ses proches alliés, Sugimoto. Tel qu'il le connaissait, Kunimitsu pouvait vouloir non seulement se venger de lui, mais aussi lancer le gang Gisei à l'assaut de tout l'Akashi.

Le Nozomi entra en gare. Les filles devant Hioka poussèrent un petit cri strident. Hioka embarqua pour Hiroshima. Il résista à l'envie de se rendre sur-le-champ à la prison d'Asahikawa.

6

Geinô Hebdo 25 mars 1993

Exclusif :

SÉISME DANS LES GANGS DU KANSAI ! LA MORT SUSPECTE D'UN ANCIEN DIGNITAIRE DE LA FÉDÉRATION SHINWA

Par **Akira Yamagishi**

Nous pensions la guerre Meishin mise sous cloche avec la dislocation de la fédération Shinwa. Mais les dernières nouvelles indiquent des vents contraires. On vient de retrouver sur un parking, dans le coffre d'une voiture laissée à l'abandon, le cadavre mutilé et défiguré d'Akio Sugimoto.

Sugimoto était un cadre important de la Shinwa. Son assassinat semble en lien direct avec la disparition par empoisonnement de Kanetoshi Kitashiba, ancien conseiller permanent de la Shinwa, voilà deux ans. Sugimoto était le leader des gangs alliés au gang Kitashiba.

Les marques de lynchage et la mise en scène suscitent le doute dans la police. « C'est un travail de tueur professionnel, mais ça ne ressemble pas à la signature des gangs, commente un vétéran de la section antigang de la police de la préfecture de Hyôgo. Un yakuza l'aurait descendu d'une balle. Je ne crois pas que ça vienne non plus de l'Akashi. Même durant le conflit, ils avaient laissé le Kitashiba tranquille. »

Avec le départ en retraite de son président, la fédération Shinwa s'était dissoute. Si la lutte reprenait aujourd'hui, ce serait un désaveu pour les arbitres du conflit entre l'Akashi et la Shinwa, fin 1990. Le sujet de la mort de Sugimoto semble tabou dans les rangs de l'Akashi.

« Il y en a un qui peut remercier Kunimitsu du fond du cœur, c'est Motoya Kumagai, poursuit notre source policière. C'est grâce à la disparition violente de Takeda qu'il a pu prendre sa place et devenir chef de l'Akashi, le cinquième du nom. » Qui a intérêt à commanditer le meurtre de Sugimoto ? Un cadre de l'Akashi explique : « Il traînait des sales rumeurs sur Sugimoto. Des problèmes de drogue, des dettes, des choses de ce genre. Déjà, la mort du boss Kitashiba était bizarre. On disait que c'était quelqu'un d'inébranlable, un roc. Il faut croire que les choses étaient un peu différentes de la version officielle. Moi, je mettrais bien un billet sur Daiki… » Daiki Takeda est le cadet de Rikiya Takeda. Au moment où son frère aîné a été assassiné, le gang Takeda comptait près de deux mille membres. Durant Meishin, il a mis à son tableau de chasse plusieurs dirigeants de la fédération Shinwa. Mais Daiki s'est peu à peu isolé au sein du gang Akashi. Les dirigeants étaient à la recherche d'une solution à l'amiable, alors que Daiki voulait la peau du président de la fédération, Asao.

Quand Kumagai est devenu le cinquième chef de l'Akashi, le gang Takeda s'est éloigné. L'exécutif de l'Akashi s'est inquiété de l'obsession de Daiki : assassiner Asao. Ils ont décidé d'anéantir le gang Takeda. Tout y est passé, des attaques au camion-benne aux fusillades. Les rangs du Takeda ont fondu comme neige au soleil. Les subordonnés tombaient comme les dents d'un peigne, jusqu'à ne plus compter… qu'une vingtaine de personnes !

« Si on ne venge pas sa famille, on n'est pas digne d'être yakuza. » Daiki Takeda ne se trompait pas d'ennemi. Il aurait été inutile de bander son arc face à une organisation comme l'Akashi, dont son frère aîné avait été le boss. C'est ce qu'il laissait entendre à son entourage. « Daiki, c'est un *gojamon*. Une fois qu'il est lancé pour tuer, il n'y a plus personne pour le raisonner », avertit un témoin. « Gojamon », c'est un mot de dialecte, du sud-ouest de la préfecture de Hyôgo. Il désigne un tempérament téméraire. Souhaitons que la mort du chef Kitashiba et celle, deux ans plus tard, de son adjoint, ne soient pas les ingrédients d'une nouvelle bataille sanglante.

Hioka se servit une coupe de saké, qu'il avala en une seule gorgée. C'était une boisson de consommation courante à Hiroshima, mais celui qu'il buvait aux Petits Plats de Shino avait une saveur particulière. Il avait l'impression qu'ici, l'alcool pénétrait chaque fibre de son corps. Une question d'ambiance, familière et apaisante. Les petits plats qu'était en train de confectionner Akiko jouaient aussi un rôle dans ses sensations.

— Pardon, mon grand. C'est à moi de faire ça.

Akiko avait allongé le bras pour le resservir. Il tenta d'attraper le cruchon, mais la patronne s'en était saisie. Elle le rechargeait en saké.

— Tu n'as rien à gagner à faire le service tout seul, mon petit.

— Pourquoi tu dis ça ?

— Tu te prends pour une petite ménagère, ou quoi ?

— J'ai entendu dire que ça plaisait aux femmes.

— Où as-tu entendu pareilles balivernes ? pouffa Akiko, en approchant le cruchon du comptoir. Un homme qui fait tout à la maison, ça n'attire que des femmes moroses. Ça t'intéresse, toi, les femmes tristes ?

Akiko remplit la coupe de Hioka, posa le cruchon et se détourna.

— En plus, mon grand, un homme qui se sert lui-même, c'est un mauvais présage.

À la surface du saké, Hioka crut voir flotter le visage du commandant Ôgami. Il resta les yeux dans le vague un moment, puis avala sa coupe d'une lampée.

— Sinon, demanda Akiko en sortant une assiette du placard, la cérémonie pour le second anniversaire de la mort de Kitashiba, ça s'est passé comment ? T'as eu des nouvelles ?

La cérémonie commémorative du *hôji* s'était déroulée à Kobe, dans un temple dont la famille de Kitashiba était une généreuse donatrice.

Un vent froid mêlé de sable soufflait du continent, comme le jour où on avait appris la mort de Kitashiba. Bien que ce fût un rituel en l'honneur du mentor de son Frère, Hioka ne pouvait décemment pas y assister. Akiko était une des rares personnes à connaître le partage des *sakazuki* entre Kunimitsu et lui.

— Tout s'est bien déroulé, à ce que je sais. Mon Frère doit se sentir soulagé.

— Il y avait du monde ?

— Une petite partie de la famille seulement.

Par « famille », Hioka entendait l'épouse de Kitashiba et les chefs yakuzas qui lui étaient rattachés.

— Tant mieux. Quand il y a trop de monde, c'est

hypocrite. Une fête rituelle a plus de valeur si elle ne réunit que les gens qui ont une pensée sincère pour le disparu. Kitashiba serait plus content comme ça, tu ne crois pas ?

Hioka ne répondit rien, et porta la coupe de saké à ses lèvres. Il avait liquidé le cruchon, quand la porte coulissante s'ouvrit.

— Bienvenue ! lança Akiko depuis son comptoir.

Sans relever la tête, Hioka observa à la dérobée. Un homme de très grande taille était entré, dans une bouffée de fraîcheur nocturne empoussiérée. Il s'agissait de Shôgo Tachibana, second du gang Gisei, le plus fidèle des adjoints de Kunimitsu. Hioka regarda le cadran de sa montre. Vingt et une heures. Il était pile à l'heure au rendez-vous.

Tachibana s'approcha. Hioka se tourna vers lui. L'homme posa ses mains sur ses cuisses et s'inclina avec respect.

— Je vous remercie pour tous les bienfaits dont vous nous avez entourés.

Tachibana et lui avaient le même âge. Mais depuis le partage des *sakazuki* avec Kunimitsu, il devait accepter cette déférence « familiale ». Tachibana avait débarqué à l'antenne de police de Nakatsugô dès qu'il l'avait appris, il y avait trois ans. « Vous êtes le Frère de mon mentor. Je suis ravi de faire votre connaissance. »

Depuis, Hioka et Tachibana s'étaient revus à quelques reprises. Il leur arrivait de prendre un café près du quartier général du gang Gisei, ou de se rendre ensemble à la prison d'Asahikawa. À la différence de l'éloquent Kunimitsu, Tachibana était d'un genre peu loquace. Difficile de percer ses sentiments. À l'usage, Hioka avait compris qu'il prenait garde aux mots qu'il prononçait et s'efforçait d'analyser les situations avec sang-froid. Avant toute chose, il était respectueux de ses proches. Dans ses expressions et sa gestuelle, Hioka lisait la profondeur de l'affection qui liait Tachibana à Kunimitsu et Kitashiba.

Le capitaine tira un tabouret vers lui. Tachibana inclina la tête et y prit place. Avec sa taille de géant, il semblait un adulte sur une chaise pour enfant. Akiko avait éteint l'enseigne du restaurant et fermé à clé. Elle revint derrière le comptoir et ajusta les pans de son kimono.

— Ils deviennent pointilleux ces temps-ci, mieux vaut privatiser.

Elle faisait référence à la nouvelle loi antigang. Depuis qu'elle avait été promulguée, on ne se montrait plus aussi tolérant qu'autrefois pour les rencontres entre policiers et yakuzas.

— Pardon pour le tracas, Grande Sœur.

Toute sa clientèle l'appelait « Patronne ». Mais, pour Tachibana, ç'avait toujours été « Grande Sœur ». Il connaissait les liens entre Akiko et Ichinose. Elle avait été l'épouse du frère du chef du gang Odani. Kunimitsu et Ichinose étaient Frères, alors…

— Que bois-tu ? demanda Akiko à Tachibana.

— La même chose que M. Hioka.

Akiko posa une coupe à saké devant lui. D'un sac en kraft, Tachibana sortit un paquet enveloppé dans un sachet plastique, qu'il tendit par-dessus le comptoir. Elle hésita à s'en saisir. Hioka lui fit un sourire d'encouragement.

— Je voulais vous offrir quelque chose, expliqua Tachibana. Mais mon Père m'a dit que vous n'accepteriez rien du tout. Sauf peut-être ça, si Grande Sœur est d'accord pour le cuisiner. C'est une spécialité de l'île d'Hokkaido. C'est la pleine saison.

— Un crabe ! s'enthousiasma Akiko, qui battait des mains comme une enfant. Je n'en avais encore jamais vu d'aussi gros. On peut faire des *sashimi* avec une qualité pareille. Ou le faire griller. Mon grand, tu le préfères comment ?

— Peu importe, répondit Hioka. Un bon produit est un bon produit. Je m'en remets à la décision de la cheffe cuisinière.

— Buvez tranquillement, je vais préparer tout ça. C'est pas tous les jours fête ! Mon grand, on va pouvoir faire du riz au crabe, à la place de ton traditionnel riz au poulpe.

Akiko remplit les coupes des deux hommes et s'affaira en cuisine. Tachibana revenait tout juste d'une visite sur l'île d'Hokkaido, à la prison d'Asahikawa. Il avait dû prendre l'avion jusqu'à Osaka, puis le train à grande vitesse pour Hiroshima. Hioka et lui trinquèrent. Le capitaine tira une cigarette de son paquet, posé sur le comptoir, et la logea entre ses lèvres.

— Comment va mon Frère ?

— Il est sorti de haute sécurité la semaine dernière.

— Pourtant, il y était pour deux mois, non ? Il

lui restait encore quinze jours à faire. Que s'est-il passé ?

— C'est grâce à M. Tatsumi, qui l'a fait sortir.

Shintaro Tatsumi était un élément de valeur de la fédération Kantô Jôdô, dont il occupait la fonction de président adjoint. Cette bande était l'une des trois plus importantes organisations criminelles. Jeune et compétent, Tatsumi était tombé cinq ans auparavant, pour avoir piloté le meurtre d'un dirigeant adverse de la préfecture de Gunma, sur l'île de Honshû. Il purgeait une peine de quinze ans dans la même prison que Kunimitsu.

Dans un établissement pénitentiaire, les détenus ne rejoignaient pas les cellules collectives tout de suite. Ils devaient apprendre à se mettre au pas. Le passage en quartier de haute sécurité ne durait guère plus d'une semaine. Dans la majorité des cas du moins. En cas de faux pas, on pouvait revenir y faire d'autres séjours. Kunimitsu avait passé d'emblée douze mois au mitard. Pour la direction de la prison, c'était une manière de le mettre à l'abri. Le temps que dehors, les braises de la guerre Meishin refroidissent. Il était monnaie courante que les représailles entre yakuzas se poursuivissent de l'autre côté des barreaux. D'autant que la maison d'arrêt d'Asahikawa comptait dans ses rangs bon nombre de ressortissants de gangs affiliés à l'Akashi.

Une fois admis au régime commun, Kunimitsu avait été affecté à l'atelier d'ébénisterie. La valeur des hommes refait surface, quelles que soient les situations. Avec le sens des responsabilités qui était le sien, Kunimitsu avait pris le poste de comptable. Il jouissait d'une autorité intacte et inspirait le respect. Tous ceux qui étaient affectés aux tâches manuelles, sculpteurs ou polisseurs, étaient comme les élèves d'une classe, dont Kunimitsu aurait été le délégué. Il donnait le sentiment de gérer les activités de l'atelier. En réalité, il était garant du comportement du groupe.

Les frictions et les conflits finissent par se produire dans toute société humaine. Qu'on soit d'un côté ou de l'autre du mur d'enceinte d'une prison. Les gardiens ne voyaient que les faits spectaculaires, par exemple une bagarre dans un atelier. Mais il y avait toutes les rivalités sous-jacentes. Là, les prisonniers étaient comme un troupeau d'animaux. Ils avaient besoin d'un chef. Dans les ateliers, ce rôle était dévolu au comptable.

Quelques rebelles étaient réfractaires à la discipline. C'est d'ailleurs pour ça qu'ils atterrissaient à Asahikawa. Ils avaient le sang chaud. C'était le cas d'un détenu débarqué quelques semaines plus tôt. D'un abord fruste, il cherchait à passer sa colère sur les autres. Mais il était assez malin pour le faire à l'insu des gardiens. Le fragile équilibre collectif de l'atelier d'ébénisterie s'était rompu. Un beau jour, Kunimitsu avait vu rouge. L'individu venait de s'emparer du burin d'un autre détenu, qui s'était absenté pour aller aux toilettes, et de le jeter dans une poubelle. Quand on perdait un instrument de travail, on était bon pour un blâme, voire un séjour au mitard.

— Fils de pute, tu crois pouvoir venir mettre ton bordel ici ? Tes conneries, c'est terminé.

Kunimitsu l'avait allongé d'un uppercut à l'abdomen. L'agitateur était à quatre pattes. Il vomissait de la bile. Sans pouvoir le faire ouvertement, comme Kunimitsu, une partie des gardiens s'était félicitée de l'intervention. Ils avaient vu que la situation était en train de se dégrader. Ce coup de sang de Kunimitsu ne lui était pas coutumier. Pour la forme, la direction l'avait envoyé en haute sécurité pour une période de deux mois. Il venait donc d'en sortir, au bout d'un mois et demi seulement.

Derrière cet accès de violence, Hioka lisait autre chose. Après avoir obtenu l'information sur les circonstances de la mort de Kitashiba par Senju, le capitaine avait profité de son premier congé pour aller à Asahikawa. Les flancs de la montagne Tosshô et la campagne s'étaient couverts de neige. Dans le parloir glacé, Kunimitsu avait laissé transparaître une haine que Hioka ne lui avait encore jamais vue. À mots couverts, il avait laissé entendre que si les faits qu'il lui rapportait étaient avérés, il se débarrasserait de Sugimoto. « Mon Frère a-t-il eu les confirmations qu'il attendait ? » Clairement, il se sentait trahi par sa propre « famille ».

Hioka proposa une cigarette à Tachibana. Celui-ci déclina et sortit les siennes de la poche intérieure de sa veste. Il exhala un nuage de fumée et sourit.

— M. Tatsumi a parlementé auprès de la direction de la prison. À maintes reprises. Il leur a expliqué que la sanction de deux mois était trop lourde, qu'ils savaient très bien ce qui s'était passé, en réalité. Ils sont tombés d'accord. Je crois qu'eux-mêmes cherchaient une justification pour diminuer la peine.

Hioka tapota sa cigarette dans le cendrier.

— Qu'a dit mon Frère, à propos du « deuxième anniversaire » ?

Entre Hioka et Tachibana, ce code signifiait : « Venger le meurtre de Kitashiba ». Akiko n'était pas dans la confidence.

— Il a juste dit : « D'accord. »

Le visage écrabouillé de Sugimoto passa devant les yeux de Hioka. Les journaux parlaient de dégradations corporelles, dont on ignorait même l'origine. Il avait été prévenu par Ichinose. Un coup de fil crypté.

— L'arbre où était niché l'oiseau, on m'a dit qu'il avait été abattu.

Les choses n'avaient pas traîné. Sitôt que Hioka lui avait révélé le nom de Sugimoto, Kunimitsu avait communiqué ses instructions à Tachibana. Les ordres étaient parvenus par l'intermédiaire d'un « pigeon », un gardien de la prison de connivence avec un détenu. Tachibana devait enlever Sugimoto et lui faire avouer la vérité. Kunimitsu avait été catégorique : cette affaire était personnelle. Il ne s'agissait pas de lancer une vengeance contre le gang Sugimoto et encore moins le quartier général de l'Akashi. Il ne souhaitait ni la guerre ni la dispersion des gangs. Kunimitsu pensait à tous les yakuzas emprisonnés. Après avoir purgé sa peine, chacun avait le droit d'avoir un endroit où rentrer. À quoi bon vivre, sinon ?

— Et voilà déjà le sashimi !

Akiko déposa une assiette devant Hioka. Des morceaux de crabe charnus, à la chair appétissante. D'un regard, il sut que le plat serait un délice.

— Sinon, Kumagai, le nouveau chef de l'Akashi, est allé l'autre jour à la boutique de Mme Tomomi, expliqua-t-elle en servant Tachibana.

Hioka arrêta ses baguettes au-dessus de l'assiette. Mme Tomomi était de longue date la « bonne amie » de Kunimitsu. Elle tenait une bijouterie à Kobe. Son frère, Michinaga, possédait plus d'une dizaine de restaurants dans la préfecture du Kansai. Il était l'un des Frères de Kunimitsu. Quant à Kumagai, cinquième à porter le titre de chef du gang Akashi, il avait grimpé tous les échelons au sein de l'organisation durant la guerre Meishin. Dans sa jeunesse, on l'avait bien souvent comparé à Kunimitsu. Leurs destins étaient aujourd'hui aux antipodes.

— Oui, confirma Tachibana. Kumagai a laissé ses juniors à l'extérieur de la boutique. Il a dit à Mme Tomomi : « Je vous prends ce que vous avez de plus cher. » Elle a refusé tout net !

— Mais pourquoi lui dire non, si c'est un bon client ? s'étonna Akiko en remplissant le verre de Tachibana.

— Conciliation ou pas, l'Akashi reste notre ennemi, Grande Sœur.

Akiko acquiesça en silence. Hioka connaissait déjà l'anecdote de Kobe, par l'intermédiaire d'Ichinose. « On voit bien que c'est la femme de Kunimitsu ! » avait dit Kumagai, qui racontait l'histoire de la bijouterie à qui voulait l'entendre. Elle avait valeur d'indication pour les jeunes loups de son organisation, pour peu qu'ils aient été animés d'un désir de vengeance : pas touche à Kunimitsu, ses proches et les membres du gang Gisei. En assassinant le président de l'Akashi, Kunimitsu avait en quelque sorte préparé le terrain à Kumagai. Mais ce dernier nourrissait surtout de l'admiration pour sa bravoure. Voilà pourquoi le gang Gisei avait été à l'abri durant la guerre de représailles contre la fédération Shinwa. Kumagai avait réfréné l'ardeur de ses troupes à l'encontre du gang de Kunimitsu.

Dans le milieu, les éloges sur Kunimitsu fourmillaient. Il avait liquidé le chef de la plus importante organisation du pays, au mépris de tous les dangers. Il faisait figure de yakuza modèle. On disait qu'un cadre important de l'Akashi, entendant la déposition de Kunimitsu lors de son procès, avait laissé échapper : « Lui, c'est un homme, un vrai. » Cela avait calmé les velléités de vengeance. Le conflit touchait enfin à son terme. À Hiroshima, les opposants avaient été expulsés de la fédération Jinsei. C'était le cas du second du gang Takii, Yoshinori Sagawa, qui avait tenté un rapprochement avec le gang Sasanuki. Accusé de complicité avec des rescapés du gang Irako, Kotarô Sasanuki, chef du gang Sasanuki et ancien directeur général de la Jinsei, avait été poussé à la retraite. Les vagues s'apaisaient enfin…

Tachibana fit tourner sa coupe entre ses doigts, regard dans le vague.

— Si seulement on pouvait partager un bon saké avec mon patron. J'attendrai sa sortie, aussi longtemps qu'il le faudra. Je sais qu'il est condamné à vie, mais en se tenant bien, il pourrait sortir dans une trentaine d'années… Non mais, qu'est-ce que je raconte ! Mon patron est un yakuza, et il le restera jusqu'à son dernier souffle !

Pour bénéficier d'une libération conditionnelle, un yakuza devait déclarer son retrait du milieu. Ce genre de reniement n'était pas dans la nature de Kunimitsu. Hioka songea que plus jamais ils ne pourraient aller à la pêche ou boire du saké ensemble. Mais ils pourraient se voir, dans son exil sur l'île d'Hokkaido. Le capitaine vida sa coupe et murmura, dans le secret de son cœur : « Longue vie à toi, mon Frère. »

ÉPILOGUE

Suivant les traits tracés au crayon, il fit glisser la lame du ciseau à bois. Le copeau s'enroula sur lui-même. Shigenobu Yokomichi fabriquait un jouet pour enfant. Un puzzle. Il reproduisait la forme des pièces sur le support de bois. Cela faisait six mois qu'il avait été transféré à la centrale d'Asahikawa. On l'avait expulsé de la prison de Kumamoto en raison de ses manquements au règlement. Quand il avait appris sa destination, il avait remercié sa bonne étoile.

Yokomichi avait été condamné à huit ans de réclusion criminelle pour coups et blessures, infraction à la législation sur le port des armes blanches et attroupement en bande armée. Il avait appris en prison l'assassinat du chef du gang auquel il appartenait. Depuis, il était animé par la fureur. De son point de vue, il était impensable qu'un yakuza digne de ce nom ne venge pas la mort de son patron. On lui avait dit que l'assassin était en prison à Asahikawa, sur l'île d'Hokkaido. Yokomichi avait multiplié les querelles avec les autres prisonniers, jusqu'à ce qu'on se décidât à le transférer dans un pénitencier plus sévère.

La chance lui avait souri. Non seulement il avait été envoyé à Asahikawa, mais il était affecté au façonnage des pièces de bois dans l'atelier d'ébénisterie où travaillait sa cible. Au moment d'instruire son dossier, l'organisation à laquelle Yokomichi avait appartenu était déjà dissoute. N'étant plus répertorié par les autorités comme yakuza, il avait eu cette opportunité de se retrouver entre les mêmes murs que l'ennemi de son gang.

Durant les heures de travail, les prisonniers ne devaient pas lever les yeux de leur tâche. Yokomichi écouta le bruit du ciseau à bois de Shintaro Tatsumi, qui ouvrageait une pièce dans son dos ; apparemment, le numéro deux de la fédération Kantô Jôdô se concentrait sur son travail. Il sortait tout juste d'un mois de mitard pour insubordination. Il s'était opposé à l'administration, en défense d'un prisonnier lui-même condamné à un long séjour en haute sécurité.

Le ciseau de Yokomichi glissait mal sur le bois. Le tranchant était émoussé, il fallait l'aiguiser. *Le moment est enfin arrivé !* Un frisson d'excitation le parcourut. Il prit une profonde respiration et leva la main.

— S'il vous plaît ! appela-t-il d'une voix claire.

D'un geste, un surveillant l'autorisa à s'adresser à lui.

— J'ai une gouge et un ciseau plat à aiguiser.

Il enroula les deux outils dans une serviette. Le règlement stipulait que les instruments de travail ne devaient pas circuler à vue dans l'atelier. Il y mêla un poinçon. Il se leva, tête baissée. Les prisonniers n'étaient pas autorisés à regarder autour d'eux. Une main sur les reins, il franchit la ligne blanche qui séparait les postes de travail du couloir de circulation, et se dirigea vers la meule d'affûtage. Il releva les yeux vers le bureau du comptable. Celui-ci était penché sur des registres.

Yokomichi s'approcha, puis s'immobilisa. Dans un silence ponctué par le martèlement des outils, sa cible s'était redressée, comme mue par un pressentiment. Yokomichi bondit sur le bureau et planta son poinçon dans le thorax de son ennemi. Les prisonniers crièrent comme un seul homme. Un gardien surgit derrière Yokomichi en rugissant et tenta de l'immobiliser. Déchaîné, Yokomichi frappa encore sa victime à la poitrine, à plusieurs reprises.

— Tiens ! Pour venger mon patron !

Le comptable, Kunimitsu, leva la tête vers son agresseur.

— Toi… tu es du gang Takeda ? demanda-t-il d'une voix chancelante.

— Oui, crève !

Avec le ciseau à bois qu'il tenait dans l'autre main, Yokomichi lui trancha la gorge. Autour d'eux, le sang se couvrit de sang. L'alarme avait retenti, des gardiens accouraient. Kunimitsu se rattrapa aux épaules de Yokomichi. Et approcha son visage du sien. Leurs regards se capturèrent. Celui de Kunimitsu se tordit, comme si ses yeux esquissaient un sourire.

PRINCIPAUX PERSONNAGES

Shûichi **Hioka**, lieutenant, antenne de police de Nakatsugô, commissariat d'Hiba.
Masanari **Itsuki**, directeur de la Quatrième division d'enquête de la police de la préfecture d'Hiroshima

Organisations de yakuzas

Fédération Shinwa
Naomi **Asao**, président et chef du gang Asao
Tôru **Fujimi**, second du gang Asao et chef du gang Fujimi
Kanetoshi **Kitashiba**, chef du gang Kitashiba
Akio **Sugimoto**, chef du gang Sugimoto (allié au gang Kitashiba)
Hirô **Kunimitsu**, second du gang Kitashiba et chef du gang Gisei

Gang Akashi
Rikiya **Takeda**, chef
Katsumi **Toyonaga**, second

Fédération Jinsei
Akira **Mizoguchi**, président
Moritaka **Ichinose**, chef du gang Odani
Ginji **Takii**, chef du gang Takii

Yoshinori **Sagawa**, second du gang Takii
Kazuyuki **Tachibana**, chef du gang Retsushin

Fédération Kantô Jôdô
Isomura, président
Shintaro **Tatsumi**, son adjoint

Autres personnages
Akiko, patronne du restaurant Les Petits Plats de Shino
Shôko **Hatanaka**, fille des voisins de Hioka à Nakatsugô

DE LA MÊME AUTRICE

Aux Éditions Atelier Akatombo

L'ŒIL DU CHIEN ENRAGÉ, 2020, Folio Policier nº 966.

LE LOUP D'HIROSHIMA, 2018, Folio Policier nº 923.

COLLECTION FOLIO POLICIER

Dernières parutions

577. Leif Davidsen — *Le dernier espion*
578. Guy-Philippe Goldstein — *Babel Minute Zéro*
579. Nick Stone — *Tonton Clarinette*
580. Thierry Jonquet — *Romans noirs*
581. Patrick Pécherot — *Tranchecaille*
582. Antoine Chainas — *Aime-moi, Casanova*
583. Gabriel Trujillo Muñoz — *Tijuana City Blues*
584. Caryl Férey — *Zulu*
585. James Sallis — *Cripple Creek*
586. Didier Daeninckx — *Éthique en toc*
587. John le Carré — *L'espion qui venait du froid*
588. Jeffrey Ford — *La fille dans le verre*
589. Marcus Malte — *Garden of love*
590. Georges Simenon — *Les caves du Majestic*
591. Georges Simenon — *Signé Picpus*
592. Carlene Thompson — *Mortel secret*
593. Thomas H. Cook — *Les feuilles mortes*
594. Didier Daeninckx — *Mémoire noire*
595. Graham Hurley — *Du sang et du miel*
596. Marek Krajewski — *Les fantômes de Breslau*
597. François Boulay — *Traces*
598. Gunnar Staalesen — *Fleurs amères*
599. James Sallis — *Le faucheux*
600. Nicolas Jaillet — *Sansalina*
601. Jean-Bernard Pouy — *Le rouge et le vert*
602. William Lashner — *Le baiser du tueur*
603. Joseph Bialot — *La nuit du souvenir*
604. Georges Simenon — *L'outlaw*
605. Kent Harrington — *Le serment*
606. Thierry Bourcy — *Le gendarme scalpé*

607.	Gunnar Staalesen	*Les chiens enterrés ne mordent pas*
608.	Jo Nesbø	*Chasseurs de têtes*
609.	Dashiell Hammett	*Sang maudit*
610.	Joe R. Lansdale	*Vierge de cuir*
611.	Dominique Manotti	*Bien connu des services de police*
612.	Åsa Larsson	*Horreur boréale*
613.	Saskia Noort	*Petits meurtres entre voisins*
614.	Pavel Kohout	*L'heure étoilée du meurtrier*
615.	Boileau-Narcejac	*La vie en miettes*
616.	Boileau-Narcejac	*Les veufs*
617.	Gabriel Trujillo Muñoz	*Loverboy*
618.	Antoine Chainas	*Anaisthêsia*
619.	Thomas H. Cook	*Les liens du sang*
620.	Tom Piccirilli	*La rédemption du Marchand de sable*
621.	Francis Zamponi	*Le Boucher de Guelma*
622.	James Sallis	*Papillon de nuit*
623.	Kem Nunn	*Le Sabot du Diable*
624.	Graham Hurley	*Sur la mauvaise pente*
625.	Georges Simenon	*Bergelon*
626.	Georges Simenon	*Félicie est là*
627.	Ken Bruen	*La main droite du diable*
628.	William Muir	*Le Sixième Commandement*
629.	Kirk Mitchell	*Dans la vallée de l'ombre de la mort*
630.	Jean-François Vilar	*Djemila*
631.	Dashiell Hammett	*Moisson rouge*
632.	Will Christopher Baer	*Embrasse-moi, Judas*
633.	Gene Kerrigan	*À la petite semaine*
634.	Caryl Férey	*Saga maorie*
635.	James Sallis	*Le frelon noir*
636.	Gabriel Trujillo Muñoz	*Mexicali City Blues*
637.	Heinrich Steinfest	*Requins d'eau douce*
638.	Simon Lelic	*Rupture*
639.	Jenny Siler	*Flashback*
640.	Joachim Sebastiano Valdez	*Les larmes des innocentes*
641.	Kjell Ola Dahl	*L'homme dans la vitrine*

642.	Ingrid Astier	*Quai des enfers*
643.	Kent Harrington	*Jungle rouge*
644.	Dashiell Hammett	*Le faucon maltais*
645.	Dashiell Hammett	*L'introuvable*
646.	DOA	*Le serpent aux mille coupures*
647.	Larry Beinhart	*L'évangile du billet vert*
648.	William Gay	*La mort au crépuscule*
649.	Gabriel Trujillo Muñoz	*Mezquite Road*
650.	Boileau-Narcejac	*L'âge bête*
651.	Anthony Bourdain	*La surprise du chef*
652.	Stefán Máni	*Noir Océan*
653.	***	*Los Angeles Noir*
654.	***	*Londres Noir*
655.	***	*Paris Noir*
656.	Elsa Marpeau	*Les yeux des morts*
657.	François Boulay	*Suite rouge*
658.	James Sallis	*L'œil du criquet*
659.	Jo Nesbø	*Le léopard*
660.	Joe R. Lansdale	*Vanilla Ride*
661.	Georges Flipo	*Le commissaire n'aime point les vers*
662.	Stephen Hunter	*Shooter*
663.	Pierre Magnan	*Élégie pour Laviolette*
664.	James Hadley Chase	*Tu me suivras dans la tombe*
665.	Georges Simenon	*Long cours*
666.	Thomas H. Cook	*La preuve de sang*
667.	Gene Kerrigan	*Le chœur des paumés*
668.	Serge Quadruppani	*Saturne*
669.	Gunnar Staalesen	*L'écriture sur le mur*
670.	Georges Simenon	*Chez Krull*
671.	Georges Simenon	*L'inspecteur Cadavre*
672.	Kjetil Try	*Noël sanglant*
673.	Graham Hurley	*L'autre côté de l'ombre*
674.	John Maddox Roberts	*Les fantômes de Saigon*
675.	Marek Krajewski	*La peste à Breslau*
676.	James Sallis	*Bluebottle*
677.	Philipp Meyer	*Un arrière-goût de rouille*
678.	Marcus Malte	*Les harmoniques*

679.	Georges Simenon	*Les nouvelles enquêtes de Maigret*
680.	Dashiell Hammett	*La clé de verre*
681.	Caryl Férey – Sophie Couronne	*D'amour et dope fraîche*
682.	Marin Ledun	*La guerre des vanités*
683.	Nick Stone	*Voodoo Land*
684.	Frederick Busch	*Filles*
685.	Paul Colize	*Back up*
686.	Saskia Noort	*Retour vers la côte*
687.	Attica Locke	*Marée noire*
688.	Manotti – DOA	*L'honorable société*
689.	Carlene Thompson	*Les ombres qui attendent*
690.	Claude d'Abzac	*Opération Cyclope*
691.	Joe R. Lansdale	*Tsunami mexicain*
692.	F. G. Haghenbeck	*Martini Shoot*
693.	***	*Rome Noir*
694.	***	*Mexico Noir*
695.	James Preston Girard	*Le Veilleur*
696.	James Sallis	*Bête à bon dieu*
697.	Georges Flipo	*Le commissaire n'a point l'esprit club*
698.	Stephen Hunter	*Le 47e samouraï*
699.	Kent Anderson	*Sympathy for the Devil*
700.	Heinrich Steinfest	*Le grand nez de Lilli Steinbeck*
701.	Serge Quadruppani	*La disparition soudaine des ouvrières*
702.	Anthony Bourdain	*Pizza créole*
703.	Frederick Busch	*Nord*
704.	Gunnar Staalesen	*Comme dans un miroir*
705.	Jack Ketchum	*Une fille comme les autres*
706.	John le Carré	*Chandelles noires*
707.	Jérôme Leroy	*Le Bloc*
708.	Julius Horwitz	*Natural Enemies*
709.	Carlene Thompson	*Ceux qui se cachent*
710.	Fredrik Ekelund	*Le garçon dans le chêne*
711.	James Sallis	*Salt River*
712.	Georges Simenon	*Cour d'assises*

713.	Antoine Chainas	*Une histoire d'amour radioactive*
714.	Matthew Stokoe	*La belle vie*
715.	Frederick Forsyth	*Le dossier Odessa*
716.	Caryl Férey	*Mapuche*
717.	Franck Bill	*Chiennes de vies*
718.	Kjell Ola Dahl	*Faux-semblants*
719.	Thierry Bourcy	*Célestin Louise, flic et soldat dans la guerre de 14-18*
720.	Doug Allyn	*Cœur de glace*
721.	Kent Anderson	*Chiens de la nuit*
722.	Raphaël Confiant	*Citoyens au-dessus de tout soupçon…*
723.	Serge Quadruppani	*Madame Courage*
724.	Boileau-Narcejac	*Les magiciennes*
725.	Boileau-Narcejac	*L'ingénieur aimait trop les chiffres*
726.	Inger Wolf	*Nid de guêpes*
727.	Seishi Yokomizo	*Le village aux Huit Tombes*
728.	Paul Colize	*Un long moment de silence*
729.	F. G. Haghenbeck	*L'Affaire tequila*
730.	Pekka Hiltunen	*Sans visage*
731.	Graham Hurley	*Une si jolie mort*
732.	Georges Simenon	*Le bilan Malétras*
733.	Peter Duncan	*Je suis un sournois*
734.	Stephen Hunter	*Le sniper*
735.	James Sallis	*La mort aura tes yeux*
736.	Elsa Marpeau	*L'expatriée*
737.	Jô Soares	*Les yeux plus grands que le ventre*
738.	Thierry Bourcy	*Le crime de l'Albatros*
739.	Raymond Chandler	*The Long Goodbye*
740.	Matthew F. Jones	*Une semaine en enfer*
741.	Jo Nesbø	*Fantôme*
742.	Alix Deniger	*I cursini*
743.	Anders Bodelsen	*Septembre rouge (Rouge encore)*
744.	Patrick Pécherot	*La saga des brouillards*
745.	Thomas H. Cook	*Secrets de famille*

746.	Ken Bruen	*Chemins de croix*
747.	David Ellis	*La comédie des menteurs*
748.	Boileau-Narcejac	*À cœur perdu (Meurtre en 45 tours)*
749.	Boileau-Narcejac	*Le mauvais œil* suivi d'*Au bois dormant*
750.	Ingrid Astier	*Angle mort*
751.	Carlene Thompson	*Jusqu'à la fin*
752.	Dolores Redondo	*Le gardien invisible*
753.	Dashiell Hammett	*Le sac de Couffignal* suivi d'*Âmes malhonnêtes* et de *Tulip*
754.	Mario Falcone	*L'aube noire*
755.	François Boulay	*Cette nuit…*
756.	Didier Daeninckx	*Têtes de Maures*
757.	Gunnar Staalesen	*Face à face*
758.	Dominique Manotti	*L'évasion*
759.	Laurent Guillaume	*Black cocaïne*
760.	Jô Soares	*Meurtres à l'Académie*
761.	Inger Wolf	*Mauvaises eaux*
762.	Jo Nesbø	*Police*
763.	Jonathan Ames	*Tu n'as jamais été vraiment là*
764.	Jack Vance	*Méchant garçon*
765.	John le Carré	*L'appel du mort*
766.	Bill Pronzini	*Mademoiselle Solitude*
767.	Franz Bartelt	*Chaos de famille*
768.	Thierry Bourcy	*Les ombres du Rochambeau*
769.	Georges Simenon	*Nouvelles exotiques*
770.	Jo Nesbø	*L'inspecteur Harry Hole. L'intégrale, I*
771.	Lorenzo Lunar	*La vie est un tango*
772.	Nick Stone	*Cuba Libre*
773.	Jean-Claude Izzo	*Fabio Montale*
774.	Boileau-Narcejac	*Les intouchables*
775.	Boileau-Narcejac	*Les visages de l'ombre*
776.	Joe R. Lansdale	*Diable rouge*
777.	Fredrik Ekelund	*Blueberry Hill*
778.	Heinrich Steinfest	*Le poil de la bête*

779. Batya Gour	*Meurtre en direct*
780. Laurent Whale	*Les Rats de poussière I Goodbye Billy*
781. Joe R. Lansdale	*Le sang du bayou*
782. Boileau-Narcejac	*Le contrat*
783. Boileau-Narcejac	*Les nocturnes*
784. Georges Simenon	*Le bateau d'Émile*
785. Dolores Redondo	*De chair et d'os*
786. Max Bentow	*L'Oiseleur*
787. James M. Cain	*Bloody cocktail*
788. Marcus Sakey	*Les Brillants*
789. Joe R. Lansdale	*Les Mécanos de Vénus*
790. Jérôme Leroy	*L'ange gardien*
791. Sébastien Raizer	*L'alignement des équinoxes*
792. Antonio Manzini	*Piste noire*
793. Jo Nesbø	*Du sang sur la glace*
794. Joy Castro	*Après le déluge*
795. Stuart Prebble	*Le Maître des insectes*
796. Sonja Delzongle	*Dust*
797. Luís Miguel Rocha	*Complots au Vatican I Le dernier pape*
798. Caryl Férey	*Saga maorie*
799. Thierry Bourcy	*Célestin Louise, flic et soldat dans la guerre de 14-18*
800. Barry Gornell	*La résurrection de Luther Grove*
801. Antoine Chainas	*Pur*
802. Attica Locke	*Dernière récolte*
803. Maurice G. Dantec	*Liber mundi I Villa Vortex*
804. Howard Gordon	*La Cible*
805. Alain Gardinier	*DPRK*
806. Georges Simenon	*Le Petit Docteur*
807. Georges Simenon	*Les dossiers de l'Agence O*
808. Michel Lambesc	*La « horse »*
809. Frederick Forsyth	*Chacal*
810. Gunnar Staalesen	*L'enfant qui criait au loup*
811. Laurent Guillaume	*Delta Charlie Delta*
812. Laurent Whale	*Les Rats de poussière II Le manuscrit Robinson*

813.	J. J. Murphy	*Le cercle des plumes assassines*
814.	Éric Maravélias	*La faux soyeuse*
815.	DOA	*Le cycle clandestin, tome I*
816.	Luke McCallin	*L'homme de Berlin*
817.	Lars Pettersson	*La loi des Sames*
818.	Boileau-Narcejac	*Schuss*
819.	Dominique Manotti	*Or noir*
820.	Alberto Garlini	*Les noirs et les rouges*
821.	Marcus Sakey	*Les Brillants II Un monde meilleur*
822.	Thomas Bronnec	*Les initiés*
823.	Kate O'Riordan	*La fin d'une imposture*
824.	Mons Kallentoft, Markus Lutteman	*Zack*
825.	Robert Karjel	*Mon nom est N.*
826.	Dolores Redondo	*Une offrande à la tempête*
827.	Benoît Minville	*Rural noir*
828.	Sonja Delzongle	*Quand la neige danse*
829.	Germán Maggiori	*Entre hommes*
830.	Shannon Kirk	*Méthode 15-33*
831.	Elsa Marpeau	*Et ils oublieront la colère*
832.	Antonio Manzini	*Froid comme la mort*
833.	Luís Miguel Rocha	*Complots au Vatican II La balle sainte*
834.	Patrick Pécherot	*Une plaie ouverte*
835.	Harry Crews	*Le faucon va mourir*
836.	DOA	*Pukhtu. Primo*
837.	DOA	*Pukhtu. Secundo*
838.	Joe R. Lansdale	*Les enfants de l'eau noire*
839.	Gunnar Staalesen	*Cœurs glacés*
840.	Jo Nesbø	*Le fils*
841.	Luke McCallin	*La maison pâle*
842.	Caryl Férey	*Les nuits de San Francisco*
843.	Graham Hurley	*Le paradis n'est pas pour nous*
844.	Boileau-Narcejac	*Champ clos*
845.	Lawrence Block	*Balade entre les tombes*
846.	Sandrine Roy	*Lynwood Miller*
847.	Massimo Carlotto	*La vérité de l'Alligator*

848.	Benoît Philippon	*Cabossé*
849.	Grégoire Courtois	*Les lois du ciel*
850.	Caryl Férey	*Condor*
851.	Antonio Manzini	*Maudit printemps*
852.	Jørn Lier Horst	*Fermé pour l'hiver*
853.	Sonja Delzongle	*Récidive*
854.	Noah Hawley	*Le bon père*
855.	Akimitsu Takagi	*Irezumi*
856.	Pierric Guittaut	*La fille de la Pluie*
857.	Marcus Sakey	*Les Brillants III En lettres de feu*
858.	Matilde Asensi	*Le retour du Caton*
859.	Chan Ho-kei	*Hong Kong Noir*
860.	Harry Crews	*Des savons pour la vie*
861.	Mons Kallentoft, Markus Lutteman	*Zack II Leon*
862.	Elsa Marpeau	*Black Blocs*
863.	Jo Nesbø	*Du sang sur la glace II Soleil de nuit*
864.	Brigitte Gauthier	*Personne ne le saura*
865.	Ingrid Astier	*Haute Voltige*
866.	Luca D'Andrea	*L'essence du mal*
867.	DOA	*Le cycle clandestin, tome II*
868.	Gunnar Staalesen	*Le vent l'emportera*
869.	Rebecca Lighieri	*Husbands*
870.	Patrick Delperdange	*Si tous les dieux nous abandonnent*
871.	Neely Tucker	*La voie des morts*
872.	Nan Aurousseau	*Des coccinelles dans des noyaux de cerise*
873.	Thomas Bronnec	*En pays conquis*
874.	Lawrence Block	*Le voleur qui comptait les cuillères*
875.	Steven Price	*L'homme aux deux ombres*
876.	Jean-Bernard Pouy	*Ma ZAD*
877.	Antonio Manzini	*Un homme seul*
878.	Jørn Lier Horst	*Les chiens de chasse*
879.	Jérôme Leroy	*La Petite Gauloise*

880.	Elsa Marpeau	*Les corps brisés*
881.	Sonja Delzongle	*Boréal*
882.	Patrick Pécherot	*Hével*
883.	Attica Locke	*Pleasantville*
884.	Harry Crews	*Car*
885.	Caryl Férey	*Plus jamais seul*
886.	Guy-Philippe Goldstein	*Sept jours avant la nuit*
887.	Tonino Benacquista	*Quatre romans noirs*
888.	Melba Escobar	*Le salon de beauté*
889.	Noah Hawley	*Avant la chute*
890.	Tom Piccirilli	*Les derniers mots*
891.	Jo Nesbø	*La soif*
892.	Dominique Manotti	*Racket*
893.	Joe R. Lansdale	*Honky Tonk Samouraï*
894.	Antoine Chainas	*Empire des chimères*
895.	Jean-François Paillard	*Le Parisien*
896.	Luca d'Andrea	*Au cœur de la folie*
897.	Sonja Delzongle	*Le hameau des Purs*
898.	Gunnar Staalesen	*Où les roses ne meurent jamais*
899.	Mons Kallentoft, Markus Lutteman	*Bambi*
900.	Kent Anderson	*Un soleil sans espoir*
901.	Nick Stone	*Le verdict*
902.	Lawrence Block	*Tue-moi*
903.	Jørn Lier Horst	*L'usurpateur*
904.	Paul Howarth	*Le diable dans la peau*
905.	Frédéric Paulin	*La guerre est une ruse*
906.	Paul Colize	*Un jour comme les autres*
907.	Sébastien Gendron	*Révolution*
908.	Chantal Pelletier	*Tirez sur le caviste*
909.	Sonja Delzongle	*Cataractes*
910.	Elsa Marpeau	*Son autre mort*
911.	Joe Ide	*Gangs of L.A.*
912.	Francesco Dimitri	*Le livre des choses cachées*
913.	Jo Nesbø	*Macbeth*
914.	Dov Alfon	*Unité 8200*
915.	Jérôme Leroy	*Un peu tard dans la saison*
916.	Pasquale Ruju	*Une affaire comme les autres*

917. Jean-Bernard Pouy	*Trilogie spinoziste*
918. Abir Mukherjee	*L'attaque du Calcutta-Darjeeling*
919. Richard Morgiève	*Le Cherokee*
920. Antonio Manzini	*La course des hamsters*
921. Gunnar Staalesen	*Piège à loup*
922. Christian White	*Le mystère Sammy Went*
923. Yûko Yuzuki	*Le loup d'Hiroshima*
924. Caryl Férey	*Paz*
925. Vlad Eisinger	*Du rififi à Wall Street*
926. Parker Bilal	*La cité des chacals*
927. Emily Koch	*Il était une fois mon meurtre*
928. Frédéric Paulin	*Prémices de la chute*
929. Sonja Delzongle	*L'homme de la plaine du nord*
930. Sébastien Rutés	*Mictlán*
931. Thomas Cantaloube	*Requiem pour une République*
932. Danü Danquigny	*Les aigles endormis*
933. Sébastien Gendron	*Fin de siècle*
934. Jørn Lier Horst	*Le disparu de Larvik*
935. Laurent Guillaume	*Là où vivent les loups*
936. J. P. Smith	*Noyade*
937. Joe R. Lansdale	*Rusty Puppy*
938. Dror Mishani	*Une deux trois*
939. Deon Meyer	*La proie*
940. Jo Nesbø	*Le couteau*
941. Joe Ide	*Lucky*
942. William Gay	*Stoneburner*
943. Jacques Moulins	*Le réveil de la bête*
944. Abir Mukherjee	*Les princes de Sambalpur*
945. Didier Decoin	*Meurtre à l'anglaise*
946. Charles Daubas	*Cherbourg*
947. Chantal Pelletier	*Nos derniers festins*
948. Richard Morgiève	*Cimetière d'étoiles*
949. Frédéric Paulin	*La fabrique de la terreur*
950. Tristan Saule	*Mathilde ne dit rien*
951. Jørn Lier Horst	*Le code de Katharina*
952. Robert de Laroche	*La Vestale de Venise*
953. Mike Nicol	*L'Agence*

Tous les papiers utilisés pour les ouvrages des collections Folio sont certifiés et proviennent de forêts gérées durablement.

Composition APS-ie
Impression Novoprint
à Barcelone, le 31 mai 2022
Dépôt légal : mai 2022

ISBN 978-2-07-296537-1 / Imprimé en Espagne.

401766